Frank Bröker
RINK
Roman

»Dieser Fall ist unberechenbar.«
»Natürlich, James. Das ist ein Eishockeyfall.«

Frank Bröker
RINK
Roman

Der Inhalt dieses Buches ist reine Fiktion. Namen und Personen, Ereignisse, Orte und Zeiten sind teilweise real, teilweise erfunden. Manche Menschen sind real, andere fiktiv. Ähnlichkeiten der erfundenen Figuren mit lebenden oder verstorbenen Personen sind rein zufällig.

Frank Bröker
RINK
Roman

Umschlaggestaltung: Karsten Weyershausen
Satz/Layout: Andreas Reiffer
Lektorat: Lektorat-Lupenrein.de
Korrektorat: Manja Oelze
Foto Seite 6: Morgan

1. Auflage 2019
© Verlag Andreas Reiffer

ISBN 978-3-945715-14-7 (Print)
ISBN 978-3-945715-27-7 (E-Book)

Verlag Andreas Reiffer, Hauptstr. 16 b, D-38527 Meine
www.verlag-reiffer.de
www.facebook.com/verlagreiffer

You drove me home through a snowy gloom
And I fell asleep in my seat
Then I had the dream of having no room
You were there just staring at me
At the lonely end of the rink, you and me

»The Lonely End of the Rink«
The Tragically Hip

1

Für Ave Andrews gibt es nichts Schöneres, als zu wissen, dass für den nächsten Tag kein Wecker vonnöten ist. Dass es Menschen gibt, die an Wochenenden zu einem Brunch oder ähnlichem Schnickschnack aufbrechen, ist ihr völlig schleierhaft. Ein freier, nie enden wollender Samstagnachmittag im Woodyou Café in der 109th Street, Ecke 100th Avenue erscheint ihr als Krönung perfekter Orchestrierungen, einen vorherigen Dampfsaunagang eingeschlossen. Die im Kolonialstil eingerichtete Oase lockt vor allem dann, wenn es wie heute, Mitte Januar, saukalt ist. Das Leben einer Krankenschwester ist kein Zuckerschlecken. Wer nach einer Ewigkeit voller Tag- und Nachtschichten den Jetlag des Bodenpersonals auskuriert, hat sich eine Rundumentspannung verdient. Ein Lob auf den Stillstand der Betriebsamkeit. Man muss nicht in Form, weder geschminkt noch gut angezogen sein und kann sich nach Lust und Laune gehen lassen. Man kann Vergessen üben, die Erinnerungen unter der Haut lassen, alles darf auf Anfang gestellt werden. Wenn die Wochenenden bloß nicht so schnell vorbeigehen würden. Gefühlt kommen sie einem inzwischen nicht länger vor als die große High-School-Pause. Morgen gilt es, die Sonntagsneurose flach zu halten, die gerne mal auftritt, wenn sich der Job in der Notaufnahme des Universitätsklinikums ins Bewusstsein schleicht. Darin lebt ein fauler Zauber, eine frische Erinnerung, die ihr an die Nieren geht und die sie löschen möchte. Es klappt bloß nicht, dabei könnte es so einfach sein: Auf das Gewesene schauen, wie auf eine Schlange im Zoo, die man absolut nicht mag. Dann hinein damit in einen Tresor, den im North Saskatchewan River versenken – fertig. Ein Tipp ihres Nachbarn Dave. Ein schlanker Enddreißiger mit kurzblonden Haaren und ebenmäßigen Gesichtszügen. Aber der kann viel erzählen, wo er doch am eigenen leeren Tresor festklebt wie der Kuchen am Blech. Ganz sicher, um der Gesellschaft eines geheimnisumwitterten Heilpraktikers namens Justin Random auch weiterhin frönen zu dürfen. Vollmundig nennt er ihn »mein Kristallmensch, mein Heiler im täglichen Krieg«.

Vor vier Wochen lernten sich Ave und Dave auf einer Nachbarschafts-App kennen. Nachdem Ave zum dritten Mal innerhalb kürzester Zeit über das quer durch die Wohnung verlegte LAN-Kabel gestolpert war, reichte es ihr. Ein Loch in einer Zwischenwand würde die Misere beheben. Nur besaß sie keine funktionstüchtige Bohrmaschine. Sie schrieb: »Hat wer am Sonntagnachmittag einen dressierten Specht für mich? Ich sehne mich nach einem Loch in meinem Haus.« Prompt antwortete Dave, Pseudonym ›Typ Tierchen‹: »Klar. Aber am Sonntag wird nicht gebohrt, wo wohnst du? Ich bringe dir das Ding am Montagabend vorbei.« – »Das geht nicht, da bin ich im Rogers Place und schau mir die Schlacht von Alberta an.« – »Habe eine Dauerkarte. Wollen wir erst spechten und im Anschluss die Lames besiegen?« – »Du denkst, ich miete den Mann an der Bohrmaschine gleich mit? Bin ein grundanständiges Mädchen. 88th Street, Ecke 160th Avenue. In der Einfahrt steht ein orange-blauer Beetle.« Dave bohrte, Ave stopfte das Kabel durch die Wand, sie stiegen in den VW und fuhren von Belle Rive nach Downtown. Die Oilers siegten in der Overtime.

Als Ave gestern Abend Daves Einladung zur gemeinsamen *Hockey Night* – die Oilers spielten in Pittsburgh – folgte, sprach sie ihn zuvor auf die Besuche bei Mister Random an. Sie fragte, was konkret geheilt werden müsse. Dave knurrte, dann hob er die Hände in einer Geste der Hilflosigkeit und zog einen Monolog mit anrührender Stimme vom Stapel, ohne sie dabei anzusehen.

»Du weißt, ich arbeite als Gutachter bei KLP in Cromdale. Ein Tummelplatz der Bedeutungslosigkeit. Wenn ich endlich aus meinem Büro rauskomme und an der Empfangsdame vorbei bin, geht's bei Justin gleich ans Eingemachte. Wir ringen um meine bedingungslose Rückkehr ins eigene Ich.«

Er musterte sie, schnaubte. Ernst wurde es. Und theatralisch.

»Ich will negative Glaubenssätze überwinden, das Sonnenkind in mir befreien und die Schattenkinder mit all ihren falschen Strategien in Schach halten. Wie lange habe ich keinen Sonnenaufgang mehr gesehen, der mich in einen goldenen Schein taucht? Stattdessen? Grauer Nebel. Bislang habe ich mir immer gesagt: Du bist nur etwas wert, wenn dich andere loben, wenn du anderen genügst. Niemand hat mir je gesagt, dass ich, so wie ich bin, völlig genüge. Mein Urvertrauen ist, wenn man so will, im Arsch. Ich komme mir vor wie der Hase in der Grube. Kein Wunder, ich habe keinerlei Vertrauen in mich selbst und mache mir Sorgen, Sorgen, Sorgen. Um Dinge, die völlig irrelevant sind. Wenn ich mir gerade keine Sorgen mache, bin ich wie ein Hypochonder auf Sorgensuche, switche zwischen Tagesmeldungen hin und her. Bis endlich eine Katastrophe auftaucht oder das Wetterradar sagt, dass es morgen glatt sein könnte. Das Gefühl, ständig in Schwierigkeiten stecken zu müssen und nicht zu wissen, warum, ist Mist! Woran liegt das?«

Ave schürzte die Lippen und schüttelte irritiert den Kopf.

»Wenn ich tue, was ich will, handle ich schlecht. Ich muss mich nach dem Willen anderer richten. Diese Haltung macht mich zu einem verdammten Kellner im Lokal des Lebens. Ich erfülle den anderen jeden Wunsch, versuche, die Vorstellungen der Kundschaft zu erraten. Dann serviere ich, was sie mutmaßlich beglückt. Aber wo bleiben meine eigenen Bedürfnisse? In diesem Lokal werde ich jedenfalls glatt verhungern! Justin sagt, ich war in der Welt nie wirklich willkommen. Ich bin ein von Selbstwertzweifeln, Schüchternheit und hilfloser Wut geerdeter Wurm. Ein emotional völlig verkorkster obendrein. Ein Soziopath. Ich sollte Flügel haben, der CEO meines Lebens sein! Wenn ich an meine frustrierte Mutter denke, an meinen brachialen Vater ... Beide waren Lehrer, religiöse Fanatiker, sie erteilten Befehle und gingen in ihren Rollen auf. Sie wollten, dass ich genauso werde wie sie, dass ich Eishockey und Geige spiele und mich anständig kleide. Versuch mal, im gestrickten Wollpulli ›Highway to Hell‹ auf der Geige zu spielen ... Beigebracht haben sie mir im Grunde nur, dass ich schlauer, schneller, präziser werden muss. Ein Coach darf so was im Training vermitteln. Aber doch keine Eltern, die an der Wiege stehen und dermaßen stark daran ruckeln, bis sich jegliches Urvertrauen in Luft auflöst. Auch wenn es sich vielleicht lächerlich oder übertrieben anhört, für mich war es unerträglich, meine Kindheit war eine Blaupause der Hölle. Dafür könnte ich sie umbringen.«

Ave stellte sich den kleinen Dave in einer Wiege vor, die wild hin und her geschüttelt wurde, obwohl ihr klar war, dass es sich um eine Metapher handelte. Was hatten ihm diese Eltern angetan? Sich lautstark gestritten? Hatte er sich dabei schützend vor ein Geschwisterkind werfen müssen? Gerne wäre sie darauf eingegangen, doch über Daves Augenlider huschte ein Zwinkern, was sie aus ihren Gedanken riss.

»Kurzum, ich bekam ein extrem negatives Bild meiner Persönlichkeit vermittelt und musste dagegen Strategien entwickeln. Justin nennt sie Projektion, Verdrängung, Repression. Bis nächste Woche soll ich diese Begriffe mit Leben füllen.« Ein peinliches Schweigen folgte. »Nach den Sitzungen fahre ich zum Victoria Park, gehe spazieren, setze mich auf eine Bank, schaue durch die Gegend und schreibe Gedichte. Sogar im Schneetreiben. Toll so was, eine echte Befreiung.«

Ave pfiff durch die Zähne, Dave trank kalt gewordenen Ingwertee und stierte ins Leere. Sie hatte mit einer jüngeren Katastrophe gerechnet, und wenn sie ehrlich war, auf den Klassiker gehofft: Dave wurde von einer Frau verlassen. Die er immer noch liebte. Justin Randoms Job bestand nun darin, in die Mündung eines noch rauchenden Revolvers zu blicken, dessen Patronenschläge schrecklich große Einsamkeit verursachten. Bisher hatte es mit Dave, vom Austausch großartiger Hockeyweisheiten abgesehen, nur belanglose Plaudereien gegeben. Jetzt präsentierte der Nachbar plötzlich schicksalhafte Prägungen, die ihren Fürsorge-Instinkt reizten. War es für die Beziehungspflege unter Eishockeyfans nun Zeit, sich ebenfalls zu öffnen? Sollte Ave erwähnen, dass sie öfter am Tag in die Handtasche lugt und sich vergewissert, dass eine Zahnbürste an Bord ist? Wer weiß? Sie könnte verhaftet werden und dann froh darüber sein, wenigstens die eigene Zahnbürste benutzen zu können.

Während Ave ob dieser Neurose peinlich berührt in die Schachtel mit den Chicken Wings griff, putzte Dave verstohlen an seiner High-End-Gleitsichtbrille herum. Unsicher taxierte sie ihn mit kleinen, dunklen Augen.

»Da du offenbar über eine poetische Ader verfügst, kann ich eines dieser sicherlich streng geheimen Gedichte«, sie hob die Stimme honigsüß an, wie in einer schlechten Arie, »mit rosigen Wangen im klirrend kalten Park verfasst, zu Gehör bekommen?«

Dave setzte die Brille auf die Nase und riss bockig eine Packung rote Sauce auf. »Natürlich nicht, das ist Straßenköterpoesie, noch dazu bei Temperaturen um die minus zehn Grad und einem gehörigen Windchill verfasst. Außerdem hätte ich nur zwei da. Die anderen hütet Justin wie seinen Augapfel.«

Sie ließ nicht locker, machte sich entschlossen an der knusprigen Hühnerhaut zu schaffen und leckte sich die Finger.

»Sind es Hockeygedichte?«

»Unter anderem. Wir leben in Kanada.«

Dave schenkte ihr einen knappen Seitenblick und stellte den Fernseher laut. »And so, ladies and gentlemen, we proudly present our Pittsburgh Penguins!« Cody »The Wall« Stanten, unangefochtener Starting Goalie der Pens, mit gerade mal 19 Jahren bereits Stanley Cup-Champion und als bester Youngster mit der Calder Memorial Trophy ausgezeichnet, fuhr aufs Eis. Ave kreischte wie ein Teenager. Dave hielt sich entnervt die Ohren zu. Ihre Schwärmerei für die neue NHL-Werbeikone war ihm nicht entgangen. Stanten posiert sogar für eine Zahnpastasorte. Weil ihm zwei halbe Schneidezähne fehlen, ist das unbestreitbar lustig. Im letzten Jahr hatte Pittsburgh den Drittrundenpick aus Calgary geholt. Nach wenigen Wochen im Farmteam der Baby Pens biss er sich dort zum Starter durch und stand, als sich

NHL-Stammtorwart Steve Gauthier mit einer Verletzung aus dem Roster verabschiedete, urplötzlich im Rampenlicht. Gleich in seiner Rookie-Saison wurde er zum neuen Heilsbringer, zum Nachfolger einstiger Clubgranden wie Tom Barrasso und Marc-André Fleury. Sein Marktwert hatte sich verzehnfacht. Nur stand er eindeutig im falschen Team und den Oilers im Weg. Aber jetzt hieß es erst einmal: Hand aufs Herz. Eine sichtlich verzückte Sängerin feuerte die kanadische, danach die amerikanische Hymne aus dem Bildschirm. Jetzt musste auch Dave kreischen. Allerdings vor schierem Entsetzen.

Das Woodyou Café füllt sich mit einer Ladung aus feinstem Laub gesägter Puckbunnies. »Teure Kleider an billigen Bitches, gleich wird's ferngesteuert, laut und ungemütlich.« Rob, der Kellner, wie immer ein Meister des Humors, liefert Ave eine kurze Vorwarnung, dazu ein French Toast mit Ahornsirup. Voller Wonne beißt sie hinein. Rob sollte Recht behalten. Die Gesichter von Handydisplays erleuchtet, versprühen die Neuzugänge Glitzerstaub und Cheerleader-Getue. Schöne, bunte Welt. Eine jüngere Ausgabe von Amy Jo Johnson keift: »Was ist heißer als ein durchtrainierter Hockeyspieler?« Die anderen: »Ein tätowierter, durchtrainierter Hockeyspieler!« Rob spielt sich als schwule Gouvernante auf und ersucht die Ladys, etwas dezenter zu sein. Er dreht die Musikanlage lauter. »We are the Same« läuft, eine Platte, die The Tragically Hip vor gut zehn Jahren aufnahmen, um besonders Cafébesucher in Zustände gleichschwebender Aufmerksamkeit zu versetzen. Ave schüttelt sich wie ein nasser Hund. Ihre schwarzen Locken fliegen um den Kopf, sie rückt ihren Pulli zurecht. »Wo sind die in fünf Jahren?«, fragt sie Rob, der ihr den vergessenen Cappuccino bringt.

»Aus dem Paradies vertrieben? Verheiratet? Glücklich mit Connor McDavids Hausschwein?« Sie muss lachen und stellt sich den 100-Millionen-Dollar-Superstar der Oilers als Hausschweinbesitzer vor. Verheiratet? Geschieden? Tot? Da war sie, jene Gedankenkette, die eine krisenfeste Singlefrau von 25 Jahren heimsuchen kann: Such dir was Festes, einen Mann, gut situiert, und schaff dir Kinder an. Männer mögen, nicht nur ihrer Profession wegen, hübsche Absolventinnen von Schwesternakademien. Ave bestand die Prüfungen mit Bestnoten.

Sie muss sich nur im engsten Kreis umschauen. Man kennt das ja: Krankenschwestern heiraten Chefärzte und glauben, das große Los gezogen zu haben. Es folgten Blumenmeere, Traumhochzeiten, und, wie sich herausstellen sollte, eine Schar missratener Kinder. Mediterrane Villen wurden in Southwest bezogen. Und die Doktoren? Ersetzten ihre verblühten Puppenstubenfrauen nacheinander durch Rookies aus dem Nachwuchspool. Veteraninnen gegen Rookies. Wie im Hockey. Jaromír Jágr gegen Nikita Kucherov. Die Veteraninnen müssen gehen und haben dazu die Kinder am Hals. Ratgeber für alle Lebenslagen stapeln sich, und selbst die Hunde jaulen beim Psychiater. Nein, Ave will das alles nicht. Zudem geht ihr jegliche Larmoyanz auf die Nerven. Das Mantra vieler Singles »Die, die man haben möchte, sind nicht interessiert; alle anderen baggern dich an und lassen dich nicht in Frieden« sollen andere Bienchen summen. Freundschaft Plus, zu mehr ist sie augenblicklich nicht bereit.

Die Eltern setzten noch einen drauf und hinterfragten, ob Krankenschwester überhaupt die richtige Berufsentscheidung gewesen war. Ein Wirtschafts- oder Jurastudium sei schließlich immer noch möglich. Die Befürchtungen des

Vaters, Ave könnte sich in einen Hirntoten verlieben und den zuhause pflegen, gehören zur familiären Rhetorik. Um als einziges Kind sizilianischer Vorfahren glücklich zu werden, muss das Elternhaus frühzeitig verlassen werden. Andernfalls droht süditalienische, erdrückende, fürsorgliche Normalität. Doch wer weiß? Vielleicht trügt der Schein, und Barry und Honey Andrews, die als Rechtsanwälte in Toronto tätig sind, arbeiten in Wahrheit fürs Syndikat. Das wäre mal eine faustdicke Überraschung. Nur mit jeder Menge Verrücktheit lassen sich diese Familiensujets konterkarieren. Und Verrücktheit ist eine feste Säule in Aves Leben. Dabei ist die Arbeit schon verrückt und hart genug, voller Blut und Tränen. Wie neulich vor sechs Tagen. Als der Spieler eines Juniorhockeyteams sterben musste. Sie hätte ihm gern geholfen, aber sie wusste genau, dass ihm *niemand* mehr helfen konnte. Sein Team, die Young Oil Barons, hatte ein Auswärtsspiel in Hinton gewonnen. Im Mannschaftsbus wartete man zunächst vergebens auf ihn. Als er sich per Handy beim Coach meldete und verkündete, er würde mit Jerry Simmons, dem Materialwart und Eismeister in dessen Wagen nachkommen, fuhr der Bus vom Hockey Centre am Switzer Drive spät nachmittags ohne ihn ab. Dichtes Schneetreiben hatte eingesetzt. Auf dem Yellowhead Highway sah man kaum die Hand vor Augen. Bei Gainford, 86 km westlich von Edmonton, geriet Simmons' Chevy-Pickup ins Schleudern, kam von der vereisten Straße ab und überschlug sich. Das Fahrzeug knallte gegen einen Baum, die Räder waren ausgekugelt wie Schultergelenke, die Kühlerhaube bohrte sich in eine Schneewehe. Das Wrack mit dem qualmenden Motor fand der Fahrer eines Schneeräumers. Er barg den bewusstlosen Mann am Steuer und rief die Ambulanz. Im Lichtkegel seiner Stablampe entdeckte er abseits vom Geschehen einen weiteren Verletzten, den Spieler des Juniorhockeyteams. Er musste aus dem Chevy geschleudert worden sein und zeigte keine Anzeichen von Vitalität. Wegen der Straßenverhältnisse dauerte es eine halbe Stunde, bis die Rettungscrew eintraf. Ave war an diesem Tag für eine Doppelschicht in der Notaufnahme eingeteilt worden. Im Bereitschaftsraum hieß es zunächst, dass zwei Intubierte eintreffen würden, dann lieferte die Ambulanz nur einen. Ein schwerwiegendes Polytrauma war nicht zu erkennen. Neben starken Prellungen hatten sich zwei Rippen in die Lungenflügel gebohrt. Ein Routineeingriff. Gemeinsam mit Kollegin Lori bereitete sie den Patienten am Desinfektionsbecken der OP-Schleuse vor.

Beim Unfallopfer handelte es sich um den 58-jährigen Jerry Simmons, wohnhaft in St. Albert. Angehörige konnten nicht ermittelt werden. Ein Kerl mit kantigem Gesicht, strohblonden Haaren und einer beträchtlichen Fettschürze. Auf seiner Trage lagen Reste einer zerschnittenen Jeans und der blutüberströmte Hoody mit dem Logo eines Hais. Sie hob ihn an, ein Zettel fiel auf den Boden. Das Kleidungsstück konnte dem Patienten unmöglich gepasst haben. Irgendetwas stachelte sie auf. Nur was? Menschen in Blutlachen gehörten zum Tagesgeschäft. War es der zähnefletschende Hai? Der gefaltete Zettel? Sie zitterte, als sie zu lesen begann.

Rückennummer 39

Zieh Himmelwärts.
Triff die richtige Entscheidung.
Sei konsequent, sei emotional.
Freude, Trauer, Wut, Angst.

Adrenalin peitscht dich nach vorn.
Heulst im Slot wie eine Hyäne.
Sie fliegen übers Eis.
Weiße Federn gleiten durch die Luft.
Der Wind spielt mit ihnen.
Und du bist definitiv am richtigen Ort.

Ein selbstgeschriebenes Hockeygedicht. Die Zeilen begannen zu verschwimmen. War das Daves Schrift? Beim zweiten Lesen wurde ihr mulmig zumute. Schweiß stand ihr auf der Stirn, der Puls schlug wild bis zum Hals, Lichtblitze zuckten. Hatte sie wer an eine Hochspannungsleitung angeschlossen? Ihr zitternder Atem ging unregelmäßig und schien kaum mehr durch die zugeschnürte Kehle zu passen. Es war so, als würde etwas Unheilschwangeres sie magisch in den Tod ziehen. Wie ein schwarzes Loch. Öffnete der Patient die Augen und starrte sie an? Ihr Hirn fuhr Achterbahn, einzig Kollegin Lori war es zu verdanken, dass sie nicht kopfüber in die OP-Schleuse fiel. Lori Cudmore, die kleine Holzfällerin aus Saint Paul, schüttelte Ave hartnäckig und brüllte sie an. »Reiß dich am Riemen!«, waren die Worte, die Ave wieder in die Welt zurückholten. »Du torkelst wie ein neugeborenes Kalb auf Schlittschuhen.« Bei einer ausgewachsenen Panikattacke ist Mitleid fehl am Platz. Und schließlich ging es hier um ein Unfallopfer, das, narkotisiert an Schläuchen und Tropfen gebunden, stabilisiert werden musste. Beklommen schaute sie Lori an und ging mit schlafwandlerischer Sicherheit zurück ans Werk. Den Zettel steckte sie in den Hoody zurück, und der landete in einem gekennzeichneten, grauen Plastiksack.

Dunkle Flashbacks überfielen sie auf dem Weg nach Hause. Befürchtungen, dass eine derartige Schwäche sie erneut heimsuchen könnte, eine Berufsunfähigkeit drohte und die Eltern mit ihren hanebüchenen Karriereideen recht behalten könnten. Ferner musste sie an Dave denken, an das Hockeygedicht, an Justin Randoms Schattenkindergarten. Vor Müdigkeit flackerten ihre glasigen Augen, grelle Lichtschwerter spiegelten sich darin. Der frühmorgendliche Pendlerverkehr erforderte Aves Wachsamkeit. »Savin' me« von Nickelback, »How it Feels« von Scenic Route to Alaska halfen beim Wachbleiben. Als sie links von der 82nd kommend in den Schneematsch der 160th Avenue einbog, waren es nur noch Wimpernschläge bis zum Sinkflug ins Bett. Zeit, den geliebten Stofftieren auf der Schubladenkommode gute Nacht zu sagen.

Fest stand zu diesem Zeitpunkt, dass Jerry Simmons erfolgreich operiert werden konnte. Zur Beobachtung befand er sich auf der Intensivstation. Über das jüngere, am Unfallort verstorbene Opfer wurde bekannt, dass es sich um einen 17-jährigen, deutschen Austauschschüler namens Eric Zacher aus Köln handelte. Zuletzt sei er bei einer Gastfamilie im Stadtteil Lymburn wohnhaft gewesen. Sein Vater Leonard hielt sich beruflich gerade in New York auf, als ein Mitarbeiter des Universitätsklinikums ihn anrief und ihm die Nachricht vom Unfall seines Sohnes übermittelte. Von einer bevorstehenden Operation war die Rede. Fälschlicherweise hatte ein Sanitäter die Papiere des jungen Zacher aus dem Unfallwagen Simmons zugeordnet. Ein radikales Missverständnis mit kaum zu überbietender Tragik, denn Eric befand sich weder im Schockraum noch im Operationstrakt. Seine sterblichen Überreste waren bereits im Kühlkeller des angrenzenden pathologischen Instituts angekommen. Leonard Zacher, im Glauben, seinem Spross nach der Operation beistehen und in die Arme schließen zu können, buchte einen Stand-by-Flug vom LaGuardia Airport nach Edmonton und erhielt die Todesnachricht kurz nach der Ankunft in der Klinik. Er erlitt einen Zusammenbruch, bedurfte medizinischer Hilfe und lehnte im Nachhinein das Angebot einer psychologischen Krisenintervention vehement ab. Der leitende Schichtarzt, Doktor Fraser, nahm sich seiner höchstpersönlich an und sorgte dafür, dass er Obdach in einem Hotel fand.

Nachdem Zacher den ersten Schock leidlich überwunden hatte, stieg eine unbeschreibliche Wut in ihm hoch. Wen konnte er für den Tod seines Sohnes verantwortlich machen? Liebend gerne hätte er sofort mit der Polizei gesprochen, doch Pustekuchen. Vorher mussten Zuständigkeiten geklärt werden. Den Vorgang aufgenommen hatten Bundespolizisten der Royal Canadian Mounted Police. Von diesen hochnäsigen Staatsdienern war in Erfahrung zu bringen, dass man mit der Stadtpolizei, dem Edmonton Police Service, kooperiere, und die Akte zur abschließenden Bearbeitung dorthin übergeben worden sei. Zacher rief das EPS-Quartier an und verlangte, den zuständigen Officer zu sprechen. Eine bärbeißige Angestellte gab ihm einen Namen: James Brooks. Er solle keinen Schreck bekommen, weil Brooks für die Mordkommission arbeiten würde. Der Fall läge dem Detective vertretungsweise vor, und der Obduktionsbericht sei noch nicht abgeschlossen. Wie betäubt hörte Zacher zu. Mord? Es folgte ein zermürbender Anruf beim deutschen Konsulat. »Geduld mit den Behörden« wurde ihm nahegelegt, psychologische Hilfe ließe sich organisieren. Genervt legte Zacher auf. Er wandte sich erneut an Doktor Fraser. Jerry Simmons wollte er sprechen, um Details über den Unfall zu erfahren, doch der Arzt wiegelte ab. Simmons brauche absolute Ruhe. Hilfreich, warf Fraser in die Waagschale, könne ein Treffen mit Ave Andrews sein. Jene Krankenschwester, die Simmons' Operation vorbereitet hatte. Entgegen aller Verschwiegenheitsklauseln schrieb er Zacher die Nummer auf.

Netterweise warnte der Doktor Ave beim Mittagessen vor. Sie starrte ihn ungläubig an. Genauso gut hätte er vorschlagen können, mit den Patientinnen der Schwangerenstation in der Smoking Lounge Dart zu spielen. Aber Fraser war ihr Boss. Er würde nicht nachgeben, so viel stand fest, und Zacher rief tatsächlich an. Warum er sich mit ihr treffen wollte, verriet er nicht. Er berief sich lediglich auf Fraser, und Ave mutmaßte, dass ihre Qualitäten als seelischer Mülleimer gefragt seien. Ein Essen in einem Restaurant schlug sie reserviert aus, trotz bissiger Kälte sollte es ein Treffen unter freiem Himmel werden. Ave wollte dabei um keinen Preis der Welt auffallend hübsch wirken. Thermoleggings schienen ihr angemessen. Sie zwängte sich in eine Daunenjacke mit Kunstpelzkragen und kam in diesem Winterschlauch einer weiblichen Ausgabe vom Michelin-Männchen optisch sehr nahe. Darüber hinaus ähnelte der weiße Pelzbesatz von Weitem einem mutierten kopflosen Felltier, auf dem eine Bommelmütze vom Grabbeltisch ihr Unwesen trieb.

Drei Tage nach dem Unfall kam es zum Nachmittagsstelldichein an einem Imbissstand im Hawrelak Park. Unwohl war ihr zumute, als sie dem etwa 40-jährigen schlanken Mann im Lodenmantel die Hand schüttelte. Sein Griff konnte Knochen brechen, auf eine wortreiche Begrüßungszeremonie verzichtete sie. Das Haupt des Mannes schmückte eine pelzbesetzte Chapka, er trug eine schwarze Jeans und fror offensichtlich. Als würde er sich in einer Art Fluchtmodus befinden, legte Zacher ohne Geplänkel gleich los:

»Danke, Miss Andrews. Schön, dass Sie da sind. Ich weiß, Sie haben meinen Sohn nie gesehen. Er starb am Unfallort. Mir geht es um den Fahrer. Hat er etwas gesagt? Von Eric gesprochen? Ich weiß, Sie dürfen mir über diesen Simmons keinerlei Auskünfte erteilen, aber ich muss es einfach versuchen.«

Zachers Mundwinkel zitterten in sekundenlangem Schweigen, Ave schaute ihn unsicher an. Die eisige Luft stach beiden in die Lippen. Er musste mindestens zwei Köpfe größer sein als sie. Von komplizierten Trauerreaktionen hatte Ave schon gehört. Zacher erschien ihr wie die Verkörperung einer superkomplizierten Trauerreaktion.

»Das ist richtig, von mir werden Sie kein Sterbenswörtchen erfahren.«

Ave überspielte ihre Aufgeregtheit mit einem schnippischen Unterton. Sie spürte, wie ihr trotz der Kälte die Hitze ins Gesicht stieg. Zacher sah sie hilflos an und sprach erneut auf sie ein: »Sagen Sie mir einfach, an was Sie sich erinnern. Bitte. Simmons ... Wie sah er aus?«

»Mister Zacher, ich werde diese Frage auf sich beruhen lassen. Beantworten darf ich sie Ihnen nicht. Hätten Sie mir Ihr Anliegen am Telefon geschildert, wäre es zu keinem Treffen gekommen.« Ave klang ruhiger, als sie sich fühlte. »Mein tiefes, herzlichstes Beileid«, schob sie fast flüsternd hinterher. Ihre Miene verzog sich zu einem unbehaglich dreinschauenden Gesicht. »Befragen Sie alle Kollegen aus dem Klinikum?«

Zacher zuckte resigniert mit den Achseln und stammelte: »Vergessen Sie es. Das war eine naive Idee von mir. Beziehungsweise von Doktor Fraser, der mich so schnell wie möglich loswerden wollte. Ich werde eine schwarze Schleife drum machen und die Sache auf sich beruhen lassen. Vielleicht lassen mich die Ärzte bald mit Simmons reden.«

Ave wand den Kopf kurz ab, holte tief Luft, pustete. Dampfender Atem verfing sich in nebliger Luft. Dann bestellte sie für jeden Slider und einen Becher Kaffee. Beiläufig fragte sie: »Ist Ihre Frau in Europa geblieben?«

»Erics Mutter ist vor fünf Jahren verschollen. Ich habe sie nie wiedergesehen, das Kapitel ist abgeschlossen.«

»Das alles muss sehr schwer für Sie sein. Ich kann mir gar nicht vorstellen, wie schwer.« Um ein Schweigen zu überspielen, biss Ave rasch ins Gebäck und blickte verstohlen auf die Uhr. Es war gegen drei, abends wollte sie mit Lori ins Kino gehen. Auch Zacher machte sich über den Slider her. In seinen tief umschatteten Augen glänzten Tränen.

»Ganz recht«, bemerkte er, jetzt etwas gefasster, »es ist schwer. Weil es keinen Sinn macht. Eric ist, nein war mein einziges Kind, das niemals jemandem Unrecht angetan hat. Na gut, er war Sprayer und taggte gelegentlich mit seinen Buddys irgendwelche Brücken zu. Das dürfte er von seiner Mutter haben. Sie war Künstlerin. Aber eigentlich wollte er bloß Hockey spielen. Zuhause in Köln ging er aufs Sportinternat.«

Ave runzelte die Stirn. Mit bemüht ruhiger Stimme fragte sie: »Schrieb er Gedichte?«

»Nicht, dass ich wüsste. Wie kommen Sie auf so etwas?« Zacher starrte sie an, als hätte Ave chinesisch gesprochen. Sie brachte den Hoody ins Spiel.

»Auf der Trage fanden wir ein Kleidungsstück, das Simmons beileibe nicht passen kann.«

Zacher verdrehte die Augen. »Einer der Sanitäter sah die Sache ganz anders, deswegen hat die Klinik mir am Telefon weisgemacht, Eric läge auf dem OP-Tisch. Wie ein verdammtes Gepäckstück, das man am Flughafenband verwechselt hat. So eine Scheiße.«

Aves Blick ruhte unverwandt auf ihm. Fraser hatte ihr von dem Missverständnis erzählt. Leise, aber fest setzte sie fort: »Ein Hoody mit einem Hai drauf, ein ähnliches Logo verwenden die San Jose Sharks in der NHL.«

»Den ...« Zacher versagte die Stimme. Für Sekunden musste er sich sammeln. »... Pullover habe ich ihm geschickt. Mit einem Autogramm von Christian Ehrhoff drauf, in der Mitte des weißen Hais.« Vor ihrem geistigen Auge sah Ave den blutbefleckten Hoody. Auch den Hai, der jedoch den Anschein erweckte, dass er einen Surfer in Stücke gerissen hätte. Eine Assoziation, die sie besser verschwieg. »Darauf habe ich nicht geachtet. Ich war von einem Zettel abgelenkt, der aus dem Hoody fiel. Ein englischsprachiges Hockeygedicht, von Hand geschrieben.«

Zacher schüttelte den Kopf. Ave ließ nicht locker. »Hatte er eine Freundin?«

Sie erntete ein Lächeln.

»Eric hatte immer Freundinnen. Von Ashley, einer Indianerdame aus Hinton, war zuletzt die Rede.«

»Einer First Nation-Lady«, verbesserte Ave.

»Das dürfte der richtige Terminus sein. Beim letzten Skypen war er völlig von den Socken. So, als hätte er die künftige Miss Alberta an der Angel. Kennenlernen sollte ich sie. Glauben Sie mir, wenn ein Sohn derartiges zum Vater sagt, steckt was dahinter. Na ja, er war Hockeyspieler, darauf stehen die Mädchen. Ein Center auf dem Weg von der Kölner Jugend ins kanadische College. Von dort sollte der Weg in die Western Hockey League führen.«

»Eine der renommiertesten Juniorenligen der Welt, aus der viele NHL-Spieler rekrutiert werden.«

Auf Zachers Stirn bildete sich eine Falte. »Er hatte die Prince Albert Raiders im Blick.«

»Die Leon Draisaitl über den großen Teich nach Saskatchewan zogen.«

»Richtig. Die Zeit in Edmonton sollte der Anfang für eine große Karriere werden. Jetzt wissen Sie es. Wollten Sie das eigentlich wissen?«

»Doch, natürlich«, sagte sie leicht verwirrt.

Sogleich fuhr er fort: »Von mir hat er das nicht. Ich war zwar immer ein leidenschaftlicher Hockeyfan, habe aber nie aktiv gespielt und verknote mir heute noch die Beine auf dem Eis. Den NHL-Traum hat ihm ein Kanadier in den Kopf gepflanzt, der in der letzten Saison für Köln stürmte.«

»Wer war das? Ich bin ein wandelndes Eishockey-Lexikon.«

Zacher dachte eine Weile nach und zuckte dann die Achseln.

»Tut mir leid, mein Gedächtnis lässt mich im Stich.«

»Und Ihr Sohn schrieb keine Gedichte? Jungs tun so etwas manchmal.« Zacher unterbrach sie wirsch: »Ein gedichteschreibendes Weichei war er nicht, zumindest nicht, dass ich wüsste.« Ausweichend fragte Ave: »Warum gaben Sie Ihrem Jungen keinen deutschen Namen?«

Zacher starrte in einen zusammengefegten Schneeberg, stampfte mit den Schuhen mehrfach plump hinein, so, als müsse die gestellte Frage darin zertreten werden. »Tut mir leid.« Ave biss sich auf die Lippen. Obwohl ihr der tiefere Anlass ihrer Begegnung weiterhin schleierhaft vorkam: Dieser Zacher wollte eigentlich sie befragen. Stattdessen nahm sie ihn ins Kreuzverhör. Fehlten nur noch gute Ratschläge. Nur das nicht. War es zudem clever gewesen, das Gedicht zu erwähnen? Ave blickte wankelmütig in sein weiches Gesicht, in graubraune Augen unter schwarzen Brauen. Zachers Mundwinkel verzogen sich zu einem gequälten Lächeln.

Erst verkrampften sich seine Hände am dampfenden Kaffeebecher, bis das Styropor zu bersten drohte. Dann schien er daran wie festgefroren zu sein. Ein Retriever hatte sich von der Leine seines Besitzers losgerissen. Der Hund kam mit großen Karamellaugen angerannt, warf sich in den Schnee, steckte seine Schnauze tief hinein, rutschte Ave vor die Stiefel und stob genauso schnell davon wie er gekommen war. Zacher bekam Schnappatmung. Hatte er Angst vor Hunden? Vor einem verspielten Retriever? Er bebte am ganzen Körper, ging in die Hocke und drohte, auf den gefrorenen Boden zu stürzen.

»Hey, Mister! Sind Sie in Ordnung? Alles okay? Kommen Sie wieder hoch, es ist leider keine Bank in der Nähe.« Beunruhigende Gedanken kreisten durch ihren Kopf: »Eine Panikattacke rollt heran, nicht zu fassen. Ohrfeigen und anbrüllen? Nein. Muss der Kerl mir das nachmachen?« Sie nahm die Mütze ab, warf einen schnellen Blick in den Park, raufte sich den Schopf. Dann legte sie beide Arme unbeholfen um den Deutschen, zog ihn zu sich hoch, umarmte ihn. Langsam schien sich sein Zustand zu bessern. Sie löste sich von ihm und sah ihm wieder in die Augen. Schweiß perlte auf seiner Stirn. Zacher zündete sich eine Zigarette an. Wie ein beim Schlagschuss demolierter Hockeyschläger hing sie ihm unter der Nase. Er blies Rauch in die Luft. Ein peinliches Schweigen folgte, bis er langsam aber sicher wieder Farbe im Gesicht bekam.

»Ich heiße Leonard. Wenn Ihnen das zu lang ist, denken Sie an Leon Draisaitl.«

»Leon, na gut. Ich bin Ave.« Sie versuchte die Situation zu überspielen, lächelte ihn an wie ein kleines Mädchen und fuhr fort: »Der deutsche Gretzky. Wir lieben den hier. Am Tag nach dem Unfall war er mit der Mannschaft im

Hospital und hat die Kinder auf der Krebsstation besucht, eine Charity-Aktion. Für beide Seiten steht es nicht gut. Die Oilers liegen meilenweit hinter einem Playoff-Platz und schaffen es immer wieder, enge Spiele noch zu verlieren. Was das Überleben betrifft, sieht es für manche der Kinder ähnlich aus.«

Ein makabrer Vergleich. Zacher ging nicht darauf ein und sagte: »Ich will Antworten. Es gibt ein paar Dinge, die ich wissen muss. Mein Sohn ist tot, ich spreche hoffentlich bald mit dem zuständigen Detective. Die Cops, die ich befragt habe, halten sich bedeckt. Doktor Fraser sagte mir, der Verdacht läge nahe, Eric sei nicht unmittelbar an den Unfallfolgen gestorben, weshalb ihn die Rechtsmedizin unter ihren Fittichen hat. Sein Fall wird aber nicht mit hoher Priorität bearbeitet. Ich bin leider keine königliche Hoheit, sondern nur ein kleiner Finanzmakler aus Köln.«

Zacher haderte sichtlich mit dem Schicksal. In seinen Augen blitzten unterdrückte Wut und Trauer. Resigniert sprach er weiter: »Hat man Ihnen gesagt, dass Eric ohne rechten Unterschenkel aufgefunden wurde?«

Ave schüttelte ungläubig den Kopf, vor Entsetzen klappte ihr Mund auf.

»Der ist weg, verschwunden, sie haben die ganze Gegend abgesucht. Verrückt, oder? Ich war gestern dort. Habe ein Holzkreuz in den Schnee gesteckt und wie an einem erbärmlichen Grab gebetet und innegehalten. Da war schon kein Absperrband mehr zu sehen. Was wohl logisch ist, so direkt an der Straße.«

Ave nahm einen letzten Schluck Kaffee und warf den Becher im hohen Bogen in den nächstbesten Mülleimer. Der Imbissstandbetreiber gesellte sich mit einem fetten Grinsen hinzu. »Guter Treffer«, verkündete er mit südasiatischem

Singsang in der Stimme. Zacher hakte sich bei der verdutzten Ave unter.

»Lassen Sie uns ein Stück gehen.«

Seine Berührung fühlte sich seltsam an, so, als würde man gemeinsam auf eine nicht näher definierte Jagd gehen. Sie schlenderten schweigend durch die erstarrte Winterlandschaft, kamen an nichtssagenden Gebäuden, an den Rückseiten von Bars vorbei. Auf angelegten Spritzflächen schienen Hockey- und Curlingspieler ihren Spaß zu haben. Weiter ging es in Richtung eines Stahl-Glas-Hotels mit gelber Eingangsmarkise, zum Matrix Lodge, Zachers Unterkunft. Noch immer ein bisschen blass im Gesicht, wurde er wieder redseliger.

»Sie wollten vorhin wissen, warum meinem Sohn kein typisch deutscher Vorname verpasst wurde. Warum Eric und nicht Erich?«

Ave nickte. Sie hätte jetzt auch gerne geraucht, hatte aber gerade erst damit aufgehört. Also sog sie den Qualm ihres Begleiters mehr schlecht als recht ein.

»Erich wäre eine Alternative gewesen. Wir, also ich – meine Frau hat sich für solche Details kaum interessiert – finde, dass Erich Kühnhackl einer der besten deutschen Eishockeyspieler war. Doch so ein altbackener Name klingt heutzutage spröde und unsportlich ...« Ave unterbrach ihn wie eine neunmalkluge Schülerin ihren Lehrer. »Selbst Kühnhackl wollte keinen Thomas, sondern einen Tom, und der spielt mit zwei Stanley Cups gesegnet in Steel City, Pittsburgh, in der Checking Line. Einer, der sich in Schüsse wirft und neulich mit den Skates einen Puck von der Torlinie angelte. Tom Kühnhackl hat euch in der Olympia-Qualifikation nach Südkorea geschossen. Am Saisonende läuft sein Vertrag aus. Über Hockey müssen Sie mir nichts erzählen, das ist hier wichtiger als die politische Landschaft. Wer Hockey versteht, versteht die Kanadier, das liegt in der Natur der Sache. Dass ich auf einen deutschen Fan treffe, überrascht mich ein wenig. Ich dachte, ihr seid alle vom Fußball geküsst.« Zacher entgegnete emotionslos: »Sie haben recht, in Deutschland dreht sich fast alles um Fußball. Eishockey ist bei weitem nicht so präsent. Wir haben Probleme mit dem Nachwuchs. Wer groß rauskommen will, setzt alles auf eine Karte und versucht sein Glück in Nordamerika. Wir sind keine Schweden oder Russen, kein Land, in dem Talente von den Bäumen fallen. Aber wir haben prägende Figuren wie Marco Sturm, Uwe Krupp und Dennis Seidenberg in die NHL geschickt. Nicht zu vergessen: Leon Draisaitl. Den hat mein Sohn hündisch verehrt, deswegen wollte er hierher. Der kanadische Außenstürmer, verdammt, mir fällt auf Gedeih und Verderb kein Name dazu ein, hat ihm erzählt, dass einem die Stars in Edmonton ständig über den Weg laufen, man mit ihnen sogar Hockey spielen kann. Völlig verrückt.«

Ave fuhr unverblümt fort: »Und Korbinian Holzer, um noch einen weiteren Spieler zu nennen. So ein schöner Name! Kor-bi-ni-an.« Sie betonte genüsslich jede Silbe.

»Holzer ist wie die Mehrzahl der NHL-Deutschen keine Schlüsselfigur, und überzähliger Verteidiger in Anaheim.«

»Das stimmt, dem droht der Abgang, was sage ich, die Ducks werden ihn in die AHL, zu den San Diego Gulls, schicken, jede Wette. Ich habe gelesen, dass es ihm in Kalifornien gut gefällt. Da kriegt man viel Vitamin D ab. Manchmal im Winter beneide ich jeden, der irgendwo auf der Welt kultiviert in der Sonne baden kann.«

Zacher nickte zustimmend.

»Kann ich eine Zigarette bekommen?«

»Miss Andrews, also Ave, darf man hier eigentlich in der Öffentlichkeit rauchen? Ich komme gerade aus New York.«

Er nestelte eine Kippe aus der Packung, reichte sie weiter und entflammte ein Sturmfeuerzeug unter ihrer Nase.

»Danke. Ja, darf man, wir sind doch nicht im Central Park.«

Ave sog den Rauch tief in die Lunge, musste ein wenig husten und fügte hinzu: »Was allerdings die restriktiven Trinkvorschriften anbelangt, müssen Sie von einer planungsschwangeren Angelegenheit ausgehen, ähnlich wie in den USA.«

»Ich sollte dich jetzt also besser nicht zu einem Drink aus meiner Manteltasche einladen?«

Konsterniert blickte Ave ihn an. Erst als sie erkannte, dass Zachers Augen belustigt funkelten, wusste sie, dass die Frage nicht ernstgemeint war. Die Zigarette, die erste seit dem Sieg der Oilers gegen Calgary neulich im Rogers Place, schmeckte furchtbar gut. Eigentlich war es Dave, der sie bis dato erfolgreich zur Nichtraucherin umgeschult hatte. Heute versagte seine Argumentationslinie, O-Ton: »Rauchen ist so, als würde man den Mund an einen Auspuff halten, das ist doch wahnwitzig«, auf ganzer Strecke. Am Matrix Lodge angekommen, verabschiedeten sich beide voneinander mit einem warmen Handschlag. Viel sanfter als zu Anfang.

So grazil es eben ging, schritt Ave wenig später in dicken Winterschuhen zielstrebig von dannen. Mehrere Wellen schüttelten ihren Körper durch, eine Mischung aus Mitleid und vager Sympathie. Sie traute sich nicht, sich umzuschauen und spürte Zachers Blick warm auf ihrem Rücken.

Drei Tage war diese Begegnung her. Zwischen letztem Mittwoch und heute arbeiteten Aves Gedanken wie die Kolben einer Dampfmaschine. Im mollig warmen Hier und Jetzt läuft noch immer The Hip, die Cheerleader-Gang hat das Woodyou Café inzwischen verlassen. Rob kehrt das Chaos aus Colaflaschen, Chips- und Pizzaresten beisammen, als es draußen kräftig rumst. Ein ganz bestimmtes, schreckliches Geräusch, das nur ein Unfall mit Personenschaden verursacht, wenn Blech und Körper miteinander kollidieren. All jene Gäste zucken zusammen, die nicht wie Psychonauten einer Kopfhörer-Disco hörig sind. Ave späht aus dem Fenster. Auf dem Gehweg krümmt sich ein Fußgänger, der von einem Auto erfasst wurde. Der schwere Subaru hatte wohl noch zu bremsen versucht, war nach dem Aufprall mitsamt Anhänger von der Fahrbahn abgekommen, auf der Seite gelandet und splitternd in die Auslage eines Souvenirladens gekracht. Die Umstehenden sind dabei, Hilfe anzurufen. Eigentlich müsste Ave als ausgebildete Krankenschwester jetzt an vorderster Front stehen. Gerade will sie aus dem Café eilen, entscheidet sich aber fürs Sitzenbleiben, als ihr gewahr wird, dass sich bereits Ersthelfer über das Opfer beugen, um es in eine stabile Seitenlage zu legen. Mit pochendem Herzen verfolgt sie das Gewusel. Einige Passanten filmen oder knipsen Fotos, was Rob auf die Palme bringt. Der Kellner stürzt ins Freie, fuchtelt mit den Händen und entreißt einigen Voyeuren vorübergehend die Geräte. In der Ferne sind endlich Sirenen zu hören. Kurz darauf werfen Streifenwagen rotblaue Lichtblitze durch die Fenster, dann werden zwei scheinbar leicht Verletzte aus dem Wagen geborgen. Eine Sichtschutzplane wird um den verunglückten Fußgänger aufgestellt, dahinter ringen Sanitäter um sein Leben. Als er abtransportiert werden kann, klatschen einige der Zuschauer, so als wäre ein verletzter Eishockeyspieler nach einem Knockdown wieder auf die Kufen gekommen. Jemand sammelt einen blutgetränkten weißen Stetson auf und pfeffert ihn in den Ambulanzwagen hinein.

»Gut gemacht, Rob, bist mein Tagesheld.«

Ave gibt dem Kellner einen Klaps auf den Po.

»Weil ich diesen Witzbolden den Instagram-Ruhm vermasselt habe? Da krieg ich Weltekel! Noch einen Espresso, Ave?«

»Gerne. Wie sah der Fußgänger aus?«

»Ein großer älterer Herr, Farmknabe vom Typ Cowboy, vielleicht um die siebzig. Hat viel Blut verloren. Er soll aus den Parklands, aus Red Deer stammen«, entfährt es ihm sichtlich erregt.

»Herrjeh. Tausende Rodeos überlebt und dann von einem Blechkasten überrollt.«

»Wo du recht hast, hast du recht«, bemerkt Rob und lächelt schief.

»Zum Espresso die Rechnung bitte, ich stehe darauf, mich finanziell zu verändern.«

Draußen sehen sich drei Uniformierte den Unfallort näher an. Sie beäugen auf der Motorhaube des Subaru eine Art Pokal, der unversehrt zu sein scheint. Ein mit Kronkorken beklebter Stanley Cup. Einer der Cops trägt ihn triumphierend über seinem Kopf zum Bordstein, die anderen klatschen. Ave trinkt den Espresso in einem Zug, legt Geld auf den Tisch, als ihr Telefon klingelt. Es ist Dave. Seufzend nimmt sie den Anruf an.

»Hey, Brooks, du zahnloser Detective. Ich bin's, Joel Quenneville. Na komm schon, Coach Q von den Chicago Blackhawks. Wir schreiben einen Tag im Januar. Welchen, habe ich vergessen. Kannst du die Musik lauter drehen? Sie spielen The Who's ›Baba O'Riley‹. Nicht? Gut, dann muss ich's mir eingebildet haben. Wenn du wüsstest, was rund ums Madhouse on Madison los ist! Brooks, sag ihnen, sie sollen sich zum Teufel scheren. Keine Anrufe mehr, keine Presse, keine Fragen mehr zum Desaster gegen die Red Wings. Da war kein Hochmut im Spiel. Hochmut wäre es gewesen, wenn wir nach dem 0:4 am Ende 8:4 gewonnen hätten. Haben wir nicht. Du weißt, wie's läuft: Erst wenn wir vor den Playoffs unterm Strich liegen, sind wir das Low-End-Team, von dem bereits jetzt alle fabulieren. Aber gut, die Experten haben recht. Unser Powerplay ist nicht schlecht, es ist grottenschlecht, und ich mutiere an der Bande zum Meister des Fremdschämens. In der Conference sitzt uns Colorado im Nacken, San Jose baut Polster auf, weiß ich alles. Also, frag mich im April wieder. Sollen sie getrost die jüngere Vergangenheit zermahlen und runterkauen wie ein schlechtes Barbecue. Oder einen Seifenblasenflashmob veranstalten. Drei Meisterschaften hat Windy City zuletzt gesehen, mich lieben sie hier. Wegen dieser drei Stanley Cups, wegen meines Schnäuzers. Der hat sogar einen eigenen Twitter-Account. Ist das zu fassen? Ich glaube, ich lass mir untenrum auch einen wachsen. Einige unserer besten Jungs sind auf unbestimmte Zeit draußen. Das Wort Oberkörperverletzung kann ich nicht mehr hören. Wenn es ganz mies läuft, wird vor allem Crawford den Rest der Saison abhaken müssen. Und du weißt, der ist einer der besten Goalies in der National Hockey League. Verdammt, Brooks, sei nicht so mundfaul wie ein Elch an der Theke und sag mir sofort, wo mein verdammter General Manager Stan Bowman ist.« Coach Q kippelt ungeduldig auf einem Holzschemel herum und lässt ihn dann unsanft mit den Vorderbeinen auf den Dielenboden krachen. Es klingt wie der Schuss aus einer 9mm-Pistole. »Hallo Stan? Steckst du hinter deinem verdammten Twin Peaks-Vorhang? Hör mal, können wir die lecke Defense stopfen? Haben wir Dollarluft nach oben? Muss ich davon ausgehen, dass dem nicht so ist und Seabrook die Sache blockiert? Stan? Sag was! Du wirst wissen, warum Brentyboy fünf Millionen Bucks pro Saison einstreicht. Wir lassen ihn nur ziehen, wenn er das will? Der Brent, der seinen Verteidigerladen kaum mehr im Griff hat? Der gerade kein Klingberg, Hedman oder PK Subban ist? Meine Güte, mir kommen die Tränen. Diese Jungs haben es drauf und sie spielen alle nicht für uns. Da kann Old Alfred Ramsey mit seinem Never-change-a-winning-team noch so unverfroren grinsen. Duncan Keith kriegt 7,5 Millionen pro Jahr? Was muss ich lesen? Über 40 Spiele, 22 Vorlagen, kein Treffer. Okay, dafür sind scheinbar andere zuständig. Wenn sie gute Tage haben und Tore produzieren. Sofern sich ihre Talismänner nicht als Seuchenvögel entpuppen.« Coach Q nickt wie ein

Wackeldackel überm Schlagloch und blickt eine Weile stumpf vor sich hin. »Okay, Brooks, mein Manager spricht nicht mehr mit mir. Also hör du dir das an, diese Geschichte liebe ich: Captain Toews trennte sich nach der Niederlage gegen Vegas von einem völlig verfilzten Tennisball. Er hat ihn in den Müll geworfen. Das Ding trug er seit Collegezeiten in der Hosentasche spazieren. Hat was gebracht, die Matches gegen die Oilers und die Sens liefen super. Toews rief sein Potential ab. Doch als wir Minnesota vor der Brust hatten, kullerte ihm das Ding wie eine dreckige Wiedergeburt vor die Kufen. Vermutlich brachte es die Putztruppe zuhause nicht übers Herz, das verfluchte Ding dem Hockeyjenseits für ausgemusterte Mojos zuzuführen. Seitdem hat er wieder Dreck am Schläger, und mich werden sie am Ende dafür noch feuern.« Coach Q zieht ein Taktiktäfelchen hervor, steppt mit dem Filzmarker darauf herum und vollendet einen perfekt geeichten Spielzug in Überzahl. Brooks ist Teil des Strichwerks. Er ist für den Todespass hinterm Tor zuständig. »So muss es laufen. Mit der Brechstange aus dem Büro heraus, nicht wahr?« Der Coach richtet sich schwerfällig auf, nimmt das Sakko vom Haken, unter seinen Füßen ächzen die Dielen. »Werde nun nach Hause fahren, schlafen gehen. Schafe zählen ist nicht meins. Ich zähle Pucks. Solltest du auch probieren.« Brooks versucht, sich aus der Zeichnung herauszuschälen und scheitert. Er bleibt ein dunkler, unbeweglicher Fleck mit der Rückennummer 99. »Gretzky! Mein Gott, ich bin Wayne Gretzky und spiele bei den Blackhawks. Warum vibriert mein Herz nicht? Ich höre es doch, sehe es nur nicht, ich muss Pucks zählen. Das hat der Coach gesagt. Dreizehn, vierzehn ...« Eine Zamboni zockelt aufs Eis. Es kracht, poltert, splittert. Die Zuschauer johlen. Um die Maschine herum legt Tommy Hawk einen Indianertanz aufs Parkett. Plötzlich stoppt er und zieht eine Peitsche, die er bedrohlich auf Brooks richtet. Seine Augen weiten sich ungläubig. »Mein Gott, Tommy Hawk ist unser Maskottchen. Das kann Tommy kaum bringen. Ich bin Wayne Gretzky und komme nicht vom Fleck.« Brooks versucht, auf Mitspieler zu deuten, es klappt nicht. »Die sind viel schlechter als ich. Jeder von ihnen! Einen Gretzky schlägt man nicht. Neunzehn, zwanzig ...«

James Brooks reißt die Augen auf. Er brüllt wie am Spieß: »Tommy!« Sein Herz vibriert nicht nur, es hämmert. Er sitzt aufrecht auf seinem Sofa. Die Zähne fest aufeinandergebissen, stiert er auf ein vom Flurlicht erhelltes Poster in Türnähe. Es zeigt das Teamfoto der Edmonton Oilers nach dem fulminanten Cup-Finale 1988 gegen Boston. Wayne Gretzky strahlt ihn an, das Poltern und Krachen hört nicht auf. Er versucht, klar zu denken und schaukelt wie ein aus dem Takt geratenes Metronom hin und her. »Verflucht, ich bin Gretzky, The Great One, der beste Spieler aller Zeiten!« Er fasst sich ins zerknitterte Gesicht, streicht prüfend über Arme, Hände, seinen leicht aus der Form geratenen Bauch. »Nein. Nicht Gretzky, der war immer frisch rasiert.« Im Halbdunkel hechtet er zum Fenster, zieht den Vorhang zur Seite und kurbelt es auf. Ein Schwall kalter Luft, das lachsfarbene Licht der Straßenlaternen empfangen ihn. Sein Blick wandert im Uhrzeigersinn und kann sich für keinen Fixpunkt entscheiden. Windstöße bringen Schatten zum Tanzen. Links hat der Sturm die Mülltonnen umgerissen. Unrat liegt herum. Metalldeckel scheppern über den Asphalt, einige rollen wie Münzen über ein weißes Schneetischtuch. Rechts spielen Baumkronen mit ihren Zweigen in der Luft. Vom Freeway weht gedämpfter Verkehrslärm herüber. Sonst ist nichts zu hören. Winter in Edmonton. Die Kälte ist stofflich, als könne man sie greifen. Nie ist es in diesen Monaten schrill und laut. Die Kälte dämpft alles, rückt den sonst so omnipotenten Rabatz einer Beinahe-Millionenstadt in weite Ferne.

»Das ist mein Apartment, mein Wohnzimmer. Der Fernseher läuft ... und wer da an der Bande steht ... ist? Liebe Güte!« Langsam schüttelt Brooks seine Benommenheit ab und zieht die Stirn in Falten. »Gottbewahre, das kann nicht sein, verdammte Werbebreaks. Verdammte Axt. Fünf Bier, und du fliegst aus dem heiligen Kreis der Zuschauer«, blafft er leise vor sich hin und begibt sich ins Bad. Sein abschätziger Blick in den erleuchteten Spiegel zeigt ein verkniffenes Gesicht mit dunklen, verschwitzten Haaren und ergrauten Schläfen. Nach Dienstschluss hatte er mit seinem Sohn in Deutschland telefoniert. Es ärgert ihn mächtig, dass Su-Ling, seine geschiedene Frau, ihm diesen Europatrip ermöglicht hatte. Neulich faselte sie sogar davon, dass Carl auf einem Schweizer Internat besser aufgehoben sei als auf einem College in Westkanada mit astreinem Hockeyprogramm.

Brooks' Mund ist trocken wie Sägemehl, die Zunge pelzig. Zurück im Wohnzimmer, findet er eine angebrochene Bierflasche, verleibt sich den Inhalt ein und hängt verschwurbelten Gedanken nach: »Nichts wie ins Bett, und das steht seit zwei Jahren, nach dem Ende meiner Ehefähigkeit, hier in South Central Edmonton.« Wieder finden seine olivgrünen Augen das Oilers-Plakat. Ein kaum hörbares, desperates Lachen entfährt ihm beim Blick auf die Vergangenheit vor dreißig Jahren. Brooks war damals Teenager, so alt wie Carl heute, unbesiegbare 17, den Kopf voller Träume: Sei, was du sein möchtest, sei ein Star. »Und dann kreuzt eine süße chinesische Grinsekatze an einem perfekten Tag voller Sonne, Glück und Zukunft deinen Weg auf Vancouver Island, wackelt mit dem Knackarsch, und du hältst das für die Mutter aller Dinge. Zappzarapp, Ende. Zieh das College durch, vergiss die Träume, werde Cop. Und kein Gretzky.«

Dabei hätte Edmonton anno 1988 ein neuer Gretzky gut zu Gesicht gestanden. Kurz nach dem Foto für das Poster transferierten sie ihn nach Los Angeles, und nichts war mehr wie vorher. »Und was bist du jetzt? Ein alter, geschiedener Junggeselle, der sich allein durchs Leben wurstet. Dem die Frau erst auf Probe, und als sie sich in Vancouver neu eingerichtet hatte, endgültig weggelaufen ist. Der schwermütige Prototyp eines Polizisten. Es ist wie es ist ... Doch was wollte Gretzky in Chicago? Was wollte ich da? Ich kann die Blackhawks auf Teufel komm raus nicht leiden. Und wie bescheuert darf man als Mutter sein? Als ob es in der Schweiz keine Drogen geben würde, kein Marihuana. Das Zeug wird hier eh bald legalisiert.«

Wurde Carl doch vor seiner Abreise auf dem Schulklo erwischt, als er Gras kaufen wollte. Brooks kann Su-Lings Vorschlag immer noch nicht fassen und muss an einen Vortrag denken, den die Präventionsabteilung der Polizei kürzlich vor Schülern in Ottawa gehalten hatte. Der Tenor: Junge Kiffer würden unter Testosteronmangel leiden und ihnen folglich Brüste wachsen. Die Kids waren erschrocken. Als die Öffentlichkeit Wind von der Sache bekam und ein Video auf YouTube gestellt wurde, hatten sich die Verantwortlichen für den fragwürdigen Vortrag in den Staub zu werfen.

Er lacht verzerrt, stöbert im Chaos aus Pizza-Hut-Kartons und leeren Bierflaschen nach der Fernbedienung. Aus dem Seitenwinkel sieht er, wie der Headcoach der Chicago Blackhawks von einem Reporter beim Spielstand von 0:2 in die Mangel genommen wird. Coach Q spricht schnell und sachlich, als würde er einen Brief diktieren. Darunter reibt er sich wie besessen die Hände. Wieder kein guter Tag für die Hawks. Brooks schaltet den Kasten aus und tigert in der geräumigen Wohnung umher. Zu guter Letzt steuert er das Schlafzimmer an und befreit sich von den Klamotten. Ein gutes Gefühl. Bevor er in die Kissen fällt, platziert er die Glock 22 auf dem Nachtschrank. Die Lider sind schwer, doch der Schlaf lässt sich bitten. Der Schuldige ist schnell ausgemacht. Durchs Fenster scheint ein voller Mond. Kalt und hell. Brooks blinzelt hinein und denkt wehmütig an das letzte Mal, als er Carl zum Hockeytraining gefahren hat. Drei Wochen ist das her. Er denkt an den Wecker, den er heute nicht stellen muss. Daran, dass es mit dem Ausschlafen klappen möge, gleichwohl es in der Mordkommission ständig hochhergeht.

Nachdem er den Streifendienst vor gut zwanzig Jahren abgerissen hatte, landete er im Drogendezernat. Die Dienste waren anfangs sauber, man konnte sogar von einem intakten Familienleben sprechen. Anschließend beorderten sie ihn an die Front, bis er die Heerscharen von Dealern, Junkies und Prostituierten satthatte. Den ganzen vermoderten Delikatessenladen aus Lügen und Gestank. Kaum hatte er eine Kaschemme dichtgemacht, öffnete ein paar Blocks weiter die nächste. An die sich ständig klonenden Hintermänner kam man selten ran. Die rasend schnelle Vergänglichkeit todgeweihter Süchtiger stieß ihm übel auf. Denkt er heute an all die Verhöre und Hausbesuche, nach denen er am liebsten in ein Fass voller Desinfektionsmittel gesprungen wäre, wird ihm immer noch schlecht. Der Kampf gegen die Drogen ist und war in Oil Country, in der Stadt der Champions, nicht zu gewinnen. Mit dem völlig ernstgemeinten Vorschlag »Legalisiert das Zeug, und alle gehen friedlich nach Hause« stand er allein auf weiter Flur. *Deadmonton* ist eine verrückte Drogenhochburg. Heroin, Meth, Fentanyl, Steroide, Khat, Koks und was noch alles. Die einen pfeifen sich's rein, um Spaß zu haben. Irgendwann kriegen sie nicht mehr mit, wann der Spaß außer Kontrolle gerät. Die anderen haben die langen Winter satt und können sich kein Upgrade in die Sonne leisten. Dass die Oilers seit gefühlten Ewigkeiten nicht mehr auf der Whyte Avenue in Old Strathcona feierten, trägt sicherlich auch ein Scherflein dazu bei.

Als Ende der 1990er-Jahre Gretzkys Karriere dem Ende geweiht war, wollte Brooks hinschmeißen, auswandern, Trapper werden, Bären jagen, einfach nur weg. Su-Ling überzeugte ihn inbrünstig vom Gegenteil. Soeben waren sie in ein schniekes Haus gezogen, und die Bank hätte ausbleibende Raten nicht akzeptiert. Schließlich kam Carl zur Welt, und Brooks schloss sich dem Unternehmen Endlichkeit an. Er wechselte in die Mordkommission und hält bis heute an Tatorten die Marke hoch. Anders als im Drogendezernat begann der neue Job meist erst nach dem Tod. Zwar kreuzen sich die Angelegenheiten durchaus – ein Hobbydealer verkauft einer Junkhure Backpulver, eins kommt zum anderen, und der Dealer geht dafür über den Jordan –, aber wer tot ist, ist tot, und kann nicht mehr darüber jammern, wie scheiße das Leben in einer Prärieoase ist, die die besten Zeiten aus Gold- und Ölrausch längst hinter sich hat.

3

Doktor Jayden Miller ist Psychiaterin und systemisch arbeitende Psychologin, demzufolge eine Spezialistin auf dem Gebiet ausgedehnter Lebenskrisen. Anfang Dezember letzten Jahres mietete sie im Stadtteil Glenwood zwei Praxisräume, die in einem gestreckten, zweistöckigen Backsteinkasten verortet sind. Modern und funktional wirkt das Gebäude, anders betrachtet mangelt es am versöhnenden, architektonischen Charme. Das blaugestrichene Wartezimmer teilt sie sich mit einem von Nervosität und Hektik getriebenen Urologen und einem abgrundtief in sich ruhenden Dermatologen. Zuvor war sie leitende Ärztin im öffentlichen Gesundheitswesen. Sie verfügte, unabhängig von ihrem Mann, über ein festes Auskommen und verbat sich lange Zeit, den mit allerlei Drahtseilakten behafteten Traum einer eigenen Praxis zu leben. Als sie letzten Sommer im konservativen *Edmonton Journal* jedoch die Geschichte der 26-jährigen Rebecca las, die rücklings von einer Leiter fiel und seither im Koma liegt, beschloss sie, ihr Leben künftig ausschließlich nach bisher ungelebten Träumen auszurichten. Rebecca hatte wenige Stunden vor ihrem Unfall – beim Verlassen der Wohnung wollte sie nachschauen, ob sich der Kater auf dem Küchenschrank eingenistet hatte – in ihrem Internetblog einen Post veröffentlicht. Die Zeitung druckte ihn ab. Jayden Miller verschlang den Artikel im Starbucks an der 100th Street.

Wir sind nicht die Opfer von Glück oder Schicksal. Was immer uns auf dem Weg des Lebens zustößt, müssen wir annehmen und das Beste daraus machen. Ich möchte, dass die Leute aufhören, sich so viele Gedanken über die kleinen, bedeutungslosen Strapazen im Leben zu machen und sich daran erinnern, dass wir Menschen alle das gleiche Schicksal haben. Also, liebe Leute, tut, was ihr könnt, damit sich eure Zeit wertvoll und großartig anfühlt. Seid dankbar für ein kleines Problem und kommt darüber hinweg. Es ist in Ordnung, anzuerkennen, dass etwas nervig wie ein tropfender Wasserhahn ist, aber versucht nicht, darüber ewig nachzudenken und die Zeit anderer Menschen damit negativ zu beeinflussen. Gegen tropfende Wasserhähne hilft der Klempner. Gegen größere Sorgen und Komplikationen wirkt der Zauber der Veränderung. Wenn euch das hässliche Gesicht der Nörgelei verfolgt, will euch die Seele etwas mitteilen. Permanente Unzufriedenheit ist ein untrügliches Zeichen dafür, dass ihr euer Leben ändern solltet. Sie ist ein Frühwarnsystem und zeigt uns, dass es Zeit ist für einen Richtungswechsel. Verschwendet keine Zeit, nehmt diese Herausforderung an. Jetzt.

Was sollten also die Querelen in den Komitees für psychische Gesundheit, in denen sie jede Kürzung der Budgets vor desinteressierten Politikern beklagte? Obwohl die Zahl behandlungsrelevanter Fälle in Alberta, vor allem in den indigen geprägten Gegenden, auf ein neues Hoch zusteuerte. Sie arbeitete für ein System, an das sie nicht mehr glaubte. Wenn Traumatisierungen durch sexuellen Missbrauch weniger Bedeutung als Hühneraugen zugebilligt wird, war etwas gehörig nicht in Ordnung. So entschied Rebeccas Blogeintrag über den Start einer Selbständigkeit, verbunden mit aufwühlenden Diskussionen in den eigenen vier Wänden. Dort stromerte Craig missmutig umher. Ihr Mann, der auf einem altbackenen Taschenrechner hantierte, den er als Ökonom stets bei sich trug. Er verstand die Welt nicht mehr. Nach einer Kalkulation – es ging darum, wann die Praxis Profit machen würde – brauste er auf: »Das wird nichts. Schon im ersten Monat brauchst du zwanzig Patienten, allein um die anfänglichen Unkosten zu stemmen. Und du musst eine Sprechstundenhilfe einstellen.« Es wurmte ihn, dass seine ansonsten so risikoscheue Frau neben dem Drang nach Selbstverwirklichung zusätzlich Ignoranz für betriebswirtschaftliche Abläufe an den Tag legte. Vom Hauskredit und der finanziellen Unterstützung für die beiden an Colleges in Manitoba studierenden Kinder einmal abgesehen. »Craig«, insistierte sie schroff, »setz dich. Ich erfülle mir einen Traum, und wenn mir danach wäre, würde ich in Zukunft deine Molson-Flaschen nur noch mit harten Joints öffnen. Und eine Sprechstundenhilfe habe ich schon. Chloe Bennet, von der habe ich dir erzählt, die Afroamerikanerin. Sie war meine Patientin, jetzt geht es ihr gut. Und weißt du, warum? Als sie ihren ignoranten Mann, haha, das sichere Eheschiff, endlich aufs weite Meer hinausschickte, stiefelte Madame Katharsis durch die Tür. Die somatoforme Schmerzstörung war wie weggeblasen.«

Jayden Miller machte eine Geste, als würde eine Bombe explodieren. Damit hatte sie ins Schwarze getroffen. Craig gab auf und seufzte. »Meine McPsychowaschanlage«, sagte er mit triefendem Sarkasmus, während die Angetraute hoch auf den Küchenschrank blickte und sich darauf eine Katze mit Höhenangst vorstellte. Wenige Tage später traf das ersehnte Praxisschild ein: »Dr. Jayden Miller. Psychiatrische und Psychologische Behandlungen.«

Craigs Befürchtungen waren nicht aus der Luft gegriffen. Der durchschnittliche Kanadier konsultiert aus Angst vor Stigmatisierung lieber den Hausarzt, wenn er es depressiv oder von Zwangshandlungen geplagt nicht mehr ins Hamsterrad schafft. Schätzungen zufolge trifft dies auf mehr als siebzig Prozent der Bevölkerung zu. Erschwerend für eine Überweisung zum Seelenklempner ist zudem, dass das Gesundheitssystem nur einen marginalen Behandlungszuschuss leistet. So ist es kein Wunder, dass in der sechsten Kalenderwoche erst zehn anbezahlte Behandlungsverträge in den Akten liegen. Der jüngst aus Calgary nach Edmonton umgezogenen Ella Jones wurde es freigestellt, an welchem Tag sie einen Termin haben wollte. Sie entschied sich für den nächstschnellsten. Am Montag um 8:30 Uhr betritt sie das Gebäude und fährt in die dritte Etage. Als der Lift sich öffnet, empfängt Ella ein weißgefliester Korridor. Links und rechts gehen Türen ab. Das Ziel scheint ein proppenvolles Wartezimmer am Kopfende des Ganges zu sein, ein wild zusammengewürfelter Menschenzoo. Mit energischen Schritten steuert sie ihn an und steht unsicher herum.

»Was jetzt?«, fragt Ella in die Runde. Eine Punklady mit platinblonder Kurzhaarfrisur und einem Blechwald aus Gesichtspiercings sieht genervt vom Handy auf. Drei Ladungen Rotz in die Nase ziehend, nickt sie zu den Türrahmen. »Mantel an die Garderobe hängen, anmelden. Wenn du noch nie hier warst, bekommst du ein Formular. Miller ist für die Bekloppten, Petrov für die Arschkitzler und der andere, Mister Wei Lien, für die Häutungen am Start. Sieht eher aus wie ein Türsteher als ein Arzt. Da will ich hin, zum Der-ma-to-lo-gen.« Sie deutet auf ein entzündetes Tattoo auf der linken Handoberfläche. Es zeigt eine geköpfte Schlange in einer Feuergrube. »Dan-ke.« Ella tut wie ihr geheißen und geht zielstrebig auf Millers Praxistür zu. Chloe Bennet empfängt sie, füllt mit ihr das Formular aus, vorläufig wird sie danach wieder ins Wartezimmer entlassen.

Der Platz neben einer älteren Dame, die über einem verkehrt herum gehaltenen Kreuzworträtsel brütet, ist frei geworden. Ella setzt sich hin. Gegenüber wippt eine gedrungene Gestalt mit Vollmondgesicht und wirrer Haarpracht auf und nieder. Gewiss eine urologische Bedarfssituation. Und richtig, wenig später öffnet sich die Tür zum Urologen. Ein Weißkittel, seinem Akzent nach russischer Herkunft, ruft den Mann zur Behandlung: »Mister Andressen?« Der Arzt fummelt an seinem Kittel herum, greift sich an die Stirn, rückt seine Brille zurecht. Ohne eine Miene zu verziehen, steht Andressen auf. »Petrov, Doktor Petrov. Guten Tag, kommen Sie rein, meine Helferin ist krank, seit Wochen krank. Ein Malheur! Was treibt Sie her? Die Prostata? Können Sie pinkeln wie ein Strahl? Nein?«

Ella blickt den beiden verwundert hinterher. Die Tür fällt krachend ins Schloss. Augenblicklich kehrt, abgesehen vom Rotzgebaren der Punklady, wieder Ruhe ein. Die Glasfront bietet einen Blick auf den Verkehr der 161st Street. Frischer Schnee glänzt in zuletzt selten gesehener Morgensonne, Autos kämpfen sich durch den Matsch. Büromenschen mit hochgeschlagenen Kragen und eingezogenen Köpfen hasten durch die Planquadratstraßen und tragen Deckelbecher voller Kaffee spazieren. Licht fällt durchs Fenster und hüllt die Einrichtung des Wartezimmers in weiche, gedämpfte Schatten. Für weitere Ablenkung sorgt ein an die Wand montierter Flachbildfernseher. Als tonloser Bildteppich läuft ein News Channel, die Topnachrichten werden auf einem rotunterlegten Schriftband eingeblendet. Ella liest: »Proteste in Halifax, Toronto, Vancouver und weiteren Städten. Menschen demonstrierten für die Rechte der First Nations. Im August 2016 erschoss der weiße Farmer Gerald Stanley den in armen Verhältnissen aufgewachsenen Colten Boushie. Zuletzt lebte der kanadische Mann vom Volk der Cree in einem Reservat der Provinz Saskatchewan. Eine weiße Jury sprach Stanley vom Vorwurf des Mordes und des Totschlages frei.« Ella will sich nicht aufregen, sie kennt den Fall und wusste insgeheim, wie das Gericht in Battleford urteilen würde, nämlich genauso. »Justin Trudeau wird sich einschalten müssen«, murmelt sie hundemüde. Und weiter: »Ein liberaler Kämpfer gegen die alten Ideen des 19. Jahrhunderts. Dazu gehörte es, Minderheiten zu jagen, zu töten, sie gefügig zu machen, sie als Abschaum zu präsentieren. Jedes Land braucht Leute, die man preiswert hassen kann. Ohne dass man ihre Geschichte kennt. Trudeau ist keine politische Wand, gegen die man redet, und die einem hinterher noch die Leviten liest. Außerdem sieht er wahnsinnig gut aus, der Herr Präsident.« Die Dame neben ihr blickt sie verächtlich mit einem Zeigefinger am Mund an und bedeutet ihr, dass sie schweigen soll. Das Kreuzworträtsel bleibt verkehrt herum. Ellas Nacht war kurz. Sie sehnt sich eine Koffeindosis herbei und verfolgt das abwechselnd besorgte, dann wieder fröhliche Mienenspiel des Wettermannes. Offenbar droht ein eisiger Nordwind mit Stärken von bis zu 70 km/h. Und das nach dem temperaturstärksten Dezember, den Edmonton in den letzten Jahrzehnten erleben durfte. Die Wärme des Wartezimmers lässt sie tagträumen, auf ihren Augenlidern liegt Blei. Ein Teil ihres Bewusstseins wurzelt noch in der Realität, dann dämmert sie ein und hofft noch, weder piepsig noch jammernd und auf keinen Fall grunzend zu schnarchen. Sie ist jetzt ganz bei den Meteorologen Kanadas. Tagein, tagaus verkünden diese Menschen wortreich mit unerschöpflich auskunftsbereiten Gesichtern das Wettergeschehen. Kaum hat sie die Kamera eingefangen, werden auch die kompliziertesten Wetterlagen verspielt, einfach und mit beeindruckender Akrobatik erklärt. Pfannkuchenflocken geistern in Ellas Kopf herum. Phänomene, die bis zu zwanzig Zentimeter groß werden. Es bedarf einer speziellen Konstellation, um davon getroffen zu werden. Bei leichten Minustemperaturen plustern sich kleine Eiskristalle zu größeren Gebilden auf. Verhalten sich zu guter Letzt die Luftmassen still, fallen Pfannkuchenflocken aus dem Himmel. Kleine Elfen mit gehäkelten Handschuhen sitzen darauf. Lauthals rufen sie ihren Namen.

Ellas Kopf rutscht ab, sie schreckt auf, blickt sich verwirrt um und wischt sich einen Speichelfaden vom Mund. Die Sprechstundenhilfe holt sie mit einem gütigen Schulterklopfer in den Tag zurück.

»Entschuldigung, ich muss eingenickt sein.«
»Das ist die Heizungsluft, folgen Sie mir, Miss Jones.«
Ella trottet der schlanken Frau hinterher, streicht sich übers Gesicht, blickt sich um wie ein scheues Reh. Ein junger Sikh mit Bart und prunkvollem Turban strahlt sie an und zieht keck die Augenbrauen hoch. Sie muss geschnarcht haben.

»Danke Chloe. Miss Jones, kommen Sie herein.«
Ella fragt beinahe schüchtern: »Ich darf mich setzen?«
»Natürlich, bitte sehr.«
Jayden Miller weist auf einen einfachen roten Stuhl, der neben einem Tisch aus Kirschholz steht. Sie selbst lässt sich in den ledernen Sessel fallen, der auf drei Seiten von einem

opulenten Schreibtisch umgeben ist. Ein makellos gestaubsaugter, dunkelblauer Perserteppich verleiht dem Raum etwas Behagliches.

»Ich bin gleich ganz Ohr. Sie dürfen mir schon mal sagen, ob Sie bequem sitzen.«

»Eigentlich nicht, ehrlich gesagt. Mich würde interessieren, ob Sie mir als Psychologin oder Psychiaterin zur Seite stehen.«

Millers skeptischer Blick heftet sich kurz auf Ella, dann tippt sie weiter energisch auf einer Laptoptastatur herum. Sogar die Schreibtischlampe, ein Modell aus den frühen Siebzigern, vibriert unter ihren Anschlägen. Ohne Ella anzusehen, gibt sie nüchtern zurück: »Ist ziemlich hartes Holz, weder ergonomisch sinnvoll, noch mit ansprechendem Polsterbezug. Je bequemer ein Stuhl oder meinetwegen ein Sofa ist, desto größer lockt die Verführung, in sich zusammenzusacken. Wer zu mir kommt, möchte bitte nicht zusammensacken. Er möchte sich öffnen, sonst wäre er an der falschen Adresse. Obendrein nehme ich nicht an, dass Sie auf eine Dosis Glückspillen scharf sind. Also stehe ich Ihnen als Psychologin zur Seite.«

Miller untermalt ihre Worte mit einem gelassenen Kopfnicken. Bass vor Staunen denkt Ella bloß: »Ein Glas Wasser wäre jetzt schön.« In ihrem Kopf brodelt es wie in einer Hexenküche. Sie räuspert sich, als hätte sie wichtige Nachrichten zu verkünden. Ihr Pullover kratzt. Sie schnürt die offenen Haare am Hinterkopf erst zu einem Pferdeschwanz, dann zu einem Knoten. Während Miller weiterhin mit rhythmischem Klackern auf die Tastatur eindrischt, fügt Ella eine gedankliche Indizienkette zusammen: »Wie alt wird sie sein? Bestimmt Mitte 40. Ihre Augenringe deuten auf wenig Schlaf hin, die gesamte Mimik wirkt leicht verkrampft.« Ella äugt auf die helle Stelle am Ringfinger. »Sie hat ihren Ehering abgelegt. Auf dem Schreibtisch liegt ein umgefallenes, gerahmtes Familienfoto. Zwei Kids im College-Alter, der gutaussehende Mann daneben dürfte ihr Gatte sein. Die Kinder sind aus dem Haus, willkommen auf dem Abstellgleis des Lebens. Es ist High Noon, und der Prinz auf dem weißen Gaul, der kommt nicht mehr. Mitunter checkt sie das Handy ihres Mannes, sie fürchtet nichts so sehr wie Untreue, den Verrat, den Verlust. Erkaltete Liebe in geschönter Erinnerung kann scheiße sein, wenn sie auf dem Boden einer alten Herzschachtel verkümmert.«

Nach einer gefühlten Ewigkeit klappt Miller den Laptop zu und schaut Ella eindringlich an.

»Die Verzögerung tut mir leid, ich muss diesen Befund unbedingt heute bei einer Versicherung vorlegen, sonst reißen die mir vermutlich den Kopf ab. Ist aber jetzt fertig. Die Art der diagnostizierten Störung sagt mehr über den Behandler aus als über den Patienten. Finden Sie nicht auch?«

Ella beißt sich auf die Lippen und schaut irritiert drein, ihre kupferfarbene Haut glänzt.

»Nun zu Ihnen, Ella, lassen Sie uns anfangen.«

»Ja, gerne. Wie geht es Ihnen?«

Kaum hat Ella die Worte ausgesprochen, sind sie ihr unsagbar peinlich.

»Mir?«

Miller blickt erstaunt drein. Die Brauen in gespielter Neugier hochgezogen, fährt sie sich kurz durch die weizenblonden, in der Mitte gescheitelten Haare.

»Ich habe Ihr Formular gelesen. Sie sind genau wie ich Psychologin. Tja, da nun ich der Platzhirsch bin, obliegt es mir, die Fragen zu stellen. Das gehört zum Geschäftsmodell. Sie kennen das Spiel.«

»Entschuldigung. Berufskrankheit, schätze ich.«

Knappes Schweigen. Zögernd setzt Miller wieder an: »Ich kann verstehen, dass es für Sie ungewohnt ist, auf der anderen Seite zu sitzen. Über die Details therapeutischer Basisvariablen werden Sie Bescheid wissen.«

Ella nickt und ergänzt: »In eigener Profession arbeite ich nach Carl Rogers.«

»Der Patient sollte die wesentlichen Bedürfnisse des Therapeuten erkennen und angemessen befriedigen.«

Miller lacht leise auf. Ella berichtigt, halb verschämt, halb irritiert: »Umgekehrt wird ein Schuh draus. Ich verstehe. Sparen wir uns den Anfängerkram, die Wichtigkeit des emphatischen Beziehungsaufbaus, das uneingeschränkte Akzeptieren des Anderen et cetera.«

»Jede Beziehung heilt. Hängen wir uns rein, erweitern Sie Ihren Horizont um die Patientenrolle. Also, was führt Sie zu mir?«

Ella runzelt die Stirn, fühlt sich unbehaglich. Sie geht davon aus, dass die ältere Kollegin diesen Zustand deutlich an ihr abzulesen vermag. Doch was soll's? Der Knoten im Kopf löst sich, schmallippig legt sie los. »Ich verfüge zwar über eine ausgeprägte Begabung, Ereignisse in schillernden Farben auszumalen, fasse mich aber kurz.«

Miller schenkt ihr ein Lächeln und entgegnet: »Zu den Traumwelten kommen wir vielleicht später, wenn Sie so weit sind.« Ella schluckt und fängt an zu erzählen.

»Geboren wurde ich Anfang Juni 1990, bin unverheiratet, habe keine Kinder ...« Miller unterbricht sie. »Halt, stopp, das steht bereits im Fragebogen.« Ella überlegt kurz: »Na gut. Das hier nicht. Vor einigen Tagen zog ich übergangsweise aus Calgary her. Seit kurzem bin ich Single. Er war ein Arschloch, ein bandyfeldgroßes Arschloch. Der Anführer einer langen Parade von Arschlöchern. Angesichts der Ereignisse bin ich froh, ihn verlassen zu haben. Auf den Herrn näher einzugehen lohnt sich nicht.«

»Wenn der Herr mit Ihren Dämonen zu tun hat, dann schon. Oder fürchten Sie, dass die Detonation neuer Erkenntnisse innere Beben auslöst?«

Ellas Stirnrunzeln wird tiefer.

»Der Herr befand sich einige Zeit in meinem Leben. Ein selbstverliebter, geldscheffelnder Jungunternehmer. Ich wuchs in einem Reservat auf, zu dem ich noch gute Kontakte pflege. Also nahm ich ihn eines Sonntags dorthin mit und stellte ihm lauter gutherzige Leute vor. Er redete mit ihnen über Projekte, die man verwirklichen müsse. Auf seiner Agenda stand die Idee, ein Hotel für einen chinesischen Konzern zu errichten. So weit, so gut. Das Reservat ist auf den Tourismus angewiesen. Den Komplex bauen sollten jedoch chinesische Arbeiter, und wenn alles fertig gewesen wäre, hätte er sogar die Hotel-Crew aus China geholt. Das verschwieg er aber geflissentlich. Vor Ort wären alle leer ausgegangen.«

Miller schaut sie fragend an.

»Sie fanden es heraus. Er hat Sie enttäuscht.«

»Enttäuscht?« Ella ringt nach Worten. »Plötzlich war ich für ihn nicht mehr wichtig. Ich hatte Scheuklappen vor den Augen. Meine Mutter misstraute diesem pockenbringenden Beau von Anfang an. Sie müssen wissen, das Wort einer Moira Jones hat im Reservat Gewicht.«

»Moira ist Ihre Mutter?«

»Ja. Am Tag der Vertragsunterzeichnung bei einem hohen First Nations-Treffen ließ sie Protestarmeen aufmarschieren. Es gab Sit-ins, Kundgebungen, der Hotelbau konnte gestoppt werden. Das traf den Kerl schwer, vor allem finanziell. Einem Monopoly-Dude wie Corey Schuster legt niemand Steine in den Weg. An erster Stelle steht die Karriere, daran gibt es nichts zu rütteln.«

»Und deswegen haben Sie ihn verlassen? Bevor er Sie verlassen konnte?«

Ellas grilliger Gesichtsausdruck ist Antwort genug. Miller sitzt ungerührt auf dem Ledersessel und schaut Ella verkniffen an. Beinahe schelmisch fährt sie fort: »Er hat etwas mit Ihren Dämonen zu tun. Sie haben sich mit jemanden eingelassen, der Sie für seine Zwecke missbrauchen wollte. Da stemmt man sich mit aller Macht gegen jegliche Verwässerung und Beliebigkeit, bereichert den Beziehungsalltag mit Highlights und will für den anderen etwas Besonderes, Einzigartiges sein. Schon landet man auf dem Hosenboden. Erzählen Sie, erzählen Sie weiter.«

Ella stutzt. Derart ausgefragt kommt sie sich vor wie beim Frisör. Mit einer Sondierung verschiedener Themen hatte sie gerechnet. Themen, die mittels Außenkorrektiv zu neuen Erkenntnissen kulminieren. Zappelig lässt sie die Finger tanzen und setzt wieder an: »Meine Kindheit verbrachte ich im Siksika-Reservat 146, im Niemandsland östlich von Calgary. Später zogen wir nach Priddis. Da war es halbwegs zivilisiert. Monetär gesehen waren wir ziemlich oft am Boden. Ohne Stipendium hätte ich kaum studieren können. Wir, das sind meine zwei Jahre ältere Schwester Lorna und meine Mutter, eine Menschenrechtsaktivistin. Seitdem ich denken kann, setzt sie sich für die Siksika ein. Das werden Sie wissen: eine der drei First Nations der Blackfoot. Lorna ist indessen nach Perth ausgewandert, hat einen Aborigine geheiratet und arbeitet Down Under für eine Stiftung zum Schutz der Ureinwohner. Ganz die Mutter. Der angeborene Sinn für Gerechtigkeit ist seit Generationen fest in unseren

Familiengenen verschraubt. Mama ist gerade bei ihr, hat sich eine Auszeit genommen.«

»Ihr Vater?«

»Mein Vater ist im Reservat zurückgeblieben.«

Ella blickt ihr Gegenüber traurig an, dann senkt sie betreten den Kopf.

»Was ist mit Ihrem Vater?«

Eine steile Falte gräbt sich in Ellas Stirn, sie erzählt weiter und hält den Blick unten. »Als ich sechs Jahre alt war, am 16. Februar 1997, verschwand er von der Bildfläche. Manche Tage brennen sich für immer ins Gedächtnis ein. Ich bin mir sicher, dass er ermordet wurde.« Miller sieht Ella dabei zu, wie sie nach Worten ringt. Die Geschichte hat Ella schon hundert Mal erzählt. Nur noch keiner Psychologin.

»Ich träume davon, ich träume oft von meinem Vater, er hieß Matt. Als er verschwand, war er 27 Jahre alt. So alt bin ich heute. Ich male mir aus, wie er leiden musste. Noch so eine Dämonengeschichte.«

Ella guckt beklommen zur Zimmerdecke, spürt wie ihr Herz blutet und der Kopf leer wird. Nur weinen kann sie nicht. Der Verlust des Vaters hat über die Jahre alle Tränen verbraucht. Ein kurzes, angespanntes Schweigen legt sich über den Raum, dann fährt sie traurig fort: »Mein Vater entstammt der stolzen Blackfoot-Nation, er wuchs am Bow River auf, südöstlich der Frischwassertankstelle Calgarys. Ich muss Ihnen nichts über die dortigen Gegebenheiten erzählen?«

Miller verneint entschieden: »Ich hatte beste Noten in Geografie, den Banff-Nationalpark, die Rocky Mountains, Blackfoot Crossing, den Konflikt zwischen Naturschutz und Massentourismus können wir überspringen.«

»Er liebte Lacrosse und Eishockey. Als Coach war er im Reservat unter den Jugendlichen sehr beliebt, hat Turniere veranstaltet, Spenden für Ausrüstungen gesammelt.«

Millers Blick ruht auf ihr, sie nickt eilig. »Eine gute Sache, Ihr Vater bot den Kids Bindung, Teamgeist ...« Ella unterbricht sie mit neutraler Klangfarbe in der Stimme: »Den straffälligen Kids. Sie kamen aus schwierigen Verhältnissen. Je mehr sie im Dreck steckten, je mehr sie sich darin bewegten, umso tiefer versanken sie. Ihre Schule war die Straße. Sie alle hatten Akten beim Jugendamt und der Gerichtshilfe.«

»Dann war Matt Jones eine Art Streetworker?«

»Um die Familie zu ernähren, hat er in einem Sägewerk gearbeitet. Nach Feierabend kümmerte er sich um die Jungs im Reservat, sah Minderjährige, die als gebrochene Kreaturen aus dem Vollzug zurückkehrten. Unter seinen Fittichen blühten sie wieder auf. Wissen Sie, es ist doch so: Im Eishockey tut keiner so scheinheilig, als müsse er die Welt verbessern. Schauen Sie sich ein Spiel an. Es geht echt, gnadenlos, unberechenbar und rasend schnell zur Sache. Eishockey ist ein Sport, der einem zum Leben erweckten Comicheft ähnelt. Es gibt Helden. Es gibt Bösewichte. Es gibt bunte Outfits und Masken, atemberaubende Schlachten, dazu jede Menge Trash Talk in den Sprechblasen. Die Spieler sehen in ihren Rüstungen aus wie gemästete Ochsen, bewegen sich aber wie Windhunde.«

»Hat sich Ihr Vater Feinde gemacht?«

Ella lässt die Frage zunächst in der Luft hängen, saugt die Luft langsam ein und stößt sie wieder aus. In ihrem Hirn blitzen Bilder aus alten Fotoalben auf. Miller legt den Kopf schräg, als wolle sie etwas sagen, belässt es aber bei einem Nicken.

»Unschöne Dinge erwähnte meine Mutter. Mir kam zum Beispiel zu Ohren, dass es Verwicklungen mit einem kleinen Crack-Dealer namens Billy-Ray Hall gab. Eine Bürgerwehr trat auf und wollte Hall lynchen. Angeblich hatte er ein High-School-Ding auf einem Gauklerfest vergewaltigt. Eine frei erfundene Geschichte. Das Mädchen schuldete ihm Geld und war dummerweise von einem Lehrer schwanger.«

»Was hat Ihr Vater unternommen?«

»Er versteckte Billy-Ray, schnappte sich das Mädchen und stellte es zur Rede. Bis er es überzeugte, mit der Wahrheit herauszurücken.«

»Sie sind stolz auf Ihren Vater?«

»Auch wenn die Familie oft zu kurz kam: ja. Meine Mutter sagte, Papa habe seinen Jungs eingebläut, das Leben niemals so zu akzeptieren, wie es ist. Jede Niederlage sollte sie stärker machen. Das war wohl seine therapeutische Intention. Er liebte nichts mehr als Herausforderungen. Sein Traum war es, eines Tages gegen ein Profiteam zu spielen.«

»Dazu kam es nicht, oder?«

»Nicht, dass ich wüsste. Manchmal – meine Mutter hat es mir erzählt, ich selbst kann mich daran nicht erinnern – hat er mich zu einem Spiel mitgenommen. Sie sagte, ich sei sein Glücksbringer gewesen, seine Chilaili. So nannte er mich.«

»Ein indianischer Name?«

Ella bringt ein bittersüßes Schmunzeln zustande. »Chilaili bedeutet Schneevogel.«

»Ich verstehe.«

»Na ja«, entgegnet Ella nachdenklich, »ich habe meinen Frieden gefunden, das diffuse Gefühl von Traurigkeit, das finstere Loch, das mein Vater hinterließ, wie eine alte, liebgewonnene Schubkastenkommode aufgearbeitet. Mein Trauma habe ich im Griff. Eine chronische Belastungsstörung brauchen Sie mir nicht zu attestieren, denn Chilaili durfte wieder ans Licht krabbeln. Doch ab und zu passieren Einschnitte, die mich triggern, die mich in die Hölle zurückstoßen. Als würde jemand eine Falltür öffnen.«

Miller schweigt und durchbohrt sie mit fragenden Augen. Ihr Gegenüber starrt selbstvergessen aus dem Fenster. Tröstend tanzen Schneeflocken zur Erde. Ellas Blick schweift über die sonnengelb gestrichenen Wände. Keine Uhr zu entdecken. Natürlich: keine unangenehme Ablenkung. Kein konkretes Wissen darüber, wie viel Lebenszeit unterhalb einer Therapiesitzung abläuft. Schließlich sucht sie wieder Blickkontakt.

»Die Falltür. Kommen wir genau zu diesem wunden Punkt. Fakt ist: Unbedingt freiwillig bin ich nicht hier. Mein Vorgesetzter legte mir nahe, mich in eine Behandlung zu begeben. Es gab ...« Ella schluckt tief und fährt todernst fort, »... einen unerwarteten Zwischenfall.«

»Definieren Sie *Zwischenfall*.«

»Ich arbeite als Psychologin in einem Suchtzentrum in Calgary. Meine erste feste Stelle nach dem Studienabschluss. Dort bin ich auch für die Erstellung von Therapie-statt-Strafe-Gutachten zuständig. Ein Prozedere, das Ihnen bekannt sein dürfte?«

Ella blickt fragend, Miller bestätigt: »Sie klären ab, ob die Therapieeignung eines Straftäters als ausreichend einzustufen ist, erheben Risikoparameter für die Wahrscheinlichkeit eines Therapieabbruchs und empfehlen geeignete Behandlungen. Zuletzt stellt der Richter den Sündern einen frischen Lebensführerschein aus.«

»So ist es. Auf Teufel komm raus wollen meine Klienten nicht mehr zurück in den Knast. Sie schwören beim Leben der Mutti, auf jede heilige Bibel in ganz Kanada, dass eine letzte Chance das Maß aller Dinge sei. Ein Haufen geläuterter Holzfäller mit Motorsägen, Beilen und Äxten im Gepäck.«

Ella lacht in sich hinein. So absurd war der Gedanke gar nicht.

»Nur ist die Sache mit den Bibeln ein wenig außer Mode geraten«, sagt Miller mit einem säuerlichen Lächeln und bedeutet Ella fortzufahren.

»Der Zwischenfall trug sich Mitte Dezember zu. Ich bekam einen Klienten aus dem Calgary Remand Centre überstellt und saß mit diesem Robert Jamanka in meinem Büro. Es handelte sich um einen 56-jährigen Mann, einen Meter zweiundneunzig groß, muskulös, graumeliertes Haar. Wegen versuchten Totschlags in Tateinheit mit Körperverletzung hatte er bereits neun Jahre hinter Gittern gesessen. Vollgepumpt mit Schnaps und Drogen hatte er eine Wildfremde überfallen und so lange stranguliert, bis sie um ein Haar draufgegangen wäre. Aufgrund des Sauerstoffmangels im Hirn wurde die Frau ein lebenslanger Pflegefall. Damit nicht genug. Als die Polizei Jamanka tags darauf schnappte, war er dabei, sich in seiner Wohnung zu verstümmeln. Unter den ohrenbetäubenden Klängen einer Vivaldi-Oper fand man ihn am Küchentisch. Dort saß er in einer Blutlache und schnitt mit Präzision an seinen Zehen herum. Zwei waren bereits abgetrennt und lagerten sorgsam abgewaschen in einer Zigarrenkiste. Kaum zu glauben, was?«

»Hört sich nach einem psychotischen Syndrom an.«

»Maßgeblich durch Alkohol-, Cannabis-, Crystal- und Amphetaminkonsum ausgelöst. Ein paranoid-halluzinatorisches Krankheitsbild im Rahmen einer vorbekannten Schizophrenie.«

»Er wurde anstatt ins Gefängnis in die geschlossene Psychiatrie eingeliefert?«

»O nein! Ein Gutachter trug vor Gericht keinerlei mit der Tat in Verbindung zu bringenden Abartigkeiten vor. Weder Jamankas Steuerungsfähigkeit noch sein Urteilsvermögen wurden in Frage gestellt. Man bescheinigte ihm lediglich eine prämorbide Intelligenz samt akzentuierter Persönlichkeitsstörung. Eine Farce. Nach meinem Gutdünken hätte der Mann in die Psychiatrie gehört. Wegen des großen öffentlichen Interesses wollte man rasch zu einer Verurteilung kommen.«

Miller blickt verwundert drein, jetzt ist sie neugierig. »Beschreiben Sie die jüngste Anamnese.«

»Jamanka hatte bis letzten Herbst Gelegenheitsjobs als Roadtrip-Guide, stand unter Bewährung, war nach der Entlassung zunächst clean, wurde jedoch wieder rückfällig. Er sagte, ein alter Bekannter sei in einem Schnellrestaurant aufgetaucht und habe ihm Geld und Methamphetamin angeboten, wenn er ihm bei einer Sache helfe, mit der er alleine nicht fertig werden würde. Genauer ging er darauf nicht ein. Tage später wurde er bei einem lapidaren Versuch innerhalb des Jasper Nationalparks geschnappt, einen Handtaschenraub zu begehen. Eine Reisegruppe aus Japan schlug mit Selfie-Stangen auf ihn ein und hielt ihn fest, bis die Mounties vom Jasper Detachment eintrafen. Bei Jamankas Verhaftung herrschte in dessen Kopf ein monströses chemisches Chaos, das letzthin einen meiner Ansicht nach erneuten Psychoseschub auslöste. Klinisch bestanden akustische Trugwahrnehmungen in Form von imperativen und kommentierenden Stimmen, ein systematischer Wahn mit Bedrohungs- und Verfolgungserleben sowie eine damit verbundene Unruhe, Angst und Affektinkontinenz. Er wurde nach Calgary überstellt und in der Untersuchungshaft therapeutisch und medikamentös versorgt. Im Gespräch mit ihm hatte ich den Eindruck, dass eine Compliance erkennbar war. Da sein jüngerer Bruder Clifford ihn aufnehmen und in seiner Autowerkstatt in Fort McMurray beschäftigen wollte, sah die Sozialprognose gut aus.«

»Wie wirkte Jamanka auf Sie?« Miller sieht Ella mit blitzenden Augen an.

»Sympathisch, fast weich, mit einer lockeren und wohlwollenden Art. Nachdem wir das neunmalkluge Fragespiel hinter uns gelassen hatten, wollte ich mich von ihm verabschieden. Ich gab ihm die Hand. Er drückte fest zu. Sein Handgriff hätte eine Billardkugel zermalmen können. Er trat an mich heran und lächelte dabei ganz eigenartig aus seinen Quellwasseraugen. Dann sagte er ohne Umschweife: ›Sie sind Chilaili‹. Ich war irritiert, fragte ihn, woher er das zu wissen glaube. Er entgegnete völlig klar, ohne jede Agitation: ›Sie haben nicht den blassesten Schimmer. Sie wissen nicht, wer ich bin. Das Opfer der Schneevögel verlangt, dass sein Werk vollendet wird. Es besaß die Gabe, alles tief im Inneren zu verstauen. Jetzt ist es voll auf Beute konzentriert und wird zum Schneevogelkiller. Es fragt sich, wie viel Zeit ihm noch bleibt. Menschen werden sterben. Denken Sie an Ihren Vater.‹ Abstruses, wirres Zeug. Ein eiskalter Schauer lief mir über den Rücken. Ich merkte gar nicht, wie er mein Büro mit einem Wachmann verließ und in den Transporter geleitet wurde. Eine minutenlange Dissoziation nebelte mich ein. Weiterhin kann ich mich nur daran erinnern, dass mein Vorgesetzter mich völlig katatonisch antraf. Er fragte, was los sei. Ich reagierte nicht. Er klatschte in die Hände und holte mich in die Wirklichkeit zurück. Auf Ansprache spürte ich ein Zittern in meiner

Brust und verhaspelte mich ständig. Er schickte mich nach Hause.«

Miller schaut sie herausfordernd an.

»Am nächsten Tag erschienen Sie wieder auf der Arbeit?«

»Ja, ich hatte die ganze Nacht kein Auge zugetan, nahm an meinem Schreibtisch Platz ...« Ella fröstelt kurz am ganzen Leib, streicht sich nachdenklich mit dem Zeigefinger über die Lippen und fährt fort: »Als ich zum Fenster sah, schwebte eine weiße Feder durch den Raum. Ich kann es mir durchaus eingebildet haben. Aber das hier ...« Sie kramt einen Zettel aus der Hosentasche und reicht das zerknäulte Papier Miller. »... gab mir den Rest. Ich weiß nicht, was ich sagen soll. Lesen Sie selbst.«

Rückennummer 9

Ein Tor Rückstand, knapp vorm Buzzer.
Der letzte Wechsel, Empty Net, rauf auf die Achterbahn.
Der Stock will zur Scheibe, dieser schwarze Magnet.
Sie warten am Slot, mit gebogener Klinge, und nehmen es in Kauf:
Blut, das auf dem Eis gefriert.
Jeder Puck ist ein Fanal.
Lassen wir sie ins Leere laufen,
die gepanzerten Ritter,
die Eismetallschnitzer.
Fliegen wir über sie hinweg,
tanzen sie aus, bis die Beine brennen.
Das Jersey zieht, wir schwitzen aus jeder Pore.
Ein Schlag ins Leere und alles ist vorbei.

Letzte Sekunden auf der Uhr, ein Stürmer bricht durch.
Der Torraum ist blau wie das Meer,
rot wie Blut, das auf dem Eis gefriert.

Ratlosigkeit steht Miller im Gesicht geschrieben. Erst schweigt sie eine Weile, dann wendet sie sich wieder Ella zu.
»Dieses ... Gedicht fanden Sie in Ihrem Büro?«
Ella nickt mit gesenktem Blick.
»Eine Trikotnummer als Titel? Die Rückennummer 9?«
»Die meines Vaters. Sein Idol war Gordie Howe.«
»Offengestanden, über einen Hang zur Poesie verfüge ich nicht.«
Sie schüttelt langsam den Kopf.
»Erzählen Sie mir, was nach der Feder und dem Fund dieses Gedichtes geschah.«
Ellas trockene Lippen sind aufeinandergepresst. Reden soll sie, ja, reden. Doch in ihrer Kehle schnürt sich alles zusammen. »Wie haben Sie den restlichen Tag verbracht?«
Miller lässt nicht locker. Ella greift sich ans Kinn, so, als wolle sie den Mund gewaltsam öffnen. Ihr Herz pocht schnell. Sie atmet tief und langsam durch, um den Puls wieder in eine Normalfrequenz zu bringen. »Nun«, beginnt sie zaghaft, »da mir sonnenklar war, dass irgendetwas nicht stimmte, wollte ich um ein paar freie Tage bitten. Wie im Nebel schrieb ich das Gutachten, und Philippe Bastien, mein Vorgesetzter, stimmte einer Auszeit zu. Er hat mich für längere Zeit freigestellt. Er war es auch, der mir Ihren Kontakt vermittelte.«
»Aha, Philippe. Ein Studienfreund aus Québec. Wegen mir sind Sie von Calgary nach Edmonton übergesiedelt?«
»Eigentlich schon.« Ella stockt, dann empfindet sie das Sprechen als eine Form angenehmer Kontraphobie. Langsam

versickert das Adrenalin im Körper. »Praktischerweise besitzt einer meiner Lieblingsmenschen ein Townhouse in Inglewood an der 114th Avenue. Dort bin ich untergekommen, bei Travis ... Travis Martin. Wir sind einige Jahre zusammen aufgewachsen. Wollen Sie seinen indigenen Namen hören?«

Miller will ihr nicht den Wind aus den Segeln nehmen und nickt bejahend. »Tooantuh. Den hat ihm sein Onkel verpasst, ein Cherokee aus dem Norden, der seine große Liebe auf einer Getreidefarm in der Nähe von Vulcan fand. Tooantuh bedeutet Springender Frosch. Lustig, was? Travis hat von klein auf in den Teams meines Vaters gespielt. Der hat aus ihm einen springenden Hockeyfrosch gemacht.«

Jetzt muss Ella etwas überdreht kichern.

»Einen Goalie?«

»Nein, einen Außenstürmer.«

Als ihre Blicke zueinander finden, wird Ellas Stimme brüchiger. »Ich muss Ihnen noch etwas sagen. Jamanka ist vor drei Tagen aus dem Haftkrankenhaus ausgebrochen. Flüchtig ist er immer noch.« Ella verstummt. Miller gießt sich Wasser aus einer Karaffe in ein Glas, bietet Ella auch eins an. Froh darüber, trinkt sie in hastigen Zügen, währenddessen Miller fortfährt: »Wie haben Sie Jamanka eingeschätzt? Was hat der Richter von Ihnen bekommen?«

»Das Ende des Gesprächs hat alles verändert. Wie konnte ich diesem Mann eine positive Prognose in die Akte schreiben? Ich riet zur Einweisung in die Psychiatrie, schrieb die klassischen Formeln dafür auf. In etwa so: affektiv verflacht, desorganisiert, Psychomotorik eingeschränkt, wenig moduliert, kaum Mimik, äußert Suizidgedanken, Anzeichen für Eigen- und Fremdgefährdung.«

Ella zupft nervös an ihren Augenbrauen herum. »Finden Sie nicht auch? Die Art der diagnostizierten Störung sagt mehr über den Behandler aus als über den Patienten?« Wie ein stummes Echo hallt dieser Satz in ihrem Kopf wider.

»Tja, Ella, Ihr Zusammenbruch rührt von einer Begegnung mit einem fremden, psychisch kranken Straftäter her. Robert Jamanka, der aufgrund einer Regredienz der Beschwerden unter Antipsychotika-Gabe sowie Drogenabstinenz positive Eindrücke hinterließ. Bis der Schneevogelkiller ins Spiel kam. Er nannte Ihren indigenen Namen, Chilaili, was Schneevogel bedeutet. Ich vermute, dass es sich bei der Feder um die eines Schneevogels handelt?«

»Wie schon gesagt, ich kann mir diese Feder eingebildet haben.« Sie zögert, dann fährt sie fort. »Das Gutachten derartig zu verfassen, Jamanka als hochgradig psychisch deformiert zu charakterisieren, war falsch. Ich habe mich deswegen Philippe Bastien anvertraut. In der Zwischenzeit wird er dem Richter die Umstände schildern.«

»Fürchten Sie um Ihr Leben, Ella? Meinen Sie, dass Ihnen Jamanka auf den Fersen ist? Sind Sie deshalb aus Calgary zum Springfrosch geflohen?«

Ella bejaht. »Ich fürchte mich nicht bloß, ich habe eine Heidenangst.«

»Vor einem Gedichtschreiber und Federüberbringer? Sie wissen schon, dass Vertreter unserer Branche mit lauter komischen Vögeln arbeiten, dass Drohungen zum Geschäft dazu gehören?«

»Natürlich«, antwortet Ella brüsk.

»Immerhin haben Sie den Bundesstaat nicht verlassen oder sind Hals über Kopf nach Europa ausgewandert.« Ella lächelt und erwidert leise: »Ich habe kurz darüber nachgedacht. Das wäre allerdings eine zu große Vermeidung seelischer Konflikte gewesen.« Miller erkennt die Ironie in der Stimme, hat den nächsten Termin im Blick, steht auf und schaut Ella warmherzig an.

»Für heute möchte ich mich von Ihnen verabschieden. Begeben wir uns auf eine Reise, um Ihre Ängste zu besiegen. Lassen Sie sich von Chloe einen neuen Termin geben.«

Die beiden reichen einander die Hände. Abschließend durchstreifen Ellas Augen das Zimmer, blicken auf den rot gestrichenen Stuhl, wandern vom Fenster hin zum Schreibtisch mit den Familienfotos. »Irgendwie fühlt es sich gut an«, fährt es ihr beim Verlassen der Praxis durch den Kopf. »Wir begeben uns auf eine Reise.« Eine warme Welle der Dankbarkeit steigt in ihr auf.

Dann hat sie Mühe, auf dem Weg zum Parkplatz nicht von Schneeflocken durchweicht zu werden. Dicke, träge Pfannkuchen, die mitten ins Gesicht klatschen. Sie springt in ihren roten Dodge RAM, lässt den Motor aufheulen, dreht die Heizung an und stellt das Gebläse auf die höchste Stufe. Mit weiten Bögen entfernen die Scheibenwischer den Schnee, um dann wie pendelnde Metronome in langsamen Abständen hin und her zu gleiten. Radio CKUA bringt »Road Runner« von The Denim Daddies. Sie biegt in die Stony Plain Road ein und stoppt bei Tim Hortons. Hier hatte sie sich um 10:00 Uhr mit Travis verabredet. Ella sieht sich im Restaurant um, doch vergebens. Sie versucht, ihn übers Handy zu erreichen. Es klingelt viermal, dann drückt er sie weg. Seltsam. Beim nächsten Mal ist die Verbindung tot. Auch der Versuch, ihm eine Nachricht auf den Anrufbeantworter zu sprechen, misslingt. Der gestern noch tadellos funktionierende Apparat springt nicht an. Ella schmollt eine Weile, setzt sich in eine Ecknische ans Fenster und ordert zwei glasierte Schokodonuts zum Latte Macchiato. Schließlich schreibt sie ihm eine Textnachricht, beim Tippen der Ziffern liest sie leise mit: »Lieber Travis, Du weißt, Deine Chilaili ist eine sehr zänkische Dame. Sie wartet noch eine halbe Stunde bei Timmies. Solltest Du die Lunch- mit der Puckjagd verwechselt haben, dann wird Dir gleich der Kopf samt Helm vom Hals gerissen.« Grinsend schickt sie hinterher: »Ein unangekündigter Damenbesuch, der es auf Deinen stählernen Luxuskörper abgesehen hat, entschuldigt alles. Smiley.« Als nur noch Krümel den Teller zieren, beschließt sie, nicht sofort ins Townhouse zurückzufahren, sondern sich in einem Einkaufszentrum schadlos zu halten. Nach einem Check der Verkehrs-App entscheidet sie sich für die West Edmonton Mall.

4

In Bensenville, einem Vorort von Chicago, räkelt sich Joel Quenneville im Garten des Country Inn & Suites entspannt auf einer Hollywoodschaukel. Neben ihm ist ein dampfender Smoker aufgebaut. Aus einem Transistorradio dudelt »Some Nights« von Nate Ruess. Genau der richtige Song, um ein Zahnziehen über sich ergehen zu lassen. Der Kellner heißt Gretzky, er bringt ihm eine Schale Old Dutch Arriba Nachos und verzieht das Gesicht zu einer spöttischen Grimasse. »Da sind meine Bacon-Chips! Danke, Meister Fliegenhirnschmalz, und nun hau ab.« Gretzky, das Nationalheiligtum aller Kanadier, tut wie ihm geheißen, steigt in einen klapprigen VW Käfer und knattert davon. Coach Q klatscht in die Hände und säuselt gebückt in eine vor ihm aufgebaute Videokamera hinein: »Chillen ist friedlicher Protest gegen die Schindereien in den Playoffs.« Er wirkt sichtlich entspannt, Mund und Schnäuzer tauchen tief und genüsslich in die Nacho-Sauce. Mit Hamsterbacken gibt er zum Besten: »22.354 Zuschauer waren Zeugen im Madhouse. Die sollen mir sagen, wer unser bester Mann, unser Torpedo im Eissturm war, woran es lag, dass der Puck einmal mehr im gegnerischen Netz zappelte. Morgen werden wir im fünften Clinch die Führung übernehmen und kein weiteres Spiel beim Lightning mehr zulassen. Für Millionen Fans auf den Straßen, an den TV-Geräten, für die Unsterblichkeit. Wir sind eine Horde Dynamit, auf dem Weg zur Dynastie. Genau deshalb müssen Old Dutch Arriba Nachos verputzt werden. Es gibt weitaus erstaunlichere Rituale, und schließlich lasse ich den Tortillakram dann Tortillakram sein und verteile ihn nicht noch auf Steinkrebse. Unsere Fans würden derartiges machen; sind Steinkrebse doch ein Leibgericht aus der Tampa-Bucht des Gegners. Vielleicht bin ich an diesem Punkt ein wenig altmodisch oder zu wenig verrückt. Wer weiß?«

Coach Q lacht polternd los und kann sich nicht beruhigen. Immerfort drückt er auf einen roten Knopf, um einen Tor-Buzzer in Stadionlautstärke zu aktivieren. Ein Detective des Edmonton Police Service rückt ihm, getarnt mit einer papiernen Connor McDavid-Gesichtsmaske, auf den Pelz. Er bleibt stehen, mustert Q von oben bis unten und jammert mit kindlichem Eifer: »Wir werden den Cup gewinnen. Old Dutch Arriba Nachos sind der Lieblingssnack der Oilers Fans.«

Q kriegt sich nicht mehr ein, Buzzer jagen durch die Luft, laut wie Düsenjets. »McJesus!«, ruft er. »Wir haben dich gekauft, du bist ab jetzt ein Hawk!«

Entrüstet reißt der Detective die Maske runter, stürzt sich auf die Nachos, verputzt eine Handvoll, will sich Coach Q greifen, stolpert kopfvoran in den Smoker und fällt in die tiefsten Tiefen, die ein solcher Traum nur haben kann.

James Brooks kommt sabbernd zu sich, das Smartphone scheint schon eine ganze Weile gelärmt zu haben. Er rollt auf die Seite, greift sich das Ding vom Nachtschränkchen. Zunächst wischt er erfolglos auf dem Display hin und her.

Erst als er auf der Bettkante sitzt, trifft er das Annahmefeld. Er presst das Gerät ans Ohr. »Ja? Coach Q am Apparat, was ... Nein, ich Puckhirn, Entschuldigung, Brooks hier, Detective Brooks.« Das Police Department ist dran. Brooks versucht stirnrunzelnd einen gedanklichen Hechtsprung in die Realität und landet einfach nicht. Er pendelt irgendwo eingeklemmt zwischen der gestrigen Pokernacht mit Kollegen, die ein ausgezeichneter weißrussischer Wodka krönte, und einem zerwühlten Laken hin und her. Ein Blick auf die Leuchtziffern des Weckers verrät ihm, dass er mächtig verschlafen hat. Es ist Montag. Um acht wollte er im Büro in Downtown sein. Irgendwer muss den Wecker ausgestellt haben, da gibt es nichts dran zu rütteln. Der Constable am anderen Ende der Leitung rät ihm, sich rasch in die Spur zu begeben. Nach Inglewood in die 114th Avenue. »Ein blaugestrichenes Apartmenthaus.« Brooks schrappt Grind von den Augenrändern. Es folgen weitere Instruktionen. »Na, wenn alle schon da sind, kann ich den Tatort kaum verfehlen.« Ende des Gesprächs. Während er das Holster mit der Glock anlegt und sich hinsetzt, um Schneestiefel anzuziehen, knipst er den Hockeytraum noch einmal an: »Oh Gott. Schon wieder die Blackhawks. Die sind Schlusslicht in der Conference! Okay, das war ein alter Traum. Die Endspielserie gegen Tampa Bay, Chicago auf dem Weg zum sechsten Titel. Wichtigster Playoff-Spieler war nochmal wer? Duncan Keith. Keine Sorge, McDavid hat Vertrag in Edmonton, und Gretzky fährt untrüglich einen 1961er Cadillac.« Dann schnappt er sich seinen Parka und tritt ins Freie.

Nach einem Stopp bei Kentucky Fried Chicken biegt Brooks 45 Minuten später im schwarzen Ford Explorer in die besagte Avenue ein. Auf leiser Stufe krächzt periodisch das Funkgerät. Er versucht es zu ignorieren. Der starke

Schneefall der letzten Tage hat etwas nachgelassen. Glücklicherweise gab es stockenden Verkehr auf der Walterdale Bridge, so war noch Zeit für eine Unterwegsrasur. Er vertilgt das letzte Nugget aus der Papiertüte, parkt direkt hinter dem Chevrolet Blazer des Gerichtsmediziners Doc Maccoll und stellt Motor und Licht aus. Nicht zu übersehen ist das Tohuwabohu vor der Hausnummer 15, ein schickes Häuschen mit Vorgarten, bulligen Bäumen und zwei Carports. Aus dem Autofenster begutachtet Brooks die Lage von der gegenüberliegenden Straßenseite aus. In weißen Tyvek-Overalls mit dicken Stiefeln, Masken und Schutzbrillen stapfen die Spurensicherer astronautengleich durch die Gegend. Karten mit Fallnummer und Abgleichmaß werden auf Gegenstände postiert, Fotos geschossen. Brooks erkennt jeden Kollegen am Gang, die Forensiker pinseln Fingerabdruckpulver an die Eingangstür. Hat jemand einen Abdruck auf der Täfelung erwischt, wird er mit Folie konserviert. Später wird die Beute im Labor nachbearbeitet und auf Treffer im Computer des Canadian Police Information Centre gehofft. Hinzu gesellen sich die Blutexperten und Faseranalytiker, Könige über all die beschrifteten Röhrchen und Plastiktüten, die einen Weg zum Täter weisen mögen. Fuß- und Reifenexperten kramen aus ihrer Ausrüstung Maßbänder hervor und vermessen das Gelände. Streifenpolizisten drängen Reporter, Ton- und Kameraleute ab – die Medien haben schon Zeilenblut geleckt. Soeben fährt ein Übertragungswagen des Privatsenders NEWS XL vor. Abseits des im Wind flatternden Absperrbandes harren Gaffer aus. Dass sie aus mehreren Blickwinkeln gefilmt werden, schreckt sie nicht ab.

Der Blick auf die Fenster signalisiert Brooks, dass auch in der Wohnung Fotos angefertigt werden. Die Leichen-Fetischisten sind am Werk, hin und wieder zucken die Blitze der Kameras. Er schnauft tief durch. Der Pokerabend hängt ihm zwar tief in den Knochen, doch der weißrussische Wodka nagt erstaunlicherweise nicht wie ein gieriger Blutegel am Hirn. Plötzlich trommelt jemand im Vierviertaltakt aufs Autodach und grinst ihn bis über beide Ohren an: Detective Constable Toshi Hayashi, seine Partnerin.

»Beim nächsten Ton ist es 13:30 Uhr! Wie geht es James Overtime, dem Kerl, der immer etwas länger braucht? Jetzt wird er auf den neuesten Stand gebracht!« Kaum gesagt, sitzt Toshi neben Brooks und zaubert ihm voller kanadischer Freundlichkeit einen dampfenden Kaffeebecher unter die Nase. Gedankenfern nickt er, murmelt: »Danke, alles fein«, nimmt einen Schluck und verbrennt sich die Lippen. Jammernd wie ein Greis, der die Last der Welt auf seinen Schultern trägt, ergänzt er: »Du hast den Zucker vergessen. Leg los, Tosh.«

»Leitender Ermittler ist Staff Sergeant Penner. Neulich hat mir jemand gesteckt, dass ›Penner‹ als Synonym für einen betrunkenen, verlotterten Landstreicher im deutschen Wörterbuch zu finden ist. Das sollten wir ihm besser nicht aufs Brot schmieren.«

Toshi blickt Brooks beifallheischend an, der schüttelt den Kopf. Unbeeindruckt fährt sie fort. »Der Fundort der Leiche ist hier in diesem Haus.« Sie deutet aufs Apartment. »Es gehört einem Travis Martin. Abgesehen davon, dass wir noch nicht wissen, ob dieser Travis die Leiche ist, haben wir eine männliche Person zwischen 30 und 40, die rücklings auf dem Holzboden in einer Riesensauerei aus Blut, Muskelsträngen und Knochen liegt. Der Polizeicomputer spinnt, der Abgleich der Fingerabdrücke mit dem CPIC zieht sich hin. Frag mich nicht, was da los ist. Bestimmt ist Wodka im

Spiel. Wie heißt deine neue Marke noch gleich?« Brooks erwidert spitz: »Bulbash. Sehr mild, sehr lecker. Reinstes weißrussisches Weihwasser.« Sie schneidet eine Grimasse, die nur heißen kann, dass allein der Gedanke an Alkohol um diese Stunde ekelhaft ist.

»Die Leichenstarre hat schon eingesetzt. Die Turnschuhe an den Füßen sind akkurat gebunden, das Opfer wollte sich anscheinend sportlich betätigen. Dazu kam es nicht mehr, was mit zwei Narkosepfeilen zusammenhängen könnte, die wir in der linken Hand fanden.« Toshi redet wie ein Schnellfeuergewehr. Brooks geht das eindeutig zu rasant. Wie die meisten Menschen unter Stress, hat sie das Bedürfnis, jede drohende Pause mit sich überholenden Worten zu füllen. Hinzu kommt der scheppernde Krach aus einem der Hinterhöfe. Eine Rasselbande Kinder auf einem Outdoor-Rink kann mächtig laut sein. Toshi ist immer aufgeregt, wenn sie Leichen sieht. Dabei ist sie mit Ende 30 kein Grünschnabel mehr. Ungleich schlimmer wird es, wenn es sich um übel zugerichtete Leichen handelt. Heute scheint so ein Tag zu sein. Ihr Gesicht ist fleckig vor Aufregung. In einer Atempause schiebt sie sich ein Pfefferminzkaugummi in den Mund.

»Tosh, entspann dich. Nicht in Lichtgeschwindigkeit. Hast du den Yoga-Gutschein eingelöst? Ist gut für den Seelenhaushalt.«

»Und schlecht für die Bandscheibe, alter Miesepeter. Diese Katze-Kuh-Übungen können im Rollstuhl enden. Außerdem hasse ich Ruhepuls und Langeweile.«

»Was soll ich dir stattdessen schenken? Ein Mandala-Malbuch?«

»James Brooks!«

»Dann eben nicht. Du erwähntest Narkosepfeile in der Hand des Opfers. Was hat es damit auf sich?«

Mit Mühe gelingt es Toshi, ihre Hysterie auf kleine Flamme zu dimmen.

»Ein Pfeil dürfte auf den linken Bizeps abgefeuert worden sein. Wir haben dort eine schlitzartige Wunde entdeckt, die beim Eintritt und Herausziehen der Pfeilspitze entstanden sein könnte, drumherum Kratzspuren.«

»Eintrittswunde Nummer zwei?«

»Keine Ahnung, Fehlanzeige. Könnte den Hals zieren.«

Brooks hört nur mit halbem Ohr zu, während er die Gegend in Augenschein nimmt.

»Ist die Wohnung durchwühlt?«

»Sieht nicht so aus, als hätte sich jemand damit aufgehalten. Keine Einbruchsspuren. Täter und Opfer könnten sich gekannt haben.«

»Sexuelle Motive? Ein Ritualmord?«

»Würde ich mit gesundem Menschenverstand ausschließen. Aber! Das war kein gewöhnlicher Mörder. Wer jemanden so bestialisch abschlachtet, muss verrückt sein.«

»Das Feld der forensischen Psychiatrie sollten wir anderen überlassen.«

Für Sekunden hält Brooks inne. Dann reißt er seinen Kopf zu seiner Partnerin herum.

»Moment, was hast du gerade über den Hals gesagt? Die zweite Pfeilwunde *könnte* den Hals zieren? Was ist mit dem Hals?«

Toshi fährt unumwunden fort, die Stirnfalten werden tiefer: »Jetzt kommt's dicke, behalt deinen Wodka unten. Der Kopf wurde mit scharfer Klinge, einem Beil oder einer Axt, ziemlich hoch oben am Hals abgetrennt. Eine Säge scheidet als Tatwaffe aus. Keine ausgefransten Hautpartien. Dem Kopf kommt hier eine größere Bedeutung zu, denn er ist wie vom Erdboden verschluckt.«

Brooks kann sein blankes Entsetzen nicht verhehlen, treibt Luft durch die Zähne und resümiert: »Ein Henker-Martyrium. Das haben wir nicht alle Tage. Der Täter muss mit äußerster Brutalität vorgegangen sein. Was auch immer mit dem Narkosepfeil injiziert wurde, es wird das Opfer bloß betäubt haben. Merke: Lasse niemanden mit atavistischen Tötungsinstrumenten ins Haus.«

Toshi kräuselt angewidert die Lippen und fährt fort: »Keine Abwehrverletzungen. Den Spuren zufolge wurde dem Opfer der Kopf bei schlagendem Herz abgetrennt. Doc Maccoll schließt das aus dem Zustand der Handgelenke, die kaum geschwollen sind. Zudem weist die Muskulatur am Hals eine satte rote Farbe auf. Im Flur fanden wir ein metallisches Blasrohr. Ein naturverbundener Mörder, der Jagdweise der Indianer kundig.«

»Mach mal halblang, Tosh. Könntest du in Betracht ziehen, dass jeder Wildjäger oder Tierarzt so etwas bedienen kann? Das Rohr liegt am Tatort? Wer lässt so ein vollgespucktes Ding zurück? Vielleicht hat der Täter keine Angst, erwischt zu werden?«

»Verrückte haben keine Angst.«

»Sag bloß, daneben habt ihr Ausweis und Fahrzeugpapiere gefunden? Möglichst mit gestochen scharfen Bildern aus der Haus-Videoüberwachung?«

»Zu schön, um wahr zu sein.«

Brooks hebt die Augenbrauen und muss grinsen.

»Und die Klinge?«

»Die ist weg. Auf einem Tisch befindet sich die gepackte, offenstehende Hockeytasche eines Spielers mit dem Aufdruck der Wichita Thunder. Du weißt, das ist die zweite Kooperationsmannschaft der Edmonton Oilers?«

»Ja, aus der ECHL-Liga, die nicht mehr East Coast Hockey League genannt werden möchte.«

»Komisch, wenn sich einstige Akronyme in neue Begriffe verwandeln.« Toshi kichert wie ein Schulmädchen auf dem Tanzball. »Wo war ich?«

»Bei der Tasche, Tosh.«

»Daneben liegt ein Flugticket über Minneapolis nach Wichita, Kansas. Falls der Tote damit etwas zu schaffen hatte, sollte es morgen früh losgehen. Alles da, bis auf den Helm. Ein Eishockeycrack ohne Kopf und Helm. Ich habe online die Spielerdatenbank durchforstet. Auf dem Roster der Thunder steht ein Travis Martin. Er war wegen einer Gehirnerschütterung raus, zuletzt stand er vor drei Monaten auf dem Eis.«

»Das ist keine Lappalie. Vor allem, wenn es nicht die erste Gehirnerschütterung war. Der Name sagt mir was. Wo hat Travis Martin vorher gespielt?«

Toshis Magen knurrt wütend, gequält schließt sie die Augen.

»Hast du überhaupt schon gefrühstückt?«, fragt Brooks.

»Wer morgens frühstückt, hat sein Leben besser im Griff.«

»Musst du gerade sagen. Ich habe eine Handvoll Mandeln gegessen.«

»Und genauso viele Energy Drinks gesüffelt, stimmt's?«

Brooks blickt sie besorgt an. Toshi pustet eine karottenorange gefärbte Strähne aus der Stirn, kramt aus ihrer Handtasche einen Kosmetikspiegel hervor und richtet die zu einem Dutt gebündelte schwarze Haarpracht.

»Möglich«, erklärt sie zerknirscht. »Travis Martin war vor Jahren Teil eines Monstertrades zwischen den Calgary Flames und den Edmonton Oilers. Bei den Flames stand er kurz vorm Durchbruch. Die Oilers, und so ist es blöderweise oft genug, erkannten sein Talent nicht. Er schmorte in der American Hockey League und verbuchte insgesamt nur vier Kurzeinsätze in der NHL.«

»Dann war er ein Bankdrücker und kam erst aufs Eis, als die Party vorbei war.«

»Stimmt. Mehr als sich die Holzsplitter aus dem Hintern zu ziehen und auf die Strafbank zu fahren war nicht drin. Den Helm seines Goalies hat er nie geküsst. Vier Spiele, vier deftige Niederlagen. In der letzten Saison hat er in Deutschland angeheuert, in Köln.«

Brooks bläst die Backen auf und unterbricht seine Partnerin. »Die nehmen jeden, der mal mit einem NHL-Trikot die Oma spazieren fuhr. Besonders natürlich die Deutschen. Wem gehört der Ford Ranger in der Einfahrt?«

»Der ist zugelassen auf Travis Martin, vollgetankt und abfahrbereit.«

»Wie sieht die Wohnung aus?«

»Sperrmüllschick mit riesigen Nestern voller aufgeschreckter Kakerlaken, überall Brandlöcher, schimmelige Wände. Und erst die verschissenen Windeln im Laufstall. Du wirst eine Nasenklammer brauchen.«

Brooks Blick gleitet angewidert an Toshi herab, an ihrem Grinsen merkt er, dass er geneckt wird.

»Ich bin zu müde, um witzig zu sein.«

»Erwischt! Das war nur die Brechprobe, du hast bestanden. Dein neuer Wodka muss gut sein. Also: sauber, recht neues Inventar, sieht aus wie in einem The Brick-Katalog. Die Bleibe eines Hockeyspielers, der keine Kinder hat und nur selten zuhause ist.«

»Wie weit ist die Spurensicherung?«

»Doc Maccoll ist mit der provisorischen Leichenschau fertig, hat sein Thermometer reingesteckt und erklärt, dass der Exitus vor mehr als drei Stunden eingetreten sein könnte. Ansonsten ist noch alles im Gange.«

Brooks blickt zum Haus. Zwei der Forensiker haben die Masken abgesetzt, um eine Zigarette zu rauchen. Die anderen arbeiten mit demonstrativem Gleichmut vor sich hin. Er wendet sich wieder Toshi zu.

»Jemand klingelt, draußen steht der Indianerkumpel oder der nette Tierarzt. Man kennt sich, will zusammen joggen gehen, mixt Smoothies, und schon ist man einen Kopf kürzer. Ein echter Scheißtag.«

Toshi muss lachen, es klingt wie ein Schluckauf. Sie wirft das Kaugummi in den Aschenbecher, angelt sich einen Schokoriegel aus der Manteltasche und beißt herzhaft hinein. Brooks versucht derweil, das Gehörte in Bilder zu verpacken, in Symbole zu kleiden, um es begreifen zu können. Das macht er immer, wenn er mit Toshi ermittelt. Selbst, wenn er mal nicht verschlafen hat, ist die Arbeitsweise stets dieselbe: Detective Constable Toshi Hayashi ist als Erste am Tatort und liefert einen Bericht ab. Sie verfügt über einen laserscharfen Blick, kann einen Tatort lesen wie früher Wayne Gretzky ein Eishockeyspiel. Im Nachgang schaut er sich gemeinsam mit ihr um. So behält jeder seinen eigenen Blickwinkel. Die Stirn in Falten gelegt, schlürft er lautstark seinen Kaffee zu Ende und knallt den Becher mit Nachdruck aufs Armaturenbrett.

»Na gut, dann lass uns die Sache in Augenschein nehmen.«

»Das ist nicht alles. Eine Nuance sticht noch heraus. Neben einem Telefon, dem der Akku entnommen wurde, liegt eine papierne, handgeschriebene Notiz auf dem Tisch. Vielleicht eine Botschaft. Schau mal.«

Toshi hat das Stillleben mit dem Handy festgehalten. Sie reicht Brooks das Gerät, der liest mit leiernder Stimme vom Display ab.

Rückennummer 22

Jetzt, wo mein Hockeybag und ich
nicht mehr wie 30 faule Käse stinken,
leg mir einen Eisbeutel aufs Gesicht.
Wir müssen die Abwehr verstärken
und neue Verteidiger zeugen.

Brooks' Gedanken beginnen abzudriften. Er muss an die derzeit miserabel spielende Abwehr der Chicago Blackhawks denken, fragt sich aber sofort, warum er nicht an die genauso miserabel spielende Abwehr der Edmonton Oilers denkt. An das überforderte Torwartgespann, an die kreuzlahmen Special Teams, die jede Unterzahlsituation zu einer bedrohlichen Apokalypse kulminieren lassen. All dies beiseite fegend, fixiert er die Überschrift.

»Was ist das für ein Dichtermist? Präkoitale Melancholie mit der Rückennummer 22 als Zierde?«

»Mit der lief Martin in den vergangenen Jahren auf. Wenn in einem Club die #22 anderweitig vergeben war, wich er zeitweise auf die #4 oder die #2 aus.«

In Zeitlupe schüttelt Brooks den Kopf und schweigt eisern. Resigniert deutet er aufs Haus. Zeit, um Staff Sergeant Penner seine Aufwartung zu machen. Als er die Autotür öffnet und aussteigt, biegt ein roter, verbeulter Dodge RAM in die Straße ein. Am Steuer sitzt eine Frau. Sie stoppt den Wagen, lässt den Motor laufen und scheint über den Anblick aus Streifenwagen, Zivilisten und Uniformierten reichlich verstört zu sein. Als sie das Absperrband am Bordstein erreicht hat, lässt sie das Autofenster herunter und versucht, Kontakt mit einer Polizistin aufzunehmen, die direkt davor postiert ist. »Auch das noch«, entfährt es Brooks. An Toshi gewandt, brummelt er: »Übernimm das mal. Ich gehe rein und warte sehnsüchtig auf dich.« Brooks steigt aus dem Wagen. Kalte Luft füllt seine Lungen. Er erreicht den Hauseingang, lässt sich Schuhüberzieher und Latexhandschuhe geben. Damit ausgerüstet schlurft er ins Innere. Toshi strebt dem Dodge zu und bedeutet der Fahrerin, den Motor abzustellen. Sie zeigt ihre Polizeimarke.

»Mein Name ist Detective Hayashi. Darf ich Ihren Ausweis sehen, Ma'm …?« Die Fahrerin stammelt: »Miss … Jones. Ich muss passen, der liegt da drin, in diesem Haus, das ich anscheinend nicht betreten darf. Ich habe einen Führerschein dabei.« Zittrig blickt sie auf das Gebäude. Toshi heftet ihren Blick auf Ella. Die kramt den Führerschein aus dem Handschuhfach hervor, reicht ihn Toshi, die ihn nach kurzer Ansicht zurückgibt. Ellas Hirn arbeitet auf Hochtouren.

Sie würde wirklich gerne wissen, was passiert ist. Morgens war dies noch ein pastoraler Ort gewesen, allem Anschein nach schien nun die Hölle darüber losgebrochen zu sein. Mit der Freundlichkeit einer Kindergärtnerin lenkt Toshi das Gespräch indessen in eine völlig andere Richtung und zeigt auf die Fahrertür.

»Wer hat Ihnen diese Riesendelle in die Karosserie geklopft?«

»Wollen Sie mir nicht lieber sagen, was hier vorgeht?«, fragt Ella mit bebender Stimme. »Ich bin etwas verwirrt, das können Sie hoffentlich nachvollziehen?«

»Natürlich. Darauf komme ich gleich zu sprechen. Nun?« Toshi blickt sie erwartungsfroh an, Ella stolpert über ihre eigenen Worte: »Das mit der Tür … das war ein Elch, rie … riesiges Geweih, wog bestimmt 15 Zentner. Ich wollte neulich auf den Alberta Highway Richtung Edmonton auffahren …«

»Sie haben sich mit einem Elch angelegt?«

»Ja. Ich war in Eile, im Radio sprachen sie von einem aufziehenden Unwetter. Da stand plötzlich dieses Tier auf der Straße und hatte etwas gegen meine Weiterfahrt. Ich stieg aus, wir schauten uns in die Augen.«

»Sie sind eine Elchbeschwörerin?«

»Nein, ich bin Psychologin. Mich interessierte die Motivation des Elches, sich mir in den Weg zu stellen.«

»Sie haben ihn hypnotisiert?«

»Bevor ich ein Opfer der Fauna wurde, klar, kann man so sagen. Der Elch war nach einer Weile bereit, zur Seite zu gehen. Auch möglich, dass er die Wettervorboten registrierte und Unterschlupf suchen wollte. Ich stieg wieder ins Auto, und als ich drinsaß, donnerte er zum Abschied mit den Vorderhufen gegen die Tür. Das ist die ganze Geschichte.«

»Der hatte wirklich etwas dagegen, dass Sie nach Edmonton fahren. Haben Sie den Schaden der Versicherung gemeldet?«

»Kuriose Begebenheiten wie diese verschweige ich lieber.«

»Mir haben Sie die Story erzählt.«

»Erstens haben Sie gefragt, und zweitens sind Sie ein Detective. Können Sie mir nun endlich sagen, was hier los ist? Wurde eingebrochen? Hat Travis Sie gerufen?«

»Travis wer?«

»Travis Martin. Ich wohne bei ihm. Er hat mich versetzt. Wir wollten uns bei Timmies treffen.«

»Stimmt es, dass er Eishockeyprofi ist?«

»Ja, Travis ist Stürmer bei den Wichita Thunder. Die Oilers halten die Rechte an ihm und haben ihn in die ECHL abgeschoben. Im letzten Jahr spielte er in Deutschland. Eigentlich wollte er länger in Europa bleiben.«

»Was zog ihn wieder her?«

Ella stöhnt auf. Sie verdreht die Augen, bis nur noch das Weiße zu erkennen ist. »Heimweh! Einen Indianer verpflanzt man nicht einfach zum Karneval nach Köln, so hieß die Stadt.« Unsicher fügt sie hinzu: »Travis ist ein Blackfoot. Er ist wie ein großer Bruder für mich. Wir sind aus demselben Holz geschnitzt, zusammen aufgewachsen. Sie waren doch bestimmt schon im Haus, das sehen Sie doch an seiner Nase. Hat er Sie mit seinem Skalpmesser bedroht?«

Toshi mustert Ella nachdenklich.

»Was ist hier los, verdammt noch mal? Lassen Sie mich zu ihm!«

Langsam dämmert es Ella, dass mehr als ein Einbruch geschehen sein muss. Etwas streicht ihr eiskalt über den Rücken. Ihr Gesicht zeigt keine Regung.

»Ziehen Sie bitte mal den Zündschlüssel ab und geben ihn mir.«

Mechanisch, wie betäubt, tut Ella wie ihr geheißen.

»Würden Sie bitte aus dem Wagen aussteigen?«, fragt Toshi leise, mit dunklem Timbre. Ella räuspert sich und fixiert Toshi.

»Erst wenn Sie mir sagen, was passiert ist.«

»Okay, dann bleiben Sie, wo Sie sind. Im Haus liegt eine männliche Leiche. Wir wissen noch nicht, ob es sich dabei um Ihren Bekannten Travis Martin handelt. Entschuldigen Sie, wenn ich vorgreife, aber es könnte durchaus sein. Der Abgleich der Fingerabdrücke mit unserer Datenbank läuft noch. Können Sie mir markante Kennzeichen an seinem Körper nennen, die ihm zuzuordnen sind?« Ellas Puls rast wie verrückt. Und die Gedanken auch. Sie spürt ihr Herz bis zum Hals schlagen und wünscht sich, in einem Comic gefangen zu sein. Momente von vor 21 Jahren tauchen auf.

Bilder und Gefühle verschmelzen zu einer psychedelischen Collage: Ella fragt ihre Mutter, wo der Vater ist. Die Mutter sagt, dass er auf eine große Reise gefahren ist. Sie kneift sich in die Wange. Es schmerzt, alles ist wahr. Geschockt stammelt sie: »Moment ... in meiner Handtasche habe ich ein Bild von ihm, ich will es suchen.«

»Ein Bild nützt uns nichts.«

»Was soll das heißen?« Ella fährt der Schreck in die Glieder, und sie hat das Gefühl, als würde sie über einem Abgrund taumeln.

»Hatte er Narben, Tätowierungen?«

»Eine Tätowierung am rechten Oberarm. Einen springenden Frosch.« Ellas Lippen beben. Die Hände umklammern das Lenkrad, die Fingerknöchel sind kreideweiß. Toshi greift zum Handy, Brooks ist sofort dran. »Frag bitte mal, ob das Opfer am rechten Oberarm tätowiert ist.« Sie wartet, hört Brooks im Gespräch mit Doc Maccoll, dann folgt die Bestätigung: »Ja, ein tanzender Frosch, sieht jedenfalls ganz danach aus.« Toshi blickt Ella an und nickt.

Brooks steht vor der Leiche, hört einen gellenden Schrei von der Straße und zuckt jäh zusammen. Zuerst muss er an die Hockeykinder denken. Aus dem vorhanglosen Fenster schauend erkennt er Toshi, die an den roten Dodge gelehnt auf die Frau im Wagen einspricht. Vermischt mit abgestandener Luft steigt ihm der metallische Geruch von Blut in die Nase. Am liebsten würde er ein Fenster aufreißen.

»Was ist da unten los?«, fragt Doc Maccoll.

»Keine Ahnung.«

»James. Nun komm schon ... ist die Ehefrau heimgekehrt? Die Freundin? Die Putzfrau würde nicht so ein Bohei veranstalten.«

»Ich weiß es wirklich nicht. Warten wir auf Tosh, die Wahrheit ist heute weiblich.«

Doc Maccoll ist ein Meister auf dem Gebiet der Geräusche. Eine Marotte, die höchste Konzentration signalisiert, wie er Brooks einmal auf entnervte Nachfrage erklärte. Mal pfeift er wie eine Dampflok, dann imitiert er zungeschnalzend eine Vogelart. Jetzt ploppt er mit den Lippen das elektronische Blindensignal an Ampeln nach. In der Zwischenzeit ist Staff Sergeant Penner nach einem Rundgang zurück am Leichenfundort und stapft durch den Fallmarkerwald. Ein schlanker, drahtiger Beamter mit straff nach hinten gekämmten Haaren, alterslos, und für die meisten Kollegen gefühlt seit Jahren vor der Pensionierung stehend. Als Berater ist er im Nachwuchs der Edmonton Eskimos dem Football verbunden. Penner machte bisher nie einen Hehl daraus, dass er Brooks für einen guten Cop hält, wenn ihm auch so mancher engstirnige Alleingang übel aufgestoßen war. Brooks seinerseits findet, dass Penner ein aufgeblasener Wichtigtuer ist. Einer, der die Früchte anderer erntet, wenn er sein Konterfei nach gelösten Mordfällen in die Kameras der Reporter hält. Dennoch wollte Penner die Karriereleiter zum Inspector oder Deputy Chief einfach nicht hochfallen. Eines der vielen ungelösten Rätsel zwischen Edmontons Himmel und Erde, die keine Pokerrunde zu ergründen vermag.

»Tag, James«, beginnt Penner knurrend die Konversation. »Scheint so, als hätten wir hier eine ziemlich abenteuerliche Geschichte.« Er spricht wie ein Staatsanwalt beim Kreuzverhör, dem bald die Hutschnur platzt.

»Haben wir. Pfeile rein, Kopf ab. Sieht aus, als hätte ein Elefantenweibchen mit Menstruationstassen um sich geworfen.« Penners Blick wandert unruhig von Wand zu Wand.

»Wo ist der Kopf? Im Klosett versenkt? Und wo ist Detective Hayashi?« Brooks sieht aus dem Fenster. »Unterhält sich mit einer Frau, die den Toten scheinbar kannte.«

»Die Frau behalten wir unten, der wollen wir keinen Horror bereiten. Eine Gegenüberstellung könnte zu einem Schock führen. Klären Sie das mit dem Krisenteam, die waren bisher arbeitslos und spielen Karten im Bus.«

»Okay, Chef.«

Brooks sieht zu, wie Doc Maccoll seinen Ausrüstungskoffer zusammenräumt. Der Leichentransport zum pathologischen Institut des Chief Medical Examiner an der 116th Street kann freigegeben werden. Der Doc wendet sich Brooks zu: »Mein Lieber, ich habe noch die Rekonstruktionen diverser Sterbevorgänge im Kühlschrank und kein Motivationsleck. Das Ergebnis von vor elf Tagen bin ich dir noch schuldig.«

»Der Unfall auf dem Yellowhead Highway bei Gainford. Wenn ich den Obduktionsbericht zeitnah bekäme, wäre das großartig.«

Doc Maccoll gurrt wie eine Taube.

»Am Puzzle dieses jungen Kerls fehlt mir der komplette rechte Unterschenkel.«

Brooks zuckt ratlos mit den Schultern und entgegnet: »Tja, die meisten Bären sind im Winterschlaf und haben ein Alibi. Wir haben die Gegend durchkämmt, haben die Spürhunde von der Leine gelassen: nichts. Spätestens im Frühjahr wird die Schneeschmelze das Ding ausspucken.«

»Frost wirkt wie eine Ritterrüstung. Da kann man bloß auf Old Willy, den aufmerksamen Spaziergänger warten.«

»Morgen besucht mich der Vater des Jungen. Eine natürliche Todesursache käme mir da sehr gelegen, Pete. Und hör mit diesem Gurren auf. Singen, Gurren und Pfeifen ist nur Vögeln gestattet.«

Doc Maccoll grinst übers Rundgesicht, imitiert ein Fischmaul auf dem Trockenen und verpasst ihm zum Abschied einen deftigen Herrenknuff.

»Dein Optimismus ist herrlich erfrischend. Auf das Leben nach dem Hinscheiden, James. Auf den Gestank des Schnitters, auf Formaldehyd und Seife. Ich gebe mein Bestes.«

Dann macht Brooks auf dem Absatz kehrt, verlässt den Raum und fängt Toshi samt Begleitung vorm Haus ab. Er entledigt sich der Latexhandschuhe, wirft sie in einen Abfallsack und nimmt beide Frauen mit in den Krisenbus. Augenblicke später klingelt Brooks' Telefon. Penner ist dran.

»James?«

»Wir haben eine Freundin des Hausbesitzers mit Namen Ella Jones, wohnt seit einigen Tagen hier. Sie wirkt geschockt, aber gefasst.«

»Was denn nun? Geschockt oder gefasst?«

»Sie kann sprechen und bis drei zählen ohne umzufallen. Ich würde vorschlagen, der Bus fährt sie zum Verhör aufs Revier.«

»Guter Plan, und dann wieder rauf mit euch beiden. Dass ich nicht allzu viel Zeit habe, sage ich gleich.«

Toshi und Brooks kehren zum Tatort zurück. Die Spurenermittlung zieht sich hin. Jedes Staubkorn wird akribisch umgedreht. Nachdem es einen Treffer in der Datenbank mit den abgenommenen Fingerabdrücken gab, steht nun offiziell fest, dass es sich bei dem Toten um den 38-jährigen Travis Martin, geboren in Siksika, Alberta, einmalig wegen Körperverletzung verurteilt, handelt. Penner lässt den Blick umherschweifen, ungeduldig fragt er in die Runde: »Hier war heute ein Typ, der nicht zum Club der Ermittler gehört, wo ist der hin?«

Toshi beeilt sich zu sagen: »Das war Dave Marvel, 33 Jahre, wohnt in Belle Rive, arbeitet als Immobiliengutachter. Das Opfer hatte vormittags einen Termin mit ihm. Vielleicht war deshalb die Alarmanlage deaktiviert. Marvel sollte den Verkaufswert seines Hauses schätzen und fand stattdessen die Leiche. Er hat ausgesagt, dass die Tür angelehnt war, da ist er rein. Nachdem er sich die Seele aus dem Leib gekotzt hat, rief er uns an.«

»Und wo ist der Gutachter jetzt?«

»Er wollte nach Hause. Ich habe ihn für morgen Nachmittag aufs Revier bestellt. Wir haben seine Aussage, seine Daten, Schuhe, Klamotten. Gütigerweise hatte er Wechselsachen im Wagen. Vom Typ her ist das einer, der sich morgens von Hund und Katze verabschiedet und Leckerlis bei der Rückkehr verspricht. Ein Dutzendmensch, keine Vorstrafen, lebt allein.«

Penner sieht sie an wie eine lästige Fruchtfliege, die im Rotwein schwimmt.

»Etwas mehr Fingerspitzengefühl. Wer, wenn kein aufgeweckter Mörder, fährt, nachdem er brav alle knuddeligen Nichtsnutze geknutscht hat, mit einer zweiten Garnitur Kleidung durch die Gegend?«

»Marvel wirkte akribisch, zwanghaft. Wahrscheinlich bringt das der Gutachterjob mit sich.«

»Ich weiß nicht. Ich weiß nur, dass ich jetzt fahre. James, Tosh, ihr habt das Kommando. Wir machen das Übliche, bilden die Sonderkommission, rekonstruieren den letzten Tag des Travis Martin. Und nicht nur den, besorgt euch die Aktenfreigabe wegen dieser Körperverletzungssache. Wann war das?«

»Im November letzten Jahres.« Toshi betont es mehr als Frage, denn als Feststellung. Ruppig fällt Penner ihr ins Wort:

»Findet das *en détail* heraus. Die Kollegen draußen nehmen die Nachbarschaft in die Mangel. Lasst den Spürhund vom Haken, der soll seine Nase überall reinstecken. Von mir aus kämmt die Gegend mit einem Metalldetektor ab. Sofern der Tote Piercings im Gesicht trug, wird schon was anschlagen. Wir wollen doch, dass die Beerdigung mit einem offenen Sarg stattfinden kann. Oder haben wir hier einen neuen Jeffrey Dahmer?« Penner spielt auf den US-Amerikanischen Serienkiller an, dessen *modus operandi* darin bestand, betäubte Opfer zu zerstückeln, Schädel sowie andere Körperteile behielt er. Die geschändeten Leichen schmeckten ihm, was Dahmer den Spitznamen »The Milwaukee Cannibal« einbrachte.

Prüfend stiert Penner in die Runde, stemmt beide Hände in die Hüfte und fährt in Richtung der Spurenermittler fort: »Wenn etwas Verdächtiges unter die Lupe gerät, sofort melden. Ich hoffe, wir haben alle Schaulustigen auf Video. Manchmal sind die bösen Jungs so dumm und kehren an den Tatort zurück. Je eher wir den Täter einbuchten, desto früher kann jeder entspannt in seinen Lieblingssessel sinken.« Er winkt Brooks und Toshi zu sich. Mit einer Miene, die keinen Widerspruch duldet, legt er den beiden gönnerhaft die Hände auf die Schultern.

»Niemand wird auch nur ein einziges kleines Statement zum Fall abgeben. Die Presseerklärung gibt es morgen. Von einem fehlenden Kopf wird keine Rede sein. Sonst fangen die Leute an, danach zu buddeln. Umso ärgerlicher, dass der Gutachter abgedampft ist. Da musst du hin, Tosh, das ist dein Job. Bevor er zum Futter für die Medien wird. Pack diesen Marvel ein, verhöre ihn, bläue ihm ein, dass er die Klappe halten und die Stadt nicht verlassen soll.« Toshis Missfallen ist nicht zu übersehen, sie will protestieren. Brooks stößt der

Partnerin sanft in die Rippen, nach dem Motto: Reden ist Silber, Schweigen ist Gold. Penner wird deutlicher. »Wenn der Gutachter nicht auf dem Revier erscheint, sind wir geliefert. Die Presse wird genau hinschauen. Ein toter Eishockeyspieler ist ein gefundenes Pulitzerpreis-Fressen. Ihr seid noch an einem anderen Fall dran?« Er blickt Brooks mit undurchdringlicher Miene an, Toshi übernimmt das Ruder.

»James hat diesen Jungen auf dem Schreibtisch, Unfall auf dem Yellowhead, ungeklärte Todesursache.«

»Seit wann scheren wir uns um Unfälle?«, grollt Penner. Brooks fährt sich durch die ohnehin schon zerrauften Haare, die nun einem aufgeplatzten Sofakissen nahekommen.

»Amtshilfe. Die Akte kam von der Bundespolizei. Der Tote war auch Eishockeyspieler.«

Penner schaut, als sei er gerade in Hundekot getreten. »Ach ja? Sind wir prädestiniert für Eishockeytote? Fehlt der Kopf?«

»Nein, der rechte Unterschenkel.«

»Tragisch, aber Unfälle passieren. Gebt den Fall zurück oder legt ihn zu den Akten. Diese Geschichte hier hat oberste Priorität. Ich muss los.«

Toshi nickt feierlich und verzieht das Gesicht zu einem überfreundlichen Grinsen, das man ohne Frage ihrer japanischen Kinderstube zuordnen muss. Übersetzt bedeutet es: Wird erledigt, aber leck mich gehörig am Arsch. Penner braust in einem Streifenwagen davon. Wie wohlerzogene Dreijährige, die nun endlich mit dem neuen Feuerwehrauto spielen dürfen, blicken ihm die Detectives hinterher.

»Alles zu seiner Zeit, Tosh ...«

Brooks bläht die Backen.

»Bevor ich Marvel überfalle, lass uns erst einmal das Haus untersuchen.«

Es dunkelt. Ave Andrews ist gerade dabei, den Müll der letzten Woche in Säcke zu verstauen. Sie ist am Verhungern. Im Ofen schmurgelt eine Pizza mit extra Käse vor sich hin. Zusammen mit einem Molson die beste Vorbereitung aufs Heimspiel der Oilers gegen Columbus. Ein unbequemer Gegner mit aggressivem Forechecking und einem grandiosen Konterkiller im Tor. In einer Stunde ist sie mit Dave verabredet. Der scheint heute reichlich früh von der Arbeit nach Hause gekommen zu sein. Die Fenster zur Straße sind erleuchtet, zu sehen war er bisher nicht. Ave findet das seltsam. Normalerweise tigert der weltgeschmerzte Nachbar um diese Zeit mit einer PS4-Pro-Steuerung durchs Haus und zockt NHL. Eine Hockey-Playlist dröhnt dazu aus den Boxen; wenn die Oilers schon abgeschlagen am Tabellenende kleben, soll wenigstens der Soundtrack stimmen.

Der Pizzageruch ist unwiderstehlich, stressabbauende Beruhigungsgesten (Oilers-Trikot herzen, Glücksbringer streicheln) begleiten Aves Singsang auf den Ruhm vom Käse: »Überbackt mein Leben mit Käse, und alles wird gut.« Morgen hat sie Spätdienst. Die Müllabfuhr wird längst aus dem Viertel sein, wenn die Klinik ruft. Gedanklich ist Ave bereits im Rogers Place und schaut sich im zweiten Level, am Torlinienende, das Spiel an. Von hier aus kann sie zwei Drittel lang die Oilers angreifen sehen, keine 15 Schritte entfernt steht der Bierverkäufer am Gang. Sie liebt ihre Eltern. Zum Beispiel dafür, dass sie stets imstande sind, ein vernünftiges Geburtstagsgeschenk aufzutreiben. Und welches Geschenk könnte schöner sein als ein Saisonticket für rund 3.600 Dollar? Eben.

Draußen, beim Abstellen der Müllsäcke, staunt sie nicht schlecht. Ein Ford Taurus des Edmonton Police Service biegt in die Straße ein und kommt vor Daves Grundstück zum Stehen. Ein Cop in Uniform steigt aus und klingelt an der Tür. Dave steckt seinen Kopf raus. Die beiden unterhalten sich. Ave lauscht, kann aber nichts verstehen. Der Wortwechsel geht im Geräusch eines langsam vorbeifahrenden Anti-Icing-Trucks unter. Aus dem Streifenwagen steigt eine schlanke Zivilistin mit Basecap und dicker Fleecejacke und gesellt sich dazu. Jetzt erst lässt Dave den Besuch ins Haus.

Ave platzt vor Neugier. Das ist allemal spannender, als einer Pizza dabei zuzusehen, wie sich ihr Teig aufbläht und knackig braun wird. Aufgekratzt holt sie aus der Jogginghose ein platt gedrücktes Päckchen Zigaretten samt Feuerzeug hervor. Nach dem Parkintermezzo mit Leonard Zacher gehört sie dem Kreis der angeblich aussterbenden Raucher vorübergehend wieder an. Ihr Vorsatz: Schaffen die Oilers die Playoffs, wird wieder aufgehört. Utopisch, wenn man den bisherigen Saisonverlauf betrachtet. Ave zündet sich eine Kippe an und saugt gierig daran. Rauch wabert vor ihrem Antlitz herum, ihre Neugier steigt ins Unermessliche. Erster Gedanke: »Etwas ist aus dem Ruder gelaufen. Daves jüngste Sinnkrise führte zu einer Familientragödie. Hatte er kaltblütig gemordet und wurde nun abgeführt? So ein Schmus. Dave ist ein Stoiker, ein Ausbund an Vernunft.« Zweiter: »Das Hockeygedicht. Existierte eine Vernetzung zwischen ihm und Eric Zacher? Unsinn. Welche denn?« Die Polizistin begleitet Dave zum Wagen. Sie steigen ein. Dritter Gedanke: »Keine Handschellen, immerhin.« Der Motor wird gestartet, sie fahren los. Vierter: »Keine Code-3-Sirene, keine flackernden LED-Lichtbalken. Ich würde wirklich gerne wissen, was in Anbetracht dieser Situation aus dem Hockeyausflug wird.« Ave greift zum iPhone, will Daves Nummer wählen, überlegt und schreibt ihm stattdessen eine Nachricht. Er liest sie nicht, vermutlich hat er das Handy zuhause liegenlassen. Sie wirft die Zigarette auf die Straße, hebt die Handflächen resigniert nach oben und geht bekümmert zurück in die Küche. Selbstgespräch unter dramatisch rollenden Augen: »Na prächtig. Den Bierverkäufer kann ich knicken. Dave wollte fahren. Soll ich den Deutschen anrufen? Immerhin tauscht man seit dem Treffen im Park mehr aus als Telefon-Smileys und Grußbotschaften. Zacher scheint einen Narren an mir gefressen zu haben. Wie damit umgehen? Er hat Charisma, ist bekümmert und einsam. Oder, nein, lieber doch nicht. Ich besiege die Blue Jackets im Alleingang.« Die Anzeige am Ofen blinkt, die Pizza ist fertig.

Leonard Zacher parkt den Mietwagen in der Nähe des Police Departments im District Boyle Street. Bevor er aussteigt, wagt er einen gequälten Blick in den Rückspiegel. Hinter der Stirn brüten Kopfschmerzen vor sich hin. In den letzten Tagen war er vor Kummer zum Schatten seiner selbst geworden und hatte abends dem Whiskey stark zugesprochen. Er wirft ein paar Münzen in eine Parkuhr und verstaut die Schlüsselkarte des Nissan in der Hosentasche. Beißende Kälte kriecht durch die Ärmel seines Mantels über die Arme. Sich kurz schüttelnd stiert er auf das verschachtelte Betongebäude. Eindeutig waren hier mal keine Steuergelder für eine schmucke Außenfassade verjubelt worden. Detective James Brooks hatte ihn für 16:00 Uhr ins Büro bestellt. Dreißig Minuten ist er zu früh dran. Er beschließt, sich die Beine zu vertreten und steuert lustlos die angrenzende 96th Street an. Vor einem Zeitungsladen stoppt er und blickt ins Schaufenster. Sämtliche Presseergüsse berichten in großen Lettern über ein geheimnisvolles Verbrechen, die Ermordung eines Stürmers aus dem Stall der Oilers. Zacher geht hinein und greift sich die *Edmonton Sun*. Auf der Titelseite lacht ihn Travis Martin unter einem blauen Basecap an. Er lässt seinen Blick lange auf dem Foto verweilen und runzelt die Stirn. Die Finger arbeiten sich unruhig durch die Zeitung. Ein anderes Bild zeigt Martins Haus in Inglewood, von gelbem Absperrband umschlossen. Blumen, Windlichter und in den Schnee gestopfte Hockeysticks mit schwarzen Banderolen als Abschiedsgruß säumen die geteerte Straße davor. Details fehlen. Wie er zu Tode kam, ist den Zeilen nicht zu entnehmen. Ein Eishockeyspieler wurde dem Himmelreich übergeben. Kein Stanley Cup-Held, aber doch ein Eishockeyspieler. Das reicht in Kanada für sehr große Anteilnahme.

»Das Gesicht kenne ich doch«, raunt Zacher an der Kasse. Die Welt um ihn herum schrumpft auf Lupengröße zusammen. Beiläufig reicht er der Verkäuferin, einer würzig riechenden Vettel mit langen Haaren und ausgebeultem Pullover, passendes Kleingeld. Sie schnaubt verächtlich und lässt ihren Gedanken freien Lauf. »Wer tut so etwas? Das kann nur eine Bestie sein.« Nickend stimmt Zacher aus einer anderen Sphäre zu. Wieder auf der Straße, holt ihn die Erinnerung ein. Er kann es kaum fassen. Travis Martin war vor einem Jahr rechter Außenstürmer der Kölner Haie gewesen. Travis Martin! Der Spieler, dessen Name ihm bei der Begegnung mit Ave Andrews entfallen war. Seine Firma CMD Partners war über das Sponsoring maßgeblich an dem Vertragsdeal beteiligt gewesen. Er hatte ihn sogar persönlich mit dem Sportdirektor und einer Presse-Entourage am Flughafen abgeholt. Martin wurde mit der Bürde großer Erwartungen verpflichtet, scorte anfangs auch ordentlich, fiel aber in seinen Leistungen stark zurück. Er geriet in disziplinarische Schwierigkeiten, verpasste Trainingseinheiten. Von Spielsucht war die Rede. Mit Beginn der Playoffs strich man ihn aus dem Kader. Der Name Travis Martin war in der Deutschen Eishockey Liga verbrannt, der *Express* berichtete nach dem frühen Meisterschaftsaus der Kölner, er wolle sich einem britischen Club anschließen. Spielte er anschließend auf der Insel? Das ließe sich übers Internet herausfinden. Zacher zieht das Handy aus der Jacke, will gleich loslegen, da fährt ihm Ave gedanklich in die Parade. Die hübsche Italo-Krankenschwester würde darauf eine Antwort wissen. Warum nicht anrufen? Aber mehr als die Voicemail ist nicht zu erreichen. Danach scrollt er sich durch seine Nachrichten und muss grinsen. Sie schrieb: »Overtime-Niederlage gegen Columbus. War gestern so fuchsteufelswild, dass ich nüchtern blieb. Hatte außerdem keinen Fahrer. Sollte mir einen neuen suchen. Ist sicherlich nicht schwer zu finden.« Ob das eine indirekte Aufforderung war? Wann ist das nächste Heimspiel? Eine weitere Nachricht leuchtet auf. »Sie haben Ihr Datenvolumen aufgebraucht.« Zachers steifgefrorene Finger versagen den Dienst, um das Problem augenblicklich zu lösen. Genervt rammt er das Handy in die Tasche.

Das Herzstück der Mordkommission ist ein aseptischer, dottergelb gestrichener Besprechungsraum. R 241: der »War Room«. Er grenzt unmittelbar an Brooks Büro in der zweiten Etage. Die gesamte Möblierung besteht aus einem Konferenztisch, um den lederbesetzte Stühle platziert sind. Weiterhin aus Akten, Aufnahmegeräten, Telefonen, Laptops, einem Kaffeeautomaten. Neonlampen tauchen den Raum in ein kränkliches Licht. Über dem kleinen Fenster mit trister Aussicht auf den Innenhof ist eine altbackene Holztafel angebracht. In geschnitzten Lettern steht dort: »Benutze deine härteste Waffe: deinen Kopf, und setze ihn im Kampf gegen das Böse ein.« Die Wände sind mit Diagrammen, Alberta-Landkarten und Stadtplänen bestückt. Um die genaue Reihenfolge der Geschehnisse zu analysieren, hängen an Whiteboards überschriebene Fallbilder, Tatortfotos und Großaufnahmen der Leiche. Konterfeis bereits ermittelter Personen, die mit Travis Martin in Kontakt standen, finden sich ebenso darunter. Den Blick in das danebenliegende Verhörzimmer gibt ein Einwegspiegel frei. Nach der morgendlichen Pressekonferenz trafen sich hier unter Penners Ägide bis eben die Senior Head-Detectives Brooks, Sam Hitchkowski und Carrie French.

Sam Hitchkowski, Veteran mit der Erfahrung von dreißig Jahren Polizeidienst, ist ein mit allen Wassern gewaschener Sergeant. Ein stämmiger Kerl, einen Meter dreiundachtzig groß, mit rasierter Vollglatze und Stiernacken. Der Sohn eines russischstämmigen Zementfabrikarbeiters bewohnt im Stadtteil Glenora, an der 102nd Avenue, einen Bungalow und ist als Gastgeber unverzichtbarer Teil in Brooks Pokerrunde. Das Beer League Team der Polizei schätzt ihn als knallharten Stretchman an der Blauen Linie, kurzum: »Hitch« ist in sämtlichen Revieren der Stadt wohlgelitten. Als seine Frau Suzanne vor sechs Jahren an Brustkrebs starb, war die Anteilnahme riesig. Schlimm wurde es zuletzt vor ein paar Monaten. Dass beide Kinder, Zwillinge, Jungs, Hockeycracks, aufs Sport-College gehen sollten, stand außer Frage. Alles andere hätte Hitchkowski schwer getroffen, auch die Studiengebühren schreckten ihn nicht ab. Es war die Wahl der Universität, die ihm auf der Seele lastete. Nach dem letzten Prospect-Camp im August vorherigen Jahres sollte es nicht mehr die Concordia in Edmonton werden, nein, der Campus des College-Hockeyteams in Red Deer stand plötzlich zur Diskussion. Schuld daran war das verdammte Camp. Einer der anwesenden Rattenfänger-Scouts hatte den Jungs den Floh der »Canadian Sedins« in den Kopf gesetzt, die im Team der RDC Vipers die Liga aufmischen sollten. Wenngleich ihn die Sache mit den Sedins, angelehnt an die vorm Karriereende stehenden Zaubertwins der Canucks, mit Stolz erfüllte, wurde lange verhandelt. Einwände, dass ein Draft ins nächste Level kaum über die RDC Vipers lief, fruchteten nicht. Hitchkowski führte zudem an, dass die Liste geschliffener Supertalente aus Red Deer erst noch geschrieben werden müsse. Gegen eine volle Ladung pubertärer Überzeugungskraft ließ sich schlussendlich nichts ausrichten. Er gab nach und schrubbte fortan alle paar Wochen die 160 km über den Highway 2 nach Red Deer, um Daniel und Henrik spielen zu sehen. Bisher waren sie mit Abstand die Besten und stürmten in der ersten Reihe jeden Gegner in Grund und Boden. Ein paar Jungs mit indigenen Wurzeln gingen hochmotiviert in jeden Zweikampf, auch der Goalie spielte passabel, doch der Rest des Teams taugte nur zum Prügeln und Schaulaufen. Er fand heraus, dass sich das College an einem Sport-Stipendienprogramm für arme Familien beteiligte. Das war zumindest eine gute Sache.

Nach dem Auszug der Jungs ließ er die Handwerker anrücken. Eine Kaminbar mit gigantischem Plasma-TV ersetzte das alte Wohnzimmer. Ohrensessel, Couch, Kommoden, Bildergalerien wurden von der Heilsarmee abgeholt. Hitchkowski richtete sich eine mit Hockeykrempel vollgepackte Höhle ein. Sein ganzer Stolz ist ein von Vladimir Krutov signiertes und gerahmtes Vancouver-Trikot samt Rookie-Card.

Carrie French ist wie Brooks ein erfahrener Detective im Rang eines Corporals. Mit dem Unterschied, dass Brooks diese Position ohne größere Ambitionen durchaus bis zur Pension reichen würde. French, Tochter des ehemaligen Polizeichefs von Calgary, alleinerziehende Mutter, beste Akademieschülerin und Juraabsolventin, hat andere Visionen. In einigen Jahren sieht sie sich mindestens in der Nachfolge Penners, und die aufreizende, stets geschminkt und gepudert in die Schlacht ziehende 33-Jährige macht daraus auch überhaupt keinen Hehl. Brooks, Hitchkowski und French sind Partner zugeteilt. Brooks und Toshi Hayashi sind unzertrennlich und arbeiten seit Jahr und Tag zusammen, Sam

Hitchkowski erst seit kurzem mit Maurice Quintal, der sich aus der Abteilung Kapitalverbrechen ins Morddezernat versetzen ließ. Ein muskulöser, stets modern gekleideter Corporal mit schwarzem, kurzem Haar. Wie ein typischer Detective mit offenem, verschwitztem Hemd, abgewetzten Hosen und anderen Stereotypen sieht Quintal nicht aus, aber genau das will er auch nicht. Es dauerte ein paar Wochen, bis Hitchkowski mit dem kühlen, aus Montreal stammenden Mittvierziger warm wurde. »Quint« gehört ebenfalls zum festen Inventar in Brooks' Pokerrunde. Carrie French war lange Zeit Einzelkämpferin und fühlte sich in dieser Rolle pudelwohl. Bis Staff Sergeant Penner ihr ein absolutes Greenhorn an die Seite stellte: Constable Liam Pratt, der nach Abschluss der Oskayak Police Academy eigentlich noch Streifendienst schob. Als French davon erfuhr, spuckte sie Gift und Galle, gegen Penner vermochte sie sich jedoch trotz scharfzüngig vorgetragener Argumente nicht durchzusetzen. Einwände wie »Pratt soll erst mal Ehrgeiz ausdünsten und lernen, wie man Strafzettel vernünftig ausfüllt« prallten am unnachgiebigen Vorgesetzten ab. Ein Rückgaberecht wurde ihr nicht eingeräumt. Penner argumentierte: »Der Junge ist gut, freundlich und intelligent. Außerdem: Hitch mag ihn, er spielt mit ihm Hockey.« Danach war das Thema erledigt. Die tiefere Wahrheit war ein offenes Geheimnis. Pratt hatte mit Penners Tochter angebandelt und stürmte deshalb die Karriereleiter steil nach oben.

Gegen Besprechungsräume hegt Brooks eine tiefe Abneigung. Das Auftürmen überquellender Postkörbe, all die Aktendeckel neben halb ausgetrunkenen Bechern, die Wimpel und Trophäen, kurz: Schlachtfelder dieser Art sind ihm zuwider. Hinzu kommt das Zischen schusssicherer Glastüren, die nur mit Sicherheitskarten zu öffnen sind. Als Krönung des Ganzen tritt ein »Bowling Bunker« geheißenes Krisenzentrum im Keller des Departments auf den Plan. Hier, unweit der Asservatenkammer, treffen fortan alle mit dem Mordfall Travis Martin betrauten Kollegen bei Einsatzbesprechungen zusammen. Brooks malt sich das Szenario bereits aus. Menschen, die auf Rechner starren und hoffen, dass da ein Killer herausspringt. Bis zu fünfzig Cops verschiedener Dienstgrade, Forensiker und Assistenten, die sich auf knatschenden Stühlen fläzen. Bereits nach einer halben Stunde brennen einem die Lungen, und die Luft ist dick wie Sirup. Im fortgeschrittenen Stadium der Ermittlungen soll dann noch ein Profiler dazustoßen. Brooks obliegt es, sich darum zu kümmern.

Nach dem War Room-Rapport ist er gleich wieder in den sicheren Hafen seines eigenen Büros geschlüpft. Ein kryptisches Durcheinander aus Leichenschaufotos und rechtsmedizinischen Berichten hat den Schreibtisch übernommen. Doc Maccoll hielt Wort. Das Autopsieergebnis des 17-jährigen Eric Zacher aus Köln, zuletzt wohnhaft in der 120th Avenue bei den Gasteltern Melissa und Doug Roberts, liegt seit einer Stunde vor. Brooks stützt die Arme auf die Tischplatte, legt die Finger ineinander und rezitiert einen Aktenvermerk: »Unfall vom 7. Januar, Yellowhead Highway bei Gainford, ein Verletzter, ein Toter. Todesursache: deutliche Anhaltspunkte für Fremdeinwirkung. Fall offen, Priorität Staff Sergeant Penner Stufe II.« Nichts daran gefällt ihm. Zu gerne hätte er gelesen: »Exitus durch Unfallgeschehen, Fall geschlossen.« Doc Maccoll hatte ihm einen Mord ins Nest gelegt. An sich selbst hatte Brooks vor Tagen ein Memo verfasst. Es klemmt an der Departmentakte mit dem Unfallbericht: »Befragung des Vaters, Leonard Zacher, 42 Jahre,

Hotel Matrix Lodge, Zimmer 34, Einladung für den 19. Januar ins Präsidium, 16:00 Uhr.«

»Das ist in ...«, er blickt stirnrunzelnd auf die graue Funkuhr an der Wand, »... zwanzig Minuten und passt mir überhaupt nicht in den Kram.« Schnaubend nimmt er Doc Maccolls Werk unter die Lupe. Die Fotos der Leichenschau zeigen einen durchtrainierten Jugendlichen mit pechschwarzen, kurzen Haaren auf einem stählernen Obduktionstisch. Die Gesichtszüge sind grauweiß, fast gummiartig. Der Korpus ist übersät mit blauen und dunkelroten Flecken. Neben massiven Blessuren im Brustkorb ist der rechte Unterschenkel abgetrennt. Die Bilder von der Unfallstelle drapiert Brooks unmittelbar daneben. »Außer einer Brustkorbzertrümmerung und Schädelverletzung befinden sich Würgemale an der Halshaut. Die inneren Halsstrukturen weisen intensive Schwellungen, Zungenbein- und Kehlkopfbrüche auf. Keiner der gesicherten Fingerabdrücke ergab einen Treffer in der Datenbank. Auffällig am Kopf sind Gewebestauungen, die auf das kürzliche Tragen eines Helms hindeuten. Zudem befinden sich am Kinn Abriebe. Mit Draufsicht links, in Ohrhöhe, sind Blutstauungen (Knutschflecke), Kratzspuren und Lippenstiftschlieren auffällig. Laut Analyse (Sekret, Fremdhaarpartikel, Fasern) hatte das Opfer vor seinem Tod ungeschützten Geschlechtsverkehr.« Brook muss seufzen. »Junge Liebe. Dafür hat unser Eric den Teambus verpasst.« Er schüttelt den Kopf und liest weiter: »Zweifelsohne ordnen sich die erstgenannten Verletzungsmuster dem Unfallgeschehen zu. Halswürgemale, Abwehrverletzungen an den Händen sowie Stauungsblutungen lassen den Schluss zu, dass das Opfer massiv gewürgt wurde. Zacher lebte, als ihm Schien- und Wadenbeinknochen der rechten Unterschenkelextremität mit bedeutendem Blutverlust durchtrennt wurden. Als

Tatwerkzeug kommt mutmaßlich eine Axt infrage.« Brooks beamt sich im Geiste an den Martin-Tatort zurück. Auch Travis atmete noch, bevor ihm der Kopf abgetrennt wurde. Er vergräbt sich wieder in den Bericht, legt ihn beiseite, kaut auf einem Kugelschreiber und resümiert: »Detaillierte Spurenergebnisse vom Unfallort wären jetzt Gold wert, doch die Befundlage ist mager. Zudem haben Abschlepper, Highway Petrol, Polizei, Ambulanz – somit allerhand Fußvolk – Visitenkarten hinterlassen. Die kriminaltechnischen Auswertungen werden sich hinziehen. Das Tatwerkzeug fehlt.« Brooks' Mund steht vor Grauen offen. Der Kugelschreiber fällt auf den Schreibtisch, am Gürtel summt sein Handy, das Festnetztelefon klingelt. Zu allem Überfluss stürzt zur gleichen Zeit Toshi ins Büro und zielt mit einer Fingerpistole auf ihn. Er starrt sie an wie einen Geist.

»Du guckst aus der Wäsche, als hätten die Oilers McDavid an Chicago verloren.« Brooks blickt irritiert zwischen dem Telefon, dem Gürtel und Toshi hin und her.

»Rangehen magst du nicht?«

Er greift zum Handy. »Verdammt, der Amazon-Fresh-Lieferant steht vor meiner Tür. Das habe ich völlig versemmelt.«

Er drückt ihn weg.

»Unschön, du wirst verhungern und verdursten. Werde eins mit dem Universum. Jetzt den Hörer abnehmen.«

Toshi hält die Augen auf ihn gerichtet. Ein Lächeln gleitet über ihre Mundwinkel.

»Ist mit Sicherheit der Empfang. Der Vater von Eric Zacher.«

Brooks nimmt den Hörer vom Festnetz: »Okay, bringen Sie den Mann zu mir ins Büro.«

Toshis Blick hat sich mit einer Mischung aus Unbehagen und Neugier an den Leichenschaubildern festgebissen.

»Unser Austauschschüler wurde ermordet. James, jede Zelle meines Körpers sagt mir, dass Martin und Zacher demselben Axtmörder zum Opfer fielen. Legen wir die Fälle zusammen.«

»Es gibt Vorschriften. Das gewaltsame Ableben eines Ausländers auf kanadischem Boden fällt in die Zuständigkeit der Bundespolizei. Da Zacher Deutscher ist, müssen wir die Mounties einschalten und den Fall ...« Toshi unterbricht ihn. »Einschalten, ja, aber ohne uns auszuschalten. Sollen die Rotröcke doch mit Penner Tee trinken, und wir ermitteln weiter.«

Brooks' Gedanken rotieren, Toshi verschränkt die Arme und mustert ihn kühl.

»Wäre nicht das erste Mal, dass man miteinander kooperiert.«

»Eben. Die Akte bleibt hier. Carrie wird gleicher Meinung sein. Sie ist im War Room und sondiert Tatortfotos.« Toshi deutet auf eines der Obduktionsbilder. »Zacher war Eishockeyspieler. Martin ebenfalls. Beiden wurden Körperteile entfernt. Ich hätte einen schönen Titel für unsere aufgeweckte Mordkommission.«

»Zerhackte Hockeyspieler? Na toll. Reichen nicht 298 ungeklärte Mordfälle in Alberta? Hier liegt Nummer 299. Ach, Travis Martin habe ich vergessen. Ta-ta, holt die Torten raus, wir haben die 300 voll.«

Ein Schatten huscht über Brooks' Gesicht, er schlägt die Hände zusammen. Toshi fährt ungerührt fort: »Gut erkannt. Und wenn es eine Serie wird, wenn noch mehr tote Spieler in Doc Maccolls Kühlboxen landen, kommen wir gar nicht mehr nach Hause. Ende der Durchsage. Ich wollte dich eigentlich fragen, ob du dir mein Verhör mit diesem Gutachter Dave Marvel auf Video anschauen willst. Ein unbeschriebenes Blatt, geht zum Heilpraktiker, ist ein Sneaker-Head. Ich war ja bei ihm. Wer zum Teufel legt sein Geld in Turnschuhe an?«

Brooks zuckt mit den Achseln. »In Italien legen die Leute ihr Geld in Schinken an.«

»Ich würde mein Geld in Badesalz anlegen. Jedenfalls: Zum Oilers-Match war Marvel gestern mit einer befreundeten Krankenschwester namens Ave Andrews verabredet. Ich habe die Dame überprüft, sie ist sauber.«

»Ave und Dave. Wie in einem Disneyfilm.«

»Und du fiese Romantikkillerin hast Dave Duck stattdessen in die Slums von Disneyland geführt, zu uns.«

Toshi muss schallend lachen.

»Davon abgesehen, dass ich ebenfalls gerne zum Rogers Place gepilgert wäre. Wie einem der Job den Feierabend vermasseln kann. Bleib doch hier, ich könnte Unterstützung gebrauchen. Der Vater des Jungen weiß noch nicht, dass sein Spross das Opfer eines mutmaßlichen Axtmörders wurde.«

Toshi zuckt mit den Schultern, setzt sich auf einen Hocker, als sich kurz darauf die Bürotür öffnet und Zacher hineingeführt wird. Ein Besucher-Ausweis steckt an seinem Kragen.

»Guten Tag, Mister Zacher, ich bin Detective Brooks. Wir haben telefoniert. Das ist meine Kollegin, Detective Hayashi. Ziehen Sie den Mantel aus, nehmen Sie bitte Platz.« Etwas unbeholfen fügt er hinzu: »Mein Beileid zu Ihrem Verlust.« Er deutet auf eine schmale Sitzecke am Fenster, Toshi rollt mit dem Hocker heran. Zacher tut wie ihm geheißen, legt die *Edmonton Sun* auf den Tisch. Brooks beeilt sich währenddessen, die Fotos wieder in der Departmentakte zu verstauen, setzt sich als letzter und sagt mit fester Stimme: »Ich bin kein Freund langer Worte. Mister

Zacher, ich kann Ihnen nicht den Kummer, ich kann Ihnen nicht mal den Schrecken nehmen und will es kurz machen. Ihr Sohn Eric ist nicht, wie zunächst angenommen, an den Folgen des Unfalls gestorben. Er wurde ermordet. Es tut uns leid, dass die Ergebnisse der Obduktion erst jetzt vorliegen.«

Zachers widerspenstige Haare hängen ihm ins Gesicht. Die Sätze treffen ihn wie Blitze. Entsetzt schüttelt er den Kopf. Die leise Vorahnung, dass etwas nicht stimmte, war zur Gewissheit geworden. Toshi beugt sich zu ihm, sieht Zacher besorgt von der Seite an.

»Haben Sie jemanden, mit dem Sie sprechen können? Wir könnten Ihnen ansonsten professionelle Hilfe anbieten.«

Langsam, unter Tränen, wischt Zacher sich durch den Dreitagebart und antwortet mit tiefer, kratziger Stimme: »Danke, doch ich will Ihre Hilfsbereitschaft nicht über Gebühr strapazieren. Sie sind nicht die ersten, die mich zum Psychologen schleifen wollen. Aus dem Universitätsklinikum habe ich eine Krankenschwester kennengelernt, Miss Andrews. Ich könnte sie fragen. Am Unfalltag hatte Ave Dienst. Sie war in Jerry Simmons' Operation involviert.«

Brooks mustert Zacher mit gesteigertem Interesse. Hatte er eben Ave Andrews erwähnt?

Toshi ergänzt: »Sie meinen den Fahrer des Pickups?«

»Ich konnte ihn heute besuchen ...«

»Ein wichtiger Zeuge«, fällt sie ihm ins Wort. Zachers Gesicht verfinstert sich. »Simmons kann nicht viel beitragen. Er wurde von Scheinwerfern geblendet, von einem Truck. Dann verlor er die Kontrolle über das Fahrzeug. An mehr kann er sich nicht erinnern.«

Brooks weiß nicht so recht, was er Zacher noch alles zumuten kann. Lippenkauend fährt er gedämpft fort: »Gelinde gesagt, ist zumindest die Unfallspurenlage eindeutig. Der Sachverständige geht von einem entgegenkommenden Truck aus. Soweit wir den Hergang rekonstruieren konnten, wollte Simmons einen Crash vermeiden, zog seinen Pickup nach rechts und kam vom Highway ab. Der Straßenrand war vereist wie eine Bobbahn. Er hatte keine Chance.«

Brooks registriert in Zachers Augen ein panisches Funkeln. Seine Verzweiflung ist echt. Unter einer düsteren Woge von Trauer stammelt er: »Wer hat meinen Jungen umgebracht? Warum?«

»Im Moment können wir diese Fragen nicht beantworten, aber wir versichern Ihnen, dass wir alles tun werden, um Antworten zu bekommen.«

»Sind denn ...« Zacher dreht den Kopf abwechselnd zwischen Toshi und Brooks hin und her, »... Erics Sachen schon freigegeben? Die Krankenschwester erwähnte ein Gedicht, das in seinem Pullover steckte. Ein Hoody mit dem Logo der Kölner Haie drauf lag auf Simmons' Krankentrage.«

Brooks schaut ihn aufmerksam an, Zacher greift zur *Edmonton Sun*.

»Die Kölner Haie sind ein Club aus der höchsten deutschen Eishockeyliga, für die Travis Martin in der letzten Saison gespielt hat, der hier.« Er tippt mit dem Zeigefinger aufs Porträt des getöteten Stürmers. Brooks sieht überrascht aus. Tunlichst will er es vermeiden, einen Zusammenhang zwischen den Morden erkennen zu lassen. Er beeilt sich zu antworten und gerät ein wenig ins Stammeln.

»Ja, das wissen wir. Ein Hockeygedicht. Sie kennen Ave Andrews. Sagt Ihnen der Name Dave Marvel etwas?«

Zacher überlegt und verneint. Bevor Brooks mutmaßlich weiteres ausplaudert, bringt sich Toshi in Stellung: »Wir gehen momentan davon aus, dass beide Fälle, der Tod Ihres Sohnes Eric und der Tod Travis Martins, nichts miteinander zu tun haben«, lügt sie. Brooks schnauft auf.

»Wie hielt Ihr Sohn es mit Verehrerinnen?«, will er wissen.

»Von Ashley, einer jungen Indianerdame, war die Rede. Mehr weiß ich nicht.«

»Haben Sie die Gasteltern besucht?«

»Ja, Melissa und Doug. Sie luden mich letzten Sonntag zum Essen ein. Das war sehr ergreifend. Am ganzen Haus waren Blumen und Kerzen niedergelegt, ein Bild von Eric stand in der Mitte. Im Garten wehten die kanadische und die deutsche Flagge auf Halbmast. Hockeyschläger waren ans Gebäude gelehnt, und immer wieder kamen Freunde und Teammates vorbei. Auch der Coach, Carter McPherson. Er war sehr beliebt, mein YGS.«

»YGS?«

»Ein Akronym für Young Gun Spiderman. Sein Nickname.«

Schluchzer schütteln Zachers Körper. Tränen funkeln auf seinen Wangen, er wischt sie ungelenk in die Hemdsärmel. Toshi reicht ihm ein Taschentuch. Brooks möchte das Gespräch zum Abschluss bringen, er fährt fort: »Mister Zacher ...« Nach einer Weile verstummt das Schluchzen, Zacher fasst sich wieder, sein Gesicht wird friedlich und ruhig. »Was machen Sie beruflich? Können Sie ein paar Tage bleiben?«

»Ich berate Banken und Versicherungen zu finanziellen Strategiethemen. Natürlich kann ich bleiben, mein Vorgesetzter hat großes Verständnis. Erics Tod ist für alle ein Schock.«

»Gut, dann würden wir uns Anfang nächster Woche, sagen wir am Montag um eins, in meinem Büro wiedersehen.

Bis dahin sind auch Erics Sachen freigegeben. Noch zwei Dinge. Erstens wäre es hilfreich, wenn Sie bitte noch nicht mit den Medien sprechen. Dass Ihr Sohn ermordet wurde, ist bisher nur der Polizei und jetzt Ihnen bekannt. Aus ermittlungstaktischen Gründen soll das auch so bleiben.« Zustimmendes Nicken. »Zweitens sind wir dazu angehalten, dass sich alle Beteiligten im Dunstkreis eines Mordfalls einer erkennungsdienstlichen Behandlung unterziehen. Fotos, Fingerabdrücke, dazu eine Speichelprobe. Wären Sie damit einverstanden?«

»Dunstkreis. Wie das klingt«, haucht er und sieht Brooks eindringlich in die Augen. »Habe ich eine Wahl?«

»Natürlich, Sie können ablehnen. Doch wenn wir fremde DNA, zum Beispiel Ihre, an Erics Sachen finden, fällt uns die Zuordnung leichter.«

»Na gut ... Ach, sagen Sie, wo kann ich den Kopf außerhalb des Vallevand Parks freibekommen?«

»Versuchen Sie es mit Schneeschuhwandern in Elk Island«, antwortet Toshi. »Beeindruckende weiße Landschaften, kristallklare Luft. Der Nationalpark liegt fünfzig Minuten vom Zentrum entfernt. Hier.« Sie reicht ihm die Karte eines befreundeten Guides. Zacher wirft ihr einen reflektierenden Blick zu, mustert das Papier, liest lautlos davon ab.

»Klingt nach einer guten Idee.«

»Ja, und ziehen Sie sich warm an.« Zachers Gedanken werden von einem spannenden Kalkül beflügelt: »Schneeschuhwandern mit Ave? Ob ich sie fragen sollte?« Unbeholfen hebt er die Hand zum Abschied, nimmt seinen Mantel, die Zeitung. Toshi hat Pratt an der Strippe: »Liam, du bist mit dem Schema erkennungsdienstlicher Behandlungen vertraut?«

Pratt antwortet verwundert: »Gehört das zu meinem Aufgabenbereich?«

»Ab sofort schon. Nicht, dass wir dir den Feierabend vermasseln wollen. Aber als Teil einer Mordkommission verzichtet man auf was? Detective Brooks kann es im Hintergrund bestätigen.«

»Hockey und Pokerrunden.«

»Und stattdessen gibt es? Das reimt sich so schön.«

»Überstunden!«, bellt er in den Raum.

Toshi führt Zacher aus der Tür, schreitet mit ihm an einer Reihe schwarzer, glänzender Bürotüren entlang und liefert ihn bei Pratt ab. Als sie ins Büro zurückkehrt, biegt Brooks die Schreibtischlampe zurecht und wirft erneut einen Blick auf das Aktenmaterial.

»Sympathischer Mann, charmant«, beginnt sie und setzt sich auf den Tischrand. Brooks blickt sie eindringlich an.

»Charmant? Der Arme ist völlig fertig. Er roch nach Whiskey.«

»Müssen wir uns Sorgen machen? Was hat er mit der Krankenschwester zu schaffen? Wieso hat er Simmons besucht?«

»Er sucht einen Schuldigen und wird nicht eher ruhen, bis jemand zur Rechenschaft gezogen wird. Und er kennt Travis Martin. Ist das ein Zufall? Wir sollten ihn im Auge behalten.«

»Du hast ihn gar nicht nach der Kindsmutter befragt.«

»Die Ehefrau heißt, oder besser hieß: Nadine Zacher. Geheiratet wurde kurz vor Erics Geburt in Köln. Sie wird seit fünf Jahren vermisst, hat in Kunst gemacht und war viel unterwegs. Auch in Kanada.«

»Wie hast du das rausgefunden?«

»Gegoogelt.«

»Kurzzeitig hatte ich die Befürchtung, du würdest Zacher in die Mordkommission aufnehmen wollen.«

Brooks lacht trocken auf.

»Nein, nein. Weder habe ich erwähnt, dass wir den Truckfahrer haben, noch, dass ich mit ...«

»Wir haben den Unfallverursacher? Das weiß nicht mal ich.«

»Warte. Noch habe ich erwähnt, dass die Spurenauswertung mit Eric Zachers Klamotten und denen von Simmons bereits durch ist.«

»Wie hast du das angestellt? Bis vor kurzem gab es keinen Mord, nur einen Unfall. Hat Penner aufs Budget geschissen und den Laborauftrag autorisiert?«

»Wo denkst du hin? Ich hatte so ein sonderbares Gefühl ... und lag richtig, wie man sieht.«

»Von dem Hockeygedicht im Pullover wusstest du?«

»Natürlich, das liegt in der Akte. Da sich Doc Maccoll mit der Leichenschau Zeit ließ, konnte ich zwischendurch versuchen, einige Puzzleteile zusammenzufügen. Eine fast komplette Spielerausrüstung befindet sich in Zachers Hockeybag.«

»Fast? Fehlt der Helm, wie bei Martin?«

»Nein, der rechte Schlittschuh.«

»Rechter Unterschenkel, rechte Kufe, das ergibt Sinn.«

Brooks holt ein digitales Aufnahmegerät aus einer Schublade und reicht es Toshi.

»Bitteschön, lausche Landon Roy. Das ist der Truckfahrer, sitzt in Untersuchungshaft. Bei all dem Trubel schneite Mister Roy heute Mittag mit Frau und Anwalt hier rein und hat geheult wie ein Schlosshund.« Toshi ist beeindruckt.

»Bei Simmons warst du noch nicht?«

»Nein, das steht ganz oben auf der Agenda.«
»Und diese Krankenschwester?«
»Die nehmen wir uns auch noch vor. Zunächst brauchen wir Zachers Gasteltern, seine Freundin, das ganze verdammte Hockeyteam. Tosh, ich überzeuge Penner, dass die Fälle zusammengehören und bei uns zu bleiben haben. Mein Schlachtplan für dich sieht so aus: Du nimmst die Akte und das Aufnahmegerät, gehst rüber zu Carrie. Ihr zwei Hübschen hört euch alles an und bastelt eine zweite Stellwand. Wenn morgen alle zusammenkommen, wird Penner staunen.«
»Und wenn er die Fälle nicht zusammenlegen will?«
»Wird er. Sobald du aus der Tür bist, rufe ich ihn an. Er spielt mit Sergeant Preston von den Mounties jeden Sommer Golf. Männer in komischen Hosen mögen einander. Die beiden sollen zwischen den Behörden eine Kooperation aushandeln.«
»Wo sind Hitch und Quint?«
»Durchleuchten Travis Martin. Die Spurensicherung hat sein Haus freigegeben. Sie werden gerade die Hütte auf den Kopf stellen.«

Toshi zaubert einen USB-Stick aus der Hemdtasche und steckt ihn in Brooks' Mac.

»Während wir deinen Aufnahmen lauschen, widmest du dich meinen bunten Videos.«
»Stimmt, der Gutachter.«
»Dave Marvel ist jedenfalls nicht annähernd so spannend wie unsere Tatort-Freundin, Elchbeschwörerin und Psychologin Ella Jones. Die war heute Mittag zum Verhör hier. Wenn dir das Marvel-Gequatsche zu langweilig wird, spule vor auf Track zwei.«
»Wo hast du Jones untergebracht?«

»In einem Hotel, im Sand-Inn. Im Gegensatz zu Zacher ist sie in psychologischer Behandlung.«

»Als Laie würde ich sagen: gute Idee nach alldem.«

»Richtig, aber das war sie vorher schon.«

»Eine Psychologin, die zur Psychologin geht? Haben die keine Selbstheilungskräfte?«

»Witzig. Stell dir vor, neulich hat mich ein Taxifahrer nach dem Weg gefragt.«

Brooks hört nur halb hin, tippt Ziffern ins Handy, Toshi wirkt sichtlich gereizt.

»Ich bin gleich weg. Hör mal auf mit dem Ding und mir noch kurz zu.«

Brooks reagiert nicht. Toshi lässt ihn grummelnd gewähren. Sie greift sich einen Ahornsirup-Lolli, reißt geräuschvoll die Verpackung ab und beginnt genussvoll daran herumzuschlecken.

»Warte, ich schreibe meinem Sohn. Das ist dienstlich, der ist gerade in Köln. Noch ein Zufall.«

»Und was soll Detective Sohnemann anstellen?« Brooks ist wieder ganz Ohr und entgegnet: »Carl hat gestern geskypt, dass er mit Jungs vom Sportinternat in Kontakt steht. Rate mal, wer dort Eishockeyschüler war?«

»Zachers Sohn?«

»Jap.«

»Du willst das Internat durchleuchten, und Carl ist dein Spion?«, fragt Toshi und schüttelt ungläubig grinsend den Kopf.

»So in etwa. Ich würde gerne mehr über unseren deutschen Juniorhelden wissen. Wie sah sein Umfeld aus? Hatten ihn die Europa-Scouts auf dem Zettel? Gibt es eine Schnittmenge zwischen Travis Martin und Eric Zacher? Penner wird mich kaum hinfliegen lassen. Vielleicht sind in

Köln jene Informationen zu finden, die die Tür zur Gegenwart aufstoßen.«

»Hast du schon die deutschen Behörden befragt? Den Kölner Eishockeyclub?«

»Die bringen uns allesamt nicht weiter. Mein Amtsersuchen war umsonst und das Telefonat mit dem Geschäftsstellenleiter der Kölner Haie hätte ich mir sparen können.«

»Keine Hinweise?«

»Wenn man die Tatsache, dass vor Erics Abreise nach Edmonton ein kanadischer Scout im Sportinternat anrief, und nach ihm verlangte als solchen werten will?«

»Natürlich, das ist doch was.«

»Der nette Haie-Mann sprach davon, dass so etwas öfters geschieht, meist als blöder Telefonscherz.«

»Hm. Zurück zu meiner Aufnahme, zur Jones-Befragung. Ein gewisser Robert Jamanka kommt darin vor. Die Geschichte ist komplex, daraus werde ich nicht schlau. Jones kennt ihn aus einer Gutachtersitzung. Jamanka saß zuletzt wegen Drogendelikten. Ich habe ihn gescannt. Wow, ein beeindruckendes Strafregister, der Kerl ist völlig durchgeknallt. Jetzt kommt der Knackpunkt. Er ist flüchtig, getürmt aus einem Haftkrankenhaus, und das ist immer noch nicht alles, halt dich fest.«

Brooks sieht Toshi gespannt an.

»Es gibt ein weiteres Hockeygedicht, das nach Jamankas Aufwartung in Jones Büro auftauchte.«

»Hast du das hier?«

»Jones ließ es bei der Psychologin. Bisher konnte ich sie nicht erreichen. Die Sitzung bei, Jayden Miller heißt sie, war just am selben Tag, als Travis Martin ermordet wurde.«

»Tosh, das wird mir alles zu viel. Ich sehe mir die Aufnahmen an, versprochen, und du gehst rüber zu Carry und baust mit ihr die Wand auf.«

»Noch was ...«

»Tosh, bitte!«

»Ich bin gar nicht mehr hier ... Carry hat Martins Strafregister besorgt. Im November letzten Jahres, drei Monate vor seinem Tod, gibt es einen Eintrag wegen Drogenbesitzes und Körperverletzung zum Nachteil eines Casinopächters in Priddis, Ed Corbett. Dort war unser kopfloser Springfrosch Stammgast, nachdem er mit einem Wehwehchen pausieren musste. Ein Check gegen den Kopf im Heimspiel gegen die Quad City Mallards knockte ihn aus. Martin verlor das Bewusstsein und wurde in die Klinik gefahren ...« Brooks kneift die Augen zu Schlitzen zusammen und unterbricht sie: »Wo es viele Geschenke gab und alle sehr lieb zu ihm waren. Die Kurzfassung bitte.«

»Nur die Ruhe. Also, erstens: Martin hatte Spielschulden bei Corbett. Zweitens: Martin war auf Koks. Drittens: Corbett wollte sein Geld zurück. Viertens: Martin zog ihm einen Barhocker über den Schädel und verpasste ihm einen Schwinger. Fünftens: Martin schmorte einen Tag im Knast, Corbett überlebte. Weil er kein Wiederholungstäter war, setzte es nur eine saftige Geldstrafe. Sieht man einmal von den Prügeleien auf dem Eis ab, die er sich lieferte, aber ...« Brooks hämmert nervös mit seinem Kugelschreiber auf der Tischkante. Beschwörend unterbricht er Toshi erneut: »Stopp! Mir wird flau im Magen, mein armes Gehirn kann das alles nicht verarbeiten. Mach noch eine Wand auf. Titel: Travis Martin neben der Spur. Oder: Was muss ich alles tun, um als abgetauchter U-Boot-Crack in Deutschland Eishockey zu spielen? Das klingt mir stark nach diesem Oilers-Gladiator Devin Zottopini. Der ist nach einer ähnlichen Sache rüber nach Deutschland.« Brooks ballt die Fäuste. »Macht bitte den War Room schick. Hoffentlich haben wir ausreichend Reißzwecken, Nadeln und Tesafilm.«

Auf Toshis Gesicht setzt sich ein Lächeln. »Okay, aber ich gebe zu bedenken, dass Carry heute rote aufgeklebte Fingernägel trägt.« Brooks schaut sie ratlos mit großen Augen an und erwidert nonchalant: »Zu extrovertierten Frauen, die Spaß am Leben haben und sich gern ins Abenteuer stürzen, gehören rote aufgeklebte Fingernägel. Die möge sie sich bitte nicht ruinieren. Dann wirst du eben die Reißzwecken- und Klebemaus sein. Carry French, Liebling aller männlichen Polizisten in ganz Alberta, kann Whiteboards bemalen und Fotos beschriften. Morgen werden die wirklich wichtigen Aufgaben verteilt. Wer befragt wen? Du weißt schon. Wie heißt unsere Mordkommission noch gleich?«

Er blickt Toshi feixend an. Die Partnerin grinst zurück, auf ihren Wangen erscheinen hübsche, ausgeprägte Grübchen, die ihr, wie Brooks findet, eine unwiderstehlich kecke Ausstrahlung verleihen. Dann packt sie alles Nötige zusammen, verschwindet aus der Tür und keift über den Flur: »Zerhackte Hockeyspieler, Detective!« Eine Putzfrau lässt vor Schreck den Wischmopp fallen und hält sich die Hand vor den Mund.

Drei Tage dauert es, dann bringt die *Sun* als Aufmacher die Story von der Enthauptung Travis Martins. Daraufhin muss Staff Sergeant Penner der Presse am Nachmittag des 22. Januar erneut Rede und Antwort stehen. Mit Bedauern bestätigt er den Artikel und verweist ansonsten auf die laufenden Ermittlungen. Tabi Hunt vom Privatsender NEWS XL spricht ihn auf Eric Zacher an und wird sehr konkret: »Können Sie uns etwas über den Jungen aus Köln sagen?«

Penner blickt sie entgeistert an.

»Ich beantworte nur Fragen zum Mordopfer Travis Martin.«

»Wenn Sie das wenigstens tun würden. Sie wollen der Öffentlichkeit verschweigen, dass die Polizeibehörde an einem ähnlichen Fall arbeitet? Eric Zacher, ein 17-jähriger deutscher Staatsbürger, wurde meiner Kenntnis nach am 7. Januar am Yellowhead Highway auf Höhe Gainford ermordet.« Weiter kommt Tabi Hunt nicht, ein hektisches Fragenstakkato brandet auf. Ohne eine Spur von Herzlichkeit schenkt Penner der Runde ein gefrorenes Lächeln und verschwindet aus dem Presseraum des Police Departments. Brooks ist der erste, der seinen Zorn zu spüren bekommt.

»Diese prinzipienlosen Kotzbrocken. Diese Tabi Hunt!«, redet Penner sich in Rage. »So was brauche ich so schnell nicht wieder!« Er wischt sich Schweißperlen von der Stirn, schmeckt Galle und würgt sie runter.

Brooks entgegnet schlicht: »War es klug, nach nur zehn Minuten aus dem Raum zu hasten?«

»Nein, war es nicht. Der Major wird mich maßnehmen. Aber ich bin keine verdammte Dartscheibe und brauche jetzt erst mal ein Aspirin...« Penner spielt mit seiner Zunge zwischen den Zähnen, giftet weiter: »Wo ist das Leck? Bei uns? Bei den Mounties? Ich habe mit Sergeant Preston einen unstrittigen Plan vereinbart. Wir arbeiten, ich berichte Preston. Dass nichts nach außen dringt, hat oberste Priorität.« Brooks bleibt nichts anderes übrig, als zu nicken.

Keine 45 Minuten später bringt NEWS XL eine Tabi Hunt-Sondersendung. Thema ist die Ermordung Eric Zachers. Brooks, Toshi und Hitchkowski verfolgen den Bericht per Livestream. Man zeigt Bilder des »kleinen Hockeyengels«. Der Kommentar dazu kommt aus dem Off. Dann ein Schnitt zur Pressekonferenz, Penners wutentbrannter Abgang. »Zunächst hat uns die Polizei den Martin-Mord als Einzeltat aufgetischt, die Umstände seines Todes blieben im Verborgenen«, erläutert Tabi Hunt. Die Studiokamera richtet sich auf die gertenschlanke Moderatorin. Glänzendes, rotbraunes Haar wippt ihr über die Schultern, als sie ein Podest ansteuert, auf dem ein Abspielgerät steht. Währenddessen sagt Hunt etwas mit andächtig getragener Stimme, das jeden Detective in einer Mordermittlung auf die Palme bringt.

»Edmontons Polizei ist wieder einmal der geheimste Geheimdienst des Landes, wenn es darum geht, Mordopfer als solche zu benennen. Dürfen Verbrechen behördliche Privatangelegenheit sein? Sollte nicht besser völlige Transparenz im Vordergrund stehen? Es ist Zeit, die Dinge ins richtige Licht zu rücken. Wie immer wissen wir mehr, als die Polizei erlaubt. Uns wurde eine Aufnahme zugespielt, auf der sich ein Unbekannter als Mörder von Travis Martin und Eric Zacher ausgibt. Hören Sie selbst.«

Hunt richtet eine Fernbedienung auf den Player, die Beleuchtung im Studio verdunkelt sich. Zunächst ist alles ganz still. Dann hört man, wie jemand mit einem Mikrofon hantiert. Eine verfremdete Stimme legt los: »Ich bin der Schneevogelkiller, ich habe die Eishockeyspieler Martin und Zacher ermordet. Zacher war mein erstes Opfer, er starb am 7. Januar am Yellowhead Highway, Höhe Gainford. Martin einige Tage später, in seinem Haus. Ich habe beiden etwas genommen. Körperteile. Martin fehlt der Kopf, Zacher der rechte Unterschenkel. Die Polizei sucht danach. Die Polizei sucht mich. Die Polizei wird noch viel Arbeit mit mir haben.«

Ende der Durchsage. Brooks stiert ungläubig ins Leere. Gab sich da einer tatsächlich als der Schneevogelkiller aus? Bilder schießen ihm durch den Kopf. Ella Jones am Tatort in Inglewood, Toshi, die ihm einen USB-Stick in den Mac stöpselt, Coach Q reicht den Stanley Cup an McDavid weiter. Mit einer Scheibenwischerbewegung fegt er das letzte Bild weg.

»Der Schneevogelkiller?«

Brooks blickt zwischen Toshi und Hitchkowski hin und her. Beide schneiden Grimassen, die nichts Gutes verheißen. Hitchkowski knallt den Laptop zu und donnert in den War Room hinein: »Verdammte Eule, der Schneevogelkiller, hast richtig gehört. Das ist gegen jede Absprache! Ein absolutes No-Go! Schon wieder dieser Kacksender.« Rabiat greift er zum Handy, sucht ungeduldig nach einer Nummer, findet sie und lauscht, sich die Nase massierend, dem Freizeichen. Brooks steht auf, klopft ihm auf die breiten Schultern und spricht mit harter Stimme: »Die lassen uns ganz schön alt aussehen. Letztes Jahr die Prostituierten-Serie. Was hat uns da bis auf die Knochen blamiert?«

»Miss Hunt outete drei Cops als Kunden des dritten Mordopfers. Vor laufender Kamera. Sie war besser im Bilde als wir. Hier war die Hölle los. Wie ein Football-Coach hat Penner den Laden zusammengeschrien und einen Schwächeanfall erlitten. Scheiß drauf, ich muss mir den Sendeleiter vorknöpfen ... Hallo, Miss Bast«, schwenkt Hitchkowski zuckersüß und freundlich um, »verbinden Sie mich doch bitte mit Marc, ja? Ach, Mister Plante ist in einer Besprechung. Da kann man wohl nichts machen. Dann werde ich den Einsatz erhöhen und mit meinen Kollegen durch Ihr schönes Büro ... Was sage ich? Büro? Durch Ihr Studio trampeln, eine Kanonade maliziöser Wörter abfeuern und dem kleinen Scharmbolzen vor der Kamera die Acht anlegen. Zur besten Primetime, versteht sich, nämlich genau jetzt.«

Eine kurze Pause, dann scheint Hitchkowski am Ziel zu sein. Im Kommandoton beginnt er: »Marc, hör zu, du Wallnusshirn. Sind wir Detectives vielleicht eine Selbsthilfegruppe, und du bist die Krankheit, um die es geht? Nein, halt die Fresse, Arschloch. Wie bitte? Ich habe nicht überreagiert, ich habe nur ein Schimpfwort benutzt, Arschloch. Ihr privaten Kloakensender rennt auch in jede Kreissäge, was? Egal, ob der Kopf sagt: lass es. Und jetzt schick ich dir ein paar Leute vorbei, die nehmen die Aufnahme mit ... Pressefreiheit? Bullshit! Das ist in diesem Zusammenhang das Kaputteste, was ich je gehört habe! Seid ihr völlig hirnrissig, diesem Schneevogelkomiker eine Bühne zu bieten? Ohne uns vorher zu informieren? Was meinst du, was jetzt losgetreten wird? Ich krieg dich dran wegen was auch immer. Wie hast du die Aufnahme vorliegen? ... Kam per Bote als CD,

Simsalabim. Wer brennt heute noch CDs? Bekommen wir das Ding freiwillig, oder brauchst du einen Beschluss? Und dich sollen sie gleich mitnehmen, Herrgott!« Hitchkowski drückt das Gespräch weg, wählt sofort die nächste Nummer und beordert einen Polizeitrupp zum Sender. Unterdessen hat Brooks Penner informiert, Toshi den Code 7-19 für »Dringendes Meeting« an sämtliche verfügbare Kollegen der Mordkommission verschickt. Wer gerade nicht im Außeneinsatz ist, hat unverzüglich zum Rapport im Bowling Bunker zu erscheinen. Brooks beginnt zu schwitzen. Unablässig pocht sein Puls im Ohr, ein Pochen, das in ein sanftes Unterwasserrauschen übergeht.

Ella sitzt bei einem Kaffee in der cognacbraun gehaltenen Hotelbar, als NEWS XL auf dem Wand-Flachbildschirm ein Foto von Travis Martin und gleich danach das eines ihr unbekannten Jungen einblendet. Nachdem sie gestern als Zeugin bei der Polizei ausgesagt hatte, durfte sie am Vormittag einige persönliche Sachen aus der Wohnung in Inglewood holen. Detective Hayashi war so freundlich, sie danach wieder ins Sand-Inn zu begleiten. Einem aus der Zeit gefallenen Hotel an der Stony Plain Road, einen Block von der Praxis Jayden Millers entfernt. Sie hätte auch ihren geliebten Dodge nehmen können, wohler war ihr jedoch die Begleitung. Ella bittet den Kellner, den stummen Fernseher mit Ton zu versehen. Da niemand anderes im Raum ist, willigt er ein.

»Ich bin der Schneevogelkiller, ich habe die Eishockeyspieler Martin und Zacher ermordet ...« Ellas Puls schnellt in die Höhe. Wie ein Korkenzieher dreht sich eine einzige Frage ins Hirn: »Was soll ich tun?« Als sich die Tür zur Straße einen Spalt weit öffnet, fröstelt Ella plötzlich am ganzen Leib. Sie hört den Wind, der wie ein einsamer Wolf aufheult. Der Kellner ist nicht mehr zu sehen, die schwere Eichenholztür schließt sich knarrend. Um die Geräusche und die Stimmen aus dem Fernseher nicht mehr hören zu müssen, hält sich Ella die Ohren zu. Jemand setzt sich neben sie. Sie versucht zu schlucken, die Spucke bleibt ihr im Hals stecken. Sie muss husten. Hellblaue, glitzernde Augen starren sie an. Sie erkennt ihn sofort: Robert Jamanka. Aus der Hosentasche zieht er eine weiße Feder. Er rollt sie zwischen den Fingern hin und her, dann lässt er sie zu Boden gleiten. Sie hat es nicht eilig zu landen. »Chilaili«, sagt Jamanka. Etwas Böses huscht über sein Gesicht. Seine Worte klirren wie Eisstücke: »Der Schneevogelkiller ist hier. Er hat Eric geholt, er hat Travis geholt, er will Jay holen.« Auf seine Schläfe gerichtet hält er gelassen, fast gelangweilt, als sei es das Normalste auf der Welt, den Lauf einer Pistole. Obschon Ella einer Bewusstlosigkeit nahe ist, weicht sie nicht zurück. In abgehackten Stößen atmend wendet sie den Blick von ihm ab. Ein neben viel Nippesdekor über der Bar angebrachter Spiegel sagt ihr, dass der Kellner zurückgekehrt ist. Zunächst entfährt ihr nur ein überraschtes Keuchen. Dann schreit sie aus tiefster Seele, sodass es von den Wänden widerhallt. Sie schreit und kann nicht mehr aufhören.

In einer weichgezeichneten, fernen Wolke sieht sie im Spiegel, wie sich der Kellner Jamanka von hinten mit einem Baseballschläger nähert. Wenig später hört sie ein dumpfes Geräusch. Zittrig dreht sie sich um. Den Kürzeren hat eindeutig der Kellner gezogen. Vor Schmerz jammernd liegt er am Boden und blutet fürchterlich aus Mund und Nase. Die Tür steht offen, kühle Luft wirbelt herein. Ella hört, wie ein Auto gestartet wird, ein Motor aufheult und davonrast. Von Jamanka ist nichts mehr zu sehen.

»Was soll ich tun?« Sie hasst es, sich diese Frage überhaupt stellen zu müssen. Zitternd greift sie zum Handy in der Tasche und versucht, den Bildschirm zu entsperren, doch ihre Hände sind klatschnass. Dass das Gerät mit einer Sicherheitssperre versehen ist und durch ein bestimmtes Bewegungsmuster entsperrt werden muss, erweist sich als großer Hemmschuh. Nach einer gefühlten Ewigkeit gelingt es ihr endlich, Detective Hayashis Nummer anzuwählen.

Toshi nimmt den Anruf sofort entgegen. Minuten später hört Ella, wie sich dem Hotel jaulende Sirenen nähern. Dann sieht sie rote und blaue Lichter aufflackern, Reifen quietschen, mit gezogenen Waffen stürmen drei Officers ins Hotel. Toshi erkennt Ella an der Bar, geht auf sie zu, legt einen Arm um sie. Die anderen kümmern sich um den verletzten Kellner, ein Notarzt wird gerufen.

»Er hat Eric geholt, er hat Travis geholt, er will Jay holen.«

Ella ist aschfahl im Gesicht und wiederholt Jamankas Worte.

»Wer, Ella? Von wem reden Sie?«

»Vom Schneevogelkiller, Detective.«

Mit verschränkten Armen kauert Ella auf dem viel zu großen Doppelbett ihres Zimmers. Das Laken hat sie wie eine Toga um sich gewickelt. Sie blickt starr auf einen der Drucke an den Wänden. Ein nebelverhangener Wald inmitten einer Schneelandschaft zur Blauen Stunde, Sternenkleckse funkeln gelb. Zur Beruhigung drängte ihr der Notarzt Diazepam auf. Toshi und Brooks sitzen neben ihr. Vor der Tür ist ein breitschultriger Officer postiert, ein Cop mit dunklem Schnauzbart und gemütlichem Hamstergesicht.

»Noch einmal in aller Ruhe, Ella«, beginnt Toshi, »Sie erinnern sich an meinen Partner, Detective Brooks?« Misstrauisch beäugt sie Brooks und wartet, bis der den Ball aufnimmt: »Ich habe mir Ihre Aussage angeschaut. Bei der Befragung erwähnten Sie einen Robert Jamanka, der Sie in Calgary, sagen wir mal, stark verunsicherte. Haben wir es hier mit dem zu tun?«

Ella muss nicht lange nachdenken.

»Ja.«

»Wer oder was ist der Schneevogelkiller?«

»Mein indigener Name lautet Chilaili«, sagt Ella leise. »Das bedeutet Schneevogel. Jamanka hat mich Chilaili genannt. Schauen Sie mal, ob eine weiße Feder auf der Bar oder auf dem Boden liegt. Die wäre für mich bestimmt.«

Toshi greift nach Ellas Hand.

»Das hätten Sie mir sagen müssen. Sie hätten mir sagen müssen, dass Sie in Gefahr sind. Sie sind eine leichte Beute. Wir haben Sie unter Polizeischutz gestellt.«

Ella schweigt, im Kopf kreist erneut die eine Frage: »Was soll ich tun?« Brooks übernimmt wieder das Ruder: »Glauben Sie, dass Jamanka Sie töten wollte?«

»Wenn er das wirklich wollte, hätte er es getan.«

»Wer ist Jay, Ella? Sie erwähnten diesen Namen.«

»Tut mir leid, Detective, daran kann ich mich nicht erinnern.«

»Schlafen Sie sich aus, Sie sind in Sicherheit. Ein Officer bleibt die ganze Nacht vor der Tür. Wir hoffen, dass Jamanka uns schnell ins Netz geht.«

»Ich habe morgen um 11:00 Uhr einen Termin bei Doktor Jayden Miller, meiner Psychologin«, erwidert Ella schleppend, purzelt in die Kissen, die Augen fallen zu. Das Diazepam entfaltet seine volle Wirkung. Toshi wirft ihr eine

Decke über. Das Knistern des Bettzeugs kommt ihr vor wie fernes Donnern. »Was soll ich tun? War nicht gerade der Fernseher an?« Eine Antwort erhält sie nicht mehr. Als das Polizeiteam nach Stunden abrückt, konnte keine weiße Feder gesichert werden. Auf Hochtouren läuft die Fahndung nach Robert Jamanka, unterwegs in einem silbernen, zweitürigen Audi mit Alberta-Nummernschild.

7

Beim Verlassen des Hotels will Brooks zunächst den direkten Heimweg antreten, entscheidet sich dann aber anders und lässt sich Jayden Millers Privatnummer aus dem Police Department übermitteln. Nach wenigen Augenblicken hat er seine Gesprächspartnerin erreicht. Als Brooks die Namen Robert Jamanka und Ella Jones nennt und erklärt, dass Anlass zur Sorge um das Wohl ihrer Patientin bestünde, er sich deshalb sofort mit ihr treffen müsse, willigt sie unter Verweis auf die therapeutische Schweigepflicht zögerlich ein.

Auf dem Weg zu Millers Privathaus in Westmount, an der 108th Avenue, geistert Brooks immer wieder Ellas Satz durch den Kopf: »Er hat Eric geholt, er hat Travis geholt, er will Jay holen.« Noch im Hotel war er deshalb gemeinsam mit Toshi die Hockeydatenbanken aller Spieler in Edmonton und Umgebung mit Namen und Nickname Jay durchgegangen. Sie zählten 134, davon 28 in der Oilers-Organisation. Die meisten weit weg, einige in Europa, andere in den US-Farmteams Bakersfield und Wichita. Sollten alle unter Polizeischutz gestellt werden? Unmöglich. Toshis Vorstellung, Jayden, beziehungsweise Jay Miller könnte ins Fadenkreuz des Schneevogelkillers geraten sein, fand Brooks nur am Rande erwägenswert. Eine andere Sache reizte ihn: Die Verpflichtung Jayden Millers als zivile Profilermittlerin. Wegen ihrer Nähe zu Ella Jones eine heikle, eigentlich kaum zu vertretende Angelegenheit. Aber warum nicht?

Bereits am Morgen hatte er sich Millers Reputationen ins Büro kommen lassen und erfreut festgestellt, dass die Psychologin schon in diverse Ermittlungen der Bundespolizei involviert gewesen war. Zuletzt vor drei Monaten. Brooks beantragte die Aktenfreigabe des Falls. Es ging um den gewaltsamen Messertod einer Prostituierten mit indigenem Hintergrund im Northlands Vergnügungspark. In den Fokus der Indizienkette geriet unter anderem der 70-jährige Terry Wheeler aus Red Deer. Miller sprach diesem zur möglichen Tatzeit in der Nähe weilenden Rinderfarmer und Hockeymäzen eine hohe Täterwahrscheinlichkeit zu. Der Tathergang konnte von der Polizei wie folgt rekonstruiert werden: Das Opfer Marjorie Phyllis war auf einem Parkplatz zu einem Mann ins Auto gestiegen. Zeugen beobachteten im Wageninneren einen Streit, der zu Handgreiflichkeiten führte. Die Beschreibung des Mannes passte auf Wheeler, Millers Analyse des Täterverhaltens bekräftigte die Theorie. Mitsamt der Leiche fand man den Toyota Camry später ausgebrannt an einem Waldstück. Der Brand hatte alle Spuren vernichtet, die möglicherweise zu Wheeler geführt hätten. Verhaftet wurde letztlich ein schwarzer Obdachloser namens Matthew Cushnie, vorbestraft wegen sexuellen Missbrauchs. Auf seinem Mantel hatten Ermittler DNA-Spuren des Opfers sichergestellt. Cushnies Behauptung, das Kleidungsstück im Müll gefunden zu haben, rettete ihn nicht vor dem Gefängnis. In der Untersuchungshaft suizidierte er sich. Wheeler präsentierte ein hieb- und stichfestes Alibi. Zwei Parkangestellte sagten aus, er hätte sich zur fraglichen Zeit in einem Casino aufgehalten. Ein Anlass, die Sache weiterzuverfolgen, bestand offenbar nicht. Dass eben dieser Terry Wheeler am 13. Januar, vor neun Tagen, bei einem Autounfall in Edmonton schwer verletzt ins Universitätsklinikum eingeliefert wurde, entnahm Brooks den Polizeiberichten. Besucher des Woodyou Cafés, vor dem der Unfall geschah, hatten sich als Zeugen des Geschehens gemeldet, unter anderem Ave Andrews. Schon wieder sickerte dieser unschuldige Name wie frisches Blut aus einer Wunde.

Während Brooks und Miller zu später Stunde bei einer Kanne Tee sitzen, schlummert Ella tief. Gegen Mitternacht weckt sie ein hartnäckiges, dumpfes Trommeln, das so gar nicht in die Geschehnisse ihrer betäubten Träume passt. Der Lärm dringt wie Nadelstiche in ihren Schädel ein. Vielleicht der Officer vor der Tür? Jamanka? Im Nachtschrank steht eine Flasche südafrikanischer Rotwein. Um dem nicht entschlüsselbaren Geräusch zu entkommen, hält sie es für eine gute Idee, einige kräftige Schlucke zu trinken. Das Trommeln verstummt. Im Dunkeln wankt sie zum Klo, wäscht sich die Hände und findet tastend den Weg zurück ins Bett. Schwer wie Mühlsteine fühlen sich ihre Lider an, sogleich fallen die Augen zu. Da ist es wieder, das Trommeln. Auf schnelle Schläge folgt bedrohliche Stille.

Ein Fenster in die Vergangenheit öffnet sich, frühe Kindheitserinnerungen stürmen auf sie ein. Ella kann Travis sehen, wie er Eishockey spielt, angefeuert wird. Travis hat Schwierigkeiten, mit den vom Onkel geerbten Skates einen brauchbaren Forecheck zu zelebrieren. Sie kann ihren Vater Matt sehen, was sie glücklich macht. Sie weiß im Traum, dass es sich um einen Traum handelt; dass Travis und ihr Vater tot sind. Nur vermag sie nicht zu erkennen, wo sie sich befindet. Während sich die Szene verändert, taucht ein neues Fenster auf. Es ist tiefe Nacht. Angelehnt an der Flanke eines uralten Autos steht sie irgendwo auf der Welt und haucht Gedanken in eine flirrende Fata Morgana hinein: »Ein eiskalter Wind durchfährt mein Haar. Ich spüre, wie sich die Nässe durch meine Kleidung frisst. Nichts als Schnee und Wald um mich herum. Wie bin ich hierhergekommen? Keine Seele weit und breit. Ich muss weg. Aber wo soll ich hin?« Das Trommeln setzt wieder ein. Ängstlich dreht sie sich um. Plötzlich rückt ein junger, von Bärenfell ummantelter Blackfoot mit hohlen Wangen ins Licht. Tiefliegende Augen schauen sie stumm an. Adrenalin schießt wie Lava in ihre Blutbahn. Ella spricht auf ihn ein: »Mein Name ist Chilaili. Kannst du mir helfen? Wie komme ich zur nächsten Stadt?« Ein feines Lächeln umspielt sein Gesicht, sie kann es im Mondschein sehen. Ohne ein Wort zu sagen, wendet sich der Indianer ab und geht ostwärts davon. »Lass mich nicht zurück«, würgt sie hervor. Rastlos überlegt Ella, was zu unternehmen ist. Hinterhergehen? In der Kälte verharren? Aufgeben und sterben? Sie rennt los, ruft ihm hinterher: »Warte! Ich komme mit!« Zweige, Dornen klatschen ihr entgegen. Hastig folgt sie seinen Schritten, vorbei an Wölfen, Bisons, die feuerrote Augen auf sie richten. Fuhr nicht eben ein Musher mit einem Huskygespann vorbei? Wie angewurzelt bleibt der Indianer auf einer Lichtung stehen. Er deutet auf eine große Steinformation. Ella fragt ihn verwundert: »Was wollen wir hier? Soll ich hinaufklettern?« Gedankenverloren murmelt sie: »Seltsam, als ich klein war, hat mir mein Großvater erzählt, dass die Geister unserer Ahnen zurückkehren, um uns auf den richtigen Pfad zu leiten. Damals ist mir das unverschämt vorgekommen. Ist das so ein Moment? Soll ich wirklich auf diese Steine klettern?« Der Indianer verharrt, atmet nicht. Er zeigt stur auf die Felsen. Surreal wirken sie, groß und kaum erklimmbar. »Wie soll ich hochkommen?« Ella dreht sich verschreckt um. Im rasant aufziehenden Waldnebel, dicht wie eine Suppenküche, ist der Indianer verschwunden. Still ist es, totenstill. Ellas Gedanken schwirren träge und orientierungslos durch ihren Kopf. »Ich bin im Nirgendwo und weiß nicht, wie ich heimkomme. Und, was noch schlimmer ist, ich weiß nicht, wie ich hierhergekommen bin. Tief durchatmen, du wirst nicht verrückt. Was hat dir ein Schamane im Reservat erklärt? Der Geist besitzt zwei Ebenen. Die bewusste und die unbewusste Wahrnehmung. Alle Lösungen und Antworten des Lebens liegen im Unbewussten verborgen. An jener Stelle wurden sie von den Ahnen hinterlegt, von Geburt an gespeichert. Finde ich einen Zugang zum Unbewussten, überlebe ich. Keine Panik. Der Felsen kann ein Weg dorthin sein.« Sie schluckt schwer, nimmt allen Mut zusammen und kämpft sich vor bis zur Spitze. Doch oben angekommen sieht sie nichts als Wald, Schnee und Nebel. Ihre Hoffnung schwindet. Sie hat Todesangst. Sind das noch ihre Gedanken? Sind das die Gedanken ihres Vaters? Ella blickt in den Himmel, so, als würde sie einen Film sehen, der abwechselnd Bild für Bild und dann wieder in rasender Geschwindigkeit abgespult wird. Sie stiert in eine flauschige, samtene Decke. In einen Nebel, der wie Spinnweben an Sternen und Baumwipfeln festklebt. Kaleidoskopisch verwischte Punkte und Schattenspiele verändern ihn langsam. So schimmert die Szene bald koboldblau, das Firmament leuchtet schwach im Sternbild der Plejaden. Die Farben wechseln, werden greller, ein hell erleuchtetes Feld tut sich auf. Der Musher. Da unten fährt der Musher! Mitten durch ein Eishockeyspiel. Die Hunde bellen. Ein Vogel breitet darüber seine Flügel aus. Ella spürt den Wind, der immer stärker wird und der sie bald vom Felsen wehen dürfte. Die Flügelschläge zerteilen die Geräuschkulisse, es regnet weiße Federn. Gellende Vogelschreie durchdringen ihren Körper. Von allem bleibt zuletzt ein schriller, übersteuerter Ton übrig. Dann ist es wieder mucksmäuschenstill. Die Sonne steigt auf. Die höchste Gottheit. Sie verbrennt den Nebel. Helle Strahlen brechen durch die Wolkendecke und blenden Ella. Wo ist der Vogel? Ihr Blick fällt auf einen Totempfahl, dessen oberes Ende eine Skulptur ziert, eine Eule, einen Schneevogel. Das Licht taucht seinen Körper in rötliches Gold. Unverzüglich weiß Ella, was zu tun ist. Sie muss die Augen schließen und auf die Gedanken ihres Vaters hören. Doch jedes Mal, wenn sie es versucht, wird das Trommeln wieder stärker. Und dabei bleibt es nicht. Jedes Mal, wenn sie die Augen schließt, wird ihrem Vater der Kopf abgehackt. Sie schlägt um sich, krallt sich in die Decke, wacht mit wummerndem Herzen auf. Schweißnass sind Hände und Stirn. Sie hat etwas Hartes getroffen, ihre Hand schmerzt. Die Augen vollständig zu öffnen traut sie sich zunächst nicht. Blinzelnd erkennt sie die Weckeruhr auf dem Zimmerboden. Nichts als ein Traum. Einer, der nachwirkt. Alles fühlt sich so an, als sei sie von einer Horde Elche niedergetrampelt worden.

Es ist kurz vor halb elf. In dreißig Minuten wird Ella in Millers Praxis erwartet. Sie wankt ins Bad, erledigt hastig ihre Morgentoilette. Dann kramt sie einen langärmeligen Pullover samt Thermojeans aus dem Schrank und zieht sich an. In Boots und Mantel geht es aus der Tür, ein zivil gekleideter Officer empfängt sie. Steif macht er sich als Constable Ozechowski bekannt. Sein Tagesbefehl lautet, Jones nicht aus den Augen zu lassen, bis anderes durchgefunkt wird. Er erklärt ihr die Gegebenheiten, Ella nennt das Ausflugsziel, beide trotten über den Flur. Obwohl es nur ein Stockwerk tiefer ist, nehmen sie den Fahrstuhl. Schweigend fahren sie nach unten. Als die Türen auseinandergleiten, wimmelt es von Menschen, der Frühstücksraum ist bereits mit viel Klappern und Klirren ein Fall für den Reinigungsdienst. Niemand interessiert sich dafür, dass Ella sich an der silbernen Kaffeekuh einen Pappbecher befüllt und vom Rest des Büfetts ein liegengebliebenes Croissant zwischen die Zähne stopft. Draußen ist es kühl, es schneit. Ella schlägt den Weg zur Praxis ein. Die Hände tief in den Hosentaschen, stolpert Ozechowski hinterher.

»Ozechowski ... Im Namens-Scrabble hätte er gute Chancen auf die höchste Punktzahl. Wäre doch schön, wenn ich mich bei ihm einhaken könnte«, nuschelt sie mit vollem Mund und wirft Schnee von der Kapuze. Ein paar Blocks später hat sie das Gebäude der Ärztegemeinschaft in Glenwood erreicht und schüttelt sich davor wie ein Hund, der aus dem Wasser kommt.

Und täglich grüßt das Murmeltier. Das Wartezimmer ist proppenvoll. Ella will gerade den einzig freien Sitzplatz ergattern, als ihr ein Fettsack in Lederstiefeln und Jeans zuvorkommt. Er grinst breit. So breit wie ein omnipotenter High-Noon-Ganove, dem am Filmende die Eier weggeschossen werden. Ozechowski verfolgt mit verschränkten Armen den nimmermüden Bildschirmwettermann. Betrübt schaut er drein. Temperaturwerte tauchen auf, die beim bloßen Hinschauen eine Gänsehaut verursachen.

Erlösende Augenblicke später öffnet sich Millers Praxistür. Heraus tritt die Sprechstundenhilfe. Chloe Bennet bittet Ella herein. Ihrem seelenvollen Blick nach zu urteilen ist sie über die Umstände des heutigen Besuchs informiert. Jayden Miller sitzt bereits in ihrem Sessel, Ella nimmt wieder Platz auf dem harten Stuhl.

»Alles wie neulich, Mrs. Miller. Nur bedeutend schlimmer.«

Die Psychologin schaut sie mitleidig an und klopft mit beiden Handballen auf die Schreibtischunterlage. Zwei Paukenschläge in einem dunklen Orchesterstück.

»Ella, was geschehen ist, tut mir unermesslich leid. Ein weiblicher Detective kam vorbei und ...«

»Miss Hayashi.«

»Sie hatten ihr die Erlaubnis erteilt, das Hockeygedicht abzuholen. Eine Kopie liegt in Ihrer Patientenakte.«

Miller sieht Ella eindringlich an.

»Den Text weiß ich auswendig wie ein Schulgedicht. Ich führe ihn mir ständig vor Augen. Auf den Inhalt kann ich mir absolut keinen Reim machen.«

»In erster Linie obliegt es der Polizei, sich damit zu befassen.«

»Im Verhör erwähnte Miss Hayashi, dass auch bei Travis ein Hockeygedicht gefunden wurde.«

»Ich weiß.«

»In der Presse war davon keine Rede. Sind Sie in die Polizeiarbeit involviert? Etwa als Profilerin?«

Miller rückt mit der Wahrheit geradeheraus: »Hayashis Partner, Detective Brooks, hat mich besucht und gebeten, diesen Job zu übernehmen.«

Eine Bemerkung, die Ella aufhorchen lässt. Sie spürt einen Adrenalinschub bis in den Bauch hinein.

»Für Sondereinheiten der Bundespolizei war ich schon tätig. Aber ...« Miller stutzt, sie klingt alles andere als überzeugt. Ella nutzt die kurze Pause: »Ich bin sehr froh, dass Sie das machen. Ich weiß, eigentlich müssten Sie ablehnen. Ich bin Ihre Patientin und stecke in der Sache auf irgendeine kranke Art und Weise drin.«

Ella beschleicht ein Hochgefühl. Vor der Tür wird ihr kleines Leben durch einen Officer auf Schritt und Tritt bewacht. Jetzt sitzt sie womöglich der psychologischen Forensikerin in den Mordfällen Eric Zacher und Travis Martin gegenüber. Eine Löwenmutter, die ihr Kind beschützt. »Mrs. Miller, folgender Vorschlag. Mit Ihrer Hilfe bringen Sie die Polizei auf die Spur des Mörders. Vielleicht kann ich dabei behilflich sein. Ich habe aber eine Bedingung.«

»Nur heraus damit.«

»Wir bleiben weiterhin in Kontakt und passen unsere Sitzungen den Umständen an.« Miller überlegt angestrengt. »Detective Brooks muss das Ganze erst vom Leiter der Mordkommission absegnen lassen. Er will ihm unser Zutun vorläufig verschweigen. Wenn Sie mich fragen, ein grobes, wenn auch mutiges Dienstvergehen. Bei den Ermittlungen könnten Sie, Ella, der Schlüssel zum Kopf des Mörders sein, zur Logik seines Handelns.«

Miller mustert Ella prüfend und beobachtet, wie sich ihr Gegenüber, so gut es der Stuhl zulässt, lässig zurücklehnt. Ella entgegnet lauter als beabsichtigt: »Fangen wir an. Wie geht es Ihnen?«

Miller grinst. »Ich stelle die Fragen.«

»Entschuldigung, kommt nicht wieder vor.«

»Bevor Sie mehr über Ihren Vater berichten, möchte ich wissen, ob Sie Robert Jamanka für einen Mörder, für den Schneevogelkiller halten?«

Ella macht ein ratloses Gesicht. »Als Kind hat Jamanka Katzen gequält, die Viecher seziert, und zwar nicht, um eine Eins in Biologie zu bekommen. Das habe ich in einem Vorbefund über ihn gelesen. Sie meinen, ob er Travis und diesen deutschen Jungen umgebracht hat?«

»Die ganze Welt geht davon aus. Brooks hat mir die Hotelbar-Geschichte erzählt.«

»Gibt es denn Spuren von Jamanka an den Tatorten?«

»Das wollte er mir nicht verraten. Wir, Sie und ich, treffen uns demnächst mit einigen Detectives der Mordkommission. Vielleicht erfahren wir Details. Ella ...« Millers Augen wirken dunkel und besorgt. »Vorausgesetzt, Sie schaffen das. Sie haben eben erst einen wichtigen Menschen verloren.«

»Aus dieser Trauerkurve muss ich egal wie herauskommen. Um Ihre Frage zu beantworten: Ich werde von Robert Jamanka, wie soll ich sagen? Bedroht? Vielleicht kommt es mir auch nur so vor.«

Ella spürt, wie sie von einer Gänsehaut befallen wird, die bis runter in die Zehenspitzen reicht. »Darf es mir so vorkommen?«

»Würden Sie ruhiger schlafen, wenn die Polizei Jamanka festgesetzt hätte?«

»Vermutlich. Überhaupt schlafen zu können, wäre kolossal.« Ella redet sich in Rage. »Nachts liege ich lange wach. Wenn ich dann endlich einschlafe, plagen mich Angstträume. Gestern, nachdem der Notarzt mir ein Beruhigungsmittel verabreicht hat, war es besonders interessant.« Als würde sich Ella auf der Stelle für etwas Gefährliches wappnen, holt sie tief Luft. Dann berichtet sie vom Traum mit dem Indianer.

»Im Traum haben Sie Ihren Vater Matt gesehen, auch Travis. Erkennen Sie einen Zusammenhang zwischen heute und damals, als Ihr Vater verschwand? Könnte Robert Jamanka für das Verschwinden Ihres Vaters verantwortlich sein?«

»Das glaube ich nicht.«

»Woran machen Sie das fest?«

»Jamanka sagte an der Hotelbar, ich solle auf mich aufpassen, der Schneevogelkiller wäre hier.«

»Das ist eine vage Hoffnung. Jamanka scheint, entschuldigen Sie diese reißerische Formulierung, ein geistesgestörter Psychopath zu sein. Zumindest phasenweise. Solche Leute reden schon mal über sich selbst in der dritten Person.«

»Wenn er mich hätte ermorden wollen, wäre die Bar doch ein super Ort gewesen. Er hatte eine Waffe dabei, die meisten Psychopathen haben kein Problem, sie zu benutzen.«

Miller lässt Ella Zeit, ihre Gedanken zu ordnen.

»Okay, es ist nur ein Gefühl. Jamankas Augen erinnern mich an ein Damals. Sie sahen aus wie eine Melange aus einem sonnenklaren Winterhimmel am Mount Chephren und dem zugefrorenen Waterfowl Lake.«

»Dort waren Sie mit Travis?«

»Ja, mit einem Jungen, der unbeschwert aufs Leben schaute.« Eine schemenhafte Erinnerung löst sich aus ihrem Gedächtnisspeicher: der See, die von zerklüfteten Felsen übersäte Uferlandschaft, Eishockeyspiele. »Ich stand im Tor. Travis schoss mir die Pucks um die Ohren.«

»Versuchen Sie, sich an mehr als an den Waterfowl Lake zu erinnern. Wie haben Sie die letzten Tage und Momente im Beisein Ihres Vaters verbracht?«

Unruhe kriecht in Ella hoch. Sie sieht ihren Vater, fühlt sich schwerelos, glücklich, dann wieder niedergeschlagen und traurig. Sie schaut auf den Boden, atmet langsam und flach. Irrlichternde Momente vergehen, bis das Gewicht des Schweigens sie loslässt.

»An diesem Tag im Februar kamen wir von einem Sonntagsausflug, genauer gesagt vom Eisangeln. Ein kalter Tag, es dunkelte bereits, meine Mutter erwartete uns. In den Territories hatten wir einen Reifenschaden und saßen auf einem Kiesweg fest. Mein Vater wollte das Ersatzrad aufziehen, hatte aber kein passendes Werkzeug dabei. Wohl um ein Fahrzeug anzuhalten, lief er den vereisten Weg zur Straße. Vielleicht hatte er auf der Fahrt Licht in einem Fenster gesehen. Wir sind an mehreren Holzhütten mit auskragenden Vordächern vorbeigekommen, mit rauchenden Ofenrohren. Er sagte mir, ich solle mich nicht fürchten und im Pickup warten, es würde nicht lange dauern. Doch die Zeit kroch wie eine Schnecke. Ich weiß noch, dass die Raben gekrächzt haben. An windschiefe Strommasten kann ich mich entsinnen. Kälter wurde es, feuchter, unheimlicher und stockfinster. Um mich vor der Kälte zu schützen, mummelte ich mich in meinen Parka ein. Meine Zähne haben geklappert. Dann tauchte jemand auf. Am Autofenster. Ich erstarrte. Umständlich kramte der Fremde eine schwere Taschenlampe hervor. Der Lichtstrahl kroch über vereiste Baumstämme und versickerte kurz in der Schwärze dazwischen. Dann öffnete wer auch immer die Heckklappe und leuchtete die Ladefläche aus. Dort lagerten in einem Salzeimer bloß die gefangenen Fische, er ließ sie in Frieden. Als ich ein Streichholz entzündete, blickte der Fremde mir direkt ins Gesicht. Erschrocken sprang er vom Wagen und eilte davon. Wie elektrisiert und alle Sinne geschärft wartete ich weiter. Wer nicht kam, wer nie mehr kam, war mein Vater. Dafür erschienen irgendwann zwei uniformierte Polizisten. Sie holten mich blaugefroren aus dem Auto und brachten mich ins Krankenhaus. Ich war völlig unterkühlt. Stunden danach sah ich meine Mutter aufgelöst an meinem Bett stehen. Später hat sie mir erzählt, dass ein anonymer Anrufer die Polizisten verständigt habe. Ohne sie wäre ich im Auto erfroren ...« Miller unterbricht Ella leise und sachlich: »Könnte der Anrufer Robert Jamanka gewesen sein?«

»Jamanka?« Ella schnappt verstört nach Luft. »Daran denke ich zum ersten Mal!«

»Ihren Vater sahen Sie nie wieder?«

»Nein. Es gab Blutspuren. An einem Zaun hinter dem Kiesweg. Mehr nicht.« Als würde sie Ellas Gedanken lesen, fährt Miller fort: »Sie glauben, dass er getötet wurde, Sie sind sich dessen absolut sicher.«

Ella nickt.

»Warum?«

»Zuerst habe ich mir alles Mögliche ausgedacht. Dass er angefahren wurde, vielleicht sein Gedächtnis verloren hat. Dass er orientierungslos Richtung Norden bis nach Alaska lief und dort als Musher über Eisstraßen jagte. Alles Hirngespinste, auf Dauer wurde mir das schmerzlich klar.«

»Wie kam Ihre Mutter mit dem Verlust zurecht?«

»Sie hat ihn gesucht, Plakate geklebt und ging den Behörden jahrelang auf den Geist. Doch sie biss auf Granit. Für die Polizei war die Lage einfach: Mann aus armen Verhältnissen flüchtet vor Frau und Kindern in ein neues Leben. Nicht mal eine Öffentlichkeitsfahndung gab es.«

»Was geschah mit den Straßenkindern, dem Hockeyteam?«

»Als wir nach Priddis zogen, verlor ich die meisten aus den Augen. Bis auf Travis natürlich. Und Billy-Ray, der Junge, den mein Vater versteckte. Er schrieb Postkarten. Die letzte stammte aus dem Mai letzten Jahres, er war nach North Edmonton umgezogen. Nachdem weder aus der Dealer- noch aus der Eishockeykarriere etwas wurde, schlägt er sich mit Gelegenheitsjobs durchs Leben.«

»Sie träumen von Ihrem Vater.«

»Ich dachte, ich hätte das alles hinter mir. Seit Jamanka in Calgary auftauchte, träume ich wieder von Dingen, die meinem Vater passiert sein könnten. In den Hauptrollen: Indianer, Schamanen und ein weißer Schneevogel.«

»Sie träumen von sich selbst und kommen nicht ans Ziel, an die Wahrheit.«

Geknickt senkt Ella den Kopf. Aus heiterem Himmel verkündet Miller: »Begeben wir uns auf eine Visionssuche, suchen wir nach den Schlüsseln zu Ihren Traumtüren.«

Ella schaut sie verwundert an.

»Wie bei einem Schamanen?«

»Wir können nicht alles Unterbewusste Doktor Freud überlassen. Da werden Sie mir als die jüngere Kollegin zustimmen. Träume sind ein wichtiger Zugang zum Unterbewusstsein. Eine traumatische Erfahrung kann sich unterbewusst in Stein meißeln. An viele Dinge und Glaubenssätze erinnern wir uns nicht, da die menschliche Psyche durch Verdrängung stabil zu bleiben versucht. Wir wollen überleben und nicht an Ereignissen zugrunde gehen, die uns irgendwann mal in die Hölle blicken ließen. Die Informationen sind alle noch vorhanden, vielleicht von einer dicken Kruste bedeckt. Der Weg ins Innerste reißt vernarbte Wunden wieder auf.«

Ella schaut bestürzt drein und flüstert: »Und bestreut sie mit frischem Salz.«

»So ist es. Nun bin ich kein Schamane. Ich schlage Ihnen deshalb eine Hypnosetherapie vor.«

»Im Ernst? Sind Sie darin ausgebildet?«

»Ja. Eine ziemlich kostspielige Angelegenheit.«

»Dann verändern wir die Therapie in eine gute, wenn auch sicherlich schmerzvolle Richtung. Als kommende Profilerin erledigen Sie gewissermaßen nur Ihren Job.«

»Und werde dafür aus der Staatskasse bezahlt. Reizvolle Aussichten. Wir sehen uns um Donnerstag, 11:00 Uhr, und beginnen mit der Hypnose.«

Beim Abschied zieht Ella die Stirn kraus. Das Blättern in den kognitiven Landkarten ihres Hirns spuckt eine lähmende Frage aus: »Wenn Jamanka mir in den Territories tatsächlich das Leben rettete – was will er jetzt?«

Auf dem Weg zum Hotel wiegt Ella den Kopf hin und her. Wie ein gemütlicher Curlingspieler heftet sich Constable Ozechowski an ihre Fersen. Ein heißes Bad lockt. Sie freut sich auf den Dampf, die Wärme und den wohligen Geruch der Sandelholzseife, um die Kälte und den Stress aus den Knochen weichen zu lassen.

Fünf Tage sind nach dem Mord an Travis Martin, sechzehn nach dem an Eric Zacher vergangen. Bei jedem Meeting der Mordkommission werden die Akten dicker und füllen sich die Stellwände immer mehr. Getagt wird in steter Routine bei Donuts, Sushi und Crackern. Ein Hauch Kulinarik lockert die Uniformität des War Rooms kurzhin auf. In der gesamten Zentrale gibt es außerdem nichts Schlimmeres als eine Horde Ermittler mit knurrenden Mägen. Zum großen Leidwesen der Detectives ist Frittiertes auf Geheiß Penners verboten. Fettfleckige Tüten und Servietten inmitten von Aktendeckeln, dazu das typische Œuvre eines Burger-Express-Ladens, kommen ihm nicht ins Haus.

Zuletzt sah man sich mit der graphologischen Analyse der Hockeygedichte konfrontiert. Die Experten waren zum Schluss gekommen, dass es sich um eine männliche Erwachsenenschrift handelt. Benutzt wurde jeweils ein handelsüblicher dünner Filzmarker mit schwarzer Tinte. Die Verse waren sorgfältig auf ebenem Untergrund verfasst. Nach dem Alter der Tinte und des Papiers zu schließen, ist von einem Erstellungszeitpunkt auszugehen, der zwischen fünf und zehn Jahren zurückliegt. Der Bericht endete mit den Worten: »Die Texte stammen von einem englischen Muttersprachler, was auf die Kognaten hindeutet. Das Sprachmuster lässt keine nähere Aussage auf eine geographische Herkunft des Verfassers zu, wohl aber auf seine lyrischen Fertigkeiten. Der Idiolekt gleicht einer verspielten Alltagssprache, die trotz passabler Grammatikverwendung auf keine hohe Bildung schließen lässt. Einige Passagen weisen Parallelen zu Liedtexten der US-amerikanischen Band The Zambonis auf, andere zu Randall Maggs' Werk ›Night Work: The Sawchuk Poems‹, in dem der düstere Seelenzustand des Torhüters Terry Sawchuk beschrieben wird.« Als Brooks die Analyse den Kollegen vortrug, erntete er fragende Blicke. Carry sprang ihm zur Seite: »Ich will es poetisch formulieren. Wir haben es mit einem weniger schlauen Shakespeare zu tun, mit einem Dichter ohne Collegeabschluss, dem das Feuer der Poesie eher ein Streichholz denn eine Kerze vererbte.« Staunen. »Und«, warf Hitchkowski ein, »das ist noch nicht alles. Wer die Zambonis hört und Maggs liest, trinkt Bier statt Champagner, ist ein einfacher Mann auf der Suche nach Steaks und Seelenfrieden.« Hitch war unter die Profiler gegangen, die Kollegen lachten ihn aus.

Später besuchte Brooks die Gasteltern von Eric Zacher. Melissa und Doug Roberts, beide 52 Jahre alt, kinderlos, beschrieben Eric als zuvorkommend, freundlich und charmant. Er habe im Haushalt geholfen und sei nur ein wenig verstört gewesen, wenn man ihn auf seine verschwundene Mutter angesprochen habe. Die trauernden Gasteltern erklärten einhellig, dass Eric fest daran glaubte, dass seine Mutter noch lebte, dass sie ihn eines Tages in der NHL spielen sehen würde und dann gar nicht anders könne, als sich bei ihm zu melden. Gemeinsam sah man sich noch einen herzergreifenden Clip auf YouTube an, der bereits über zwei Millionen Mal angeklickt wurde. Spielszenen, untermalt mit chilligen Beats: Eric in Jubelpose, im Nationaltrikot, bei einem *Meet and Greet* mit den Haie-Profis. Bilder von der Abreise aus Köln, der Ankunft in Edmonton. Im Internatszimmer der Sporthochschule stellen Trainer und Spieler Kerzen auf. Die

Kamera fährt durch den Raum, über Medaillen, einen Posterkalender der Oilers und bleibt auf einem Bild über dem Bett haften. Ein leeres Hockeyfeld, über dem »Mein Zuhause« geschrieben steht.

Die Auswertung des auf NEWS XL gesendeten Audiomitschnitts ergab, dass eine Stimmbearbeitungs-Software, wie Leute sie gerne in Computerspielen benutzen, eingesetzt wurde. Hintergrundgeräusche ließen sich nicht herausfiltern. Auch das Einsetzen eines Spektrumanalysators erwies sich als Flop. Der CD-Rohling entstammte einer Charge handelsüblicher Dutzendware mit wenig Chancen auf Käuferhinweise. Nachdem man sämtliche auf dem Tonträger verstreuten Fingerabdrücke isoliert hatte, meldete die Datenbank zunächst eine Übereinstimmung mit Robert Jamanka. Neben Ella Jones' fleischgewordenem Albtraum geriet ein weiterer, bereits erkennungsdienstlich Erfasster ins Visier: Marc Plante, der NEWS XL-Sendeleiter. Auf den Fotos, die am 12. Mai letzten Jahres auf dem Polizeirevier in Lethbridge von ihm gemacht wurden, hatte Plante keinen guten Tag erwischt. Unglücklich sah er aus, wie ein Verbrecher, dem die Schokoladenseite abhandengekommen war. Hitchkowski lachte sich ins Fäustchen, drängte auf rasche Vorgangsfreigabe, erhielt Akteneinsicht und konnte es kaum glauben. An die Öffentlichkeit war der Vorfall nie gelangt. Plante, Traum aller Schwiegermütter, Ehemann und zweifacher Vater, hatte sich in einer Parkbucht am Oldman River wegen Drogenbesitzes in Tateinheit mit Sex in der Öffentlichkeit von der Bundespolizei hochnehmen lassen. Im Schnellverfahren brummte ihm der Richter eine Geldstrafe von 2.500 Dollar auf. Hitchkowski ließ sich einen Termin im Sender geben und betrat Plantes Büro bei bester Laune.

Gerade wollte der sich aus einem Sessel hervorschälen, als Hitchkowski ihm riet, sitzen zu bleiben. Mit gespielter Empörung pfefferte er ihm die Kopien der Lethbridge-Fotos vor die Brust. Plante reagierte verschnupft, schüttelte den Kopf und schluckte. Hitchkowski ließ sich jedes Wort auf der Zunge zergehen: »Nutten und Koks, mein Lieber, verkomplizieren das Leben. Das werden deine Werbekunden gar nicht mögen. Glaub mir, wenn du dich noch einmal in unsere Arbeit einmischst und irgendeinen zugespielten Tonfurz über den Sender jagst, bekommen die nette Post von mir. Und immer dran denken: Längeres Kopfschütteln führt zum Schleudertrauma. Ende der Durchsage.« Plante nickte.

Im Anschluss stattete Hitchkowski gemeinsam mit Maurice Quintal und einem Spurentechniker der Freundin des Mordopfers Eric Zacher einen Besuch bei ihren Eltern in Hinton ab. Die 15-jährige zierliche Schülerin Ashley Jane Garson war erst seit wenigen Wochen mit Zacher verbandelt. Die beiden hatten sich über das Instagram-Portal der Barons kennengelernt. Im Beisein der Eltern sprach sie zuerst von einer losen Bekanntschaft und druckste verlegen herum, die Haare brav nach hinten frisiert. Sie wurde konkreter und erklärte, Zacher im Dezember in Edmonton nach einem Spiel getroffen zu haben. Man habe Telefonnummern ausgetauscht und sich späterhin, wann immer sich Gelegenheiten boten, getroffen. In ihrer Erzählung wirkte sie derart traurig, als habe ihr jemand die Lebenslust ausgehaucht. Auf Quintals Frage, ob sie mit Zacher am Tag seiner Ermordung intim gewesen sei, brach sie in Tränen aus und bat darum, dass ihr Vater den Raum verlassen möge. Vor Entsetzen fiel ihm der Unterkiefer runter, es kam zu einem handfesten Streit zwischen den Eltern. Die Mutter drängte schließlich den wütenden Vater aus dem Raum, und Ashley konnte fortfahren. Schluchzend erklärte sie in den Armen ihrer Mutter, dass sie Zacher am besagten Tag mit nach Hause genommen habe. Wohl wissend, dass sich die Eltern zu Besuch bei Verwandten befanden, seien sie im Whirlpool intim gewesen und hätten insgesamt zwei Stunden miteinander verbracht. Zacher habe anschließend jemanden angerufen, der ihn bald darauf abholte. Hitchkowski kramte ein Portrait von Jerry Simmons hervor, fragte, ob das der Mann gewesen sei. Die junge Garson erkannte ihn wieder. Bereits Minuten später habe man sich Textnachrichten geschrieben und ein nächstes Treffen verabredet. Mit dem Einverständnis von Mutter und Tochter überprüfte der Spurentechniker daraufhin Garsons iPhone, sicherte die Nachrichten und machte sich mit dem Ausrüstungskoffer über die Wohnung her. Dem Vater missfiel die Aktion deutlich. Er sprintete in die Garage und brauste wutschnaubend mit dem Familienvan vom Hof. Da die Putzfrau der Garsons für ihre Akribie bekannt war, wurden zwar keine Fingerabdrücke Zachers sichergestellt, aber immerhin das nach dem Baden von ihm benutzte Handtuch. Ashely hatte es als Trostspender unterm Bettkissen versteckt. Der Spurentechniker entdeckte im Labor Haare und Hautpartikel, die Zacher zugeordnet werden konnten.

Als nächstes stand ein Besuch bei den Young Oil Barons an. In einem Locker-Room der College-Eishalle hatte sich das gesamte Team nebst Coaching-Staff versammelt. Eric Zachers Umkleideplatz war mit schwarzem Tape umrandet. In voller Montur klebte auf der hölzernen Ablage ein Foto von ihm. Jemand hatte daneben »Skate in Peace, Young Gun Spiderman« geschrieben. Die Gemütslage war gedämpft, die Gesichter wirkten wie versteinert. Einer nach dem anderen wurde zum Gespräch gebeten. Hitchkowski notierte: »EZ: Keine Feinde, keine Rivalen, unkomplizierter Typ, voller Pläne und Leidenschaft fürs Hockey, Team in Trauer, besonders drei enge Collegefreunde, die das Turteln mit AJG bestätigten.« Selbst Coach Carter McPherson, ein Mann wie ein Pitbull mit krausem, grauem Haar, schaffte es nicht, den harten Hund heraushängen zu lassen. »Er war talentiert, arbeitete hart, hatte eine große Zeit vor sich. Nach Deutschland zog ihn nichts mehr. Die Oilers-Spieler Draisaitl, McDavid und Nugent-Hopkins haben dem Team kondoliert. Sein Vater Leonard war ebenfalls zugegen.«

Mehrfach wütete zuletzt der unbeliebteste Satz jeder Polizei-Taskforce »Wir übersehen etwas« wie ein Säbelzahntiger durch den War Room. Dahinter steckt Penners Angst, dass ihn der Polizeichef höchstpersönlich kaltstellt und den Fall, trotz seines Deals mit Sergeant Preston, an die Bundespolizei abgibt. Ein Szenario, das dem Ehrgeizling Penner kolossal an den Eingeweiden nagen würde. Dabei ist Preston bloß froh, dass Penners Mannschaft ihm die Ermittlungsarbeit im Mordfall Zacher abnimmt. Auch wenn dessen Scherz vom mountienahen Canadian Security Intelligence Service, der den Fall angeblich freudig an sich reißen würde, schwer nach hinten losging. Penner war geschockt. Erst als Preston in der Manier eines durchgedrehten Diktators aufstand und rief: »Mein Lieber, noch geht es nicht um die Verteidigung des Landes, auch wenn zwei Hockeycracks mit Zetteln an den großen Zehen in der Leichenhalle lagern«, begriff er, dass er geneckt wurde.

Zuhause in Strathcona holt sich Brooks den inzwischen vierten Kaffee aus der Maschine und trägt die dampfende Tasse ins Wohnzimmer. Nachdenklich nimmt er in seinem Lieblingssessel Platz und lässt sich den gesamten Fall noch einmal durch den Kopf gehen. Vor ihm liegen Ermittlungsakten und daraus entnommene Notizen kreuz und quer über den Tisch verteilt. Er klopft die Hemdtaschen nach einer Lesebrille ab, findet keine, schiebt die Unterlippe vor, kneift die Augen zu schmalen Schlitzen zusammen und hält Doc Maccolls Autopsiebericht so weit von sich, dass er ihn lesen kann. Hochkonzentriert murmelt er einzelne Bruchstücke vor sich hin: »Travis Martin, Todeszeitpunkt zwischen 8:30 Uhr und 10:30 Uhr. Gegen 11:00 Uhr entdeckt Gutachter Dave Marvel die Leiche. Im Zeitfenster zwischen 22:00 Uhr und Mitternacht stirbt Eric Zacher, der Schneeräumer findet die Leiche um 0:45 Uhr ... Travis Martins Toxikologie-Screening zeigt eine hohe Dosis Ketamin auf ... das starke Beruhigungsmittel, mit dem für gewöhnlich Großwild oder Pferde betäubt werden, ließ sich auch an den Tatortpfeilen aufspüren ... die Überprüfungen von Tierarztpraxen, Apotheken und Klinikdepots ergaben nichts ... bei den gemeldeten Einbrüchen der letzten zwölf Monate hatten es die Täter nie auf Ketamin abgesehen ... klar, in den Drogensupermärkten von Albertas Unterwelt ist Fentanyl der große Renner ... sieht man mal von ein paar Ketamin-Rezeptfälschern ab ... DNA-Spuren am Mundstück des Pfeilrohrs aus der Wohnung von Travis Martin, die Robert Jamanka zugeordnet wurden ... Jamankas Finger waren offenbar mit allen drei Hockeygedichten sowie der NEWS XL zugespielten CD in Kontakt geraten.« Brooks' Blick fällt auf einen handschriftlich mitnotierten Vortrag der Tatorttechniker. Halb liest er, halb kommentiert er: »An der Unfallstelle kam neben dem Schneeräumer ein drittes Fahrzeug zum Stehen ... lesbare Reifenspuren unter gut zwanzig Zentimeter tiefen Pulverschnee ausgegraben ... Reifen passen zu ein und demselben Wagen ... aller Wahrscheinlichkeit nach ein Mittelklasse-BMW der 3er-Serie, von denen allein in der näheren Umgebung unzählige zugelassen sind … die gleichen Spuren am Martin-Tatort … dazu Teilabdrücke von Stiefeln oder Cowboy-Boots, vom Hauseingang bis zur Grundstücksgrenze, an der der BMW parkte … begleitet von latenten, im Labor sichtbar gemachten Blutspritzern, die auf eine Bewegung des Täters in Richtung des Autos hinweisen … dort endeten sie … Analyse ergab, dass es sich ausschließlich um das Blut des Opfers handelt … keine zuordnungsfähigen Fremdspuren.« Brooks legt die Notiz zurück auf den Tisch. »Da hat der Schnee als Tatortreiniger mal saubere Arbeit geleistet«, sagt er, greift zur Fernbedienung, rappelt sich auf, zappt durch die Sender und bleibt bei einer NHL-Show hängen. In der *Hockey Night* wird über die jüngste Niederlagenserie der Chicago Blackhawks diskutiert. Er stellt den Ton ab, lässt seinen Blick durchs Zimmer schweifen. Ab und zu nickend brummt er vor sich hin: »Der silberne Audi, den Jamanka unterm Hintern hatte, als er Ella in der Hotelbar erschreckte, tauchte verlassen am südlichen Summerside Grande Boulevard, Ecke 88th Street wieder auf. Keine Augenzeugen. Der Aufruf an die Bevölkerung, Dash-Cam-Filme auf den Rechner des Police Departements zu spielen, war für die Katz.« Brooks nippt von seinem Kaffee und grinst. »Einmal davon abgesehen, dass der Server unter dem Datenvolumen zusammengebrochen ist. Scheiß Technik.« Die Arme vor der Brust verschränkt, wandert er wie ein Tiger im Käfig umher und überlegt: »Wir gehen von einem Täter aus, der die Opfer kannte. Von Robert Jamanka? Ein drogenverseuchter Schneevogelbotschafter mit einer Todesliste im Gepäck? Ist Jamanka ein klassischer Einzelkämpfer? Wir wissen zu wenig. Oder reicht das Wenige, was wir wissen, für ein Motiv aus? Was haben wir bisher? Verschiedene Straf- und Krankenakten, warme Worte seines Bruders Clifford bei einer Routinebefragung in Fort McMurray ...« Kurz blickt Brooks zum Fernseher, in dem Werbung für eine Burgerkette läuft. Allein der Anblick lässt seinen Magen knurren. Er stöbert in der Ermittlungsakte, entnimmt ihr die Aussage Clifford Jamankas und vertieft sich darin. »Ich halte Robert für gefährlich, Kontakt zu ihm hatte ich zuletzt eine Woche vor seiner Flucht. Nicht, dass ich ihm keinen Mord zutrauen würde. Wenn er sich bedroht fühlt, kann er zum Tier werden. Aber er ist doch kein Bluthund, der unschuldige Menschen jagt und abschlachtet. Hockeyfan ist er obendrein. Vor Jahren half er in einer klaren Phase beim Bau einer Eishalle. Ich bot ihm einen Job in meiner Autowerkstatt an, schließlich ist er mein Bruder. Nähere Angehörige haben wir nicht, sieht man einmal davon ab, dass Robert in frühen Jahren Vater eines Sohnes wurde, den er nie gesehen hat.« Angestrengt blickt Brooks zu Boden, fixiert ein paar zertretene Pizzareste. »Eine Eishalle? Wo steht diese Eishalle? Wie alt mag der Sohn jetzt sein? Wo hält er sich auf?« Als nächstes brütet Brooks über einem von Toshi konzipierten Bogen, der sich mit Jamankas Betätigung als Roadtrip-Guide zwischen Mai 2016 und Oktober des folgenden Jahres beschäftigt. »Jamankas Touren gingen von Banff aus 300 km über den Icefields Parkway in Richtung Norden, zum Jasper Nationalpark. Dort wurde er am 23. Oktober 2017 in psychotischem Zustand festgesetzt und wegen eines Diebstahls verhaftet. Geschahen auf diesen malerischen Canyon-Trips mit Elchkühen und Pocahontas-Flair Auffälligkeiten? Ungeklärte Todesfälle? Gab es Vermisste? Welche Reisegruppen wurden wann zu Albertas touristischen Hotspots geschleppt? Wer waren die Auftraggeber?«

Im Fernseher ist jetzt Chicagos Coach Q zu sehen. Ein Dutzend Reporter steht vor ihm, Mikrofone werden ihm vors Gesicht gehalten. Er lächelt priesterlich, zuckt immer wieder mit den Schultern, der zerknautscht aussehende Kopf geht ruckartig hin und her. Je länger Brooks in den Apparat schaut, umso mehr verwandelt sich Q in Robert Jamanka. Brooks schüttelt sich. Ohne erst die Fernbedienung zu suchen, drückt er den Aus-Knopf am Gerät. Er steuert die Küche an, kommt vorm Kühlschrank zum Stehen und öffnet die Tür. Das Ding ist gähnend leer. Genervt erinnert er sich an die verpasste Amazon-Fresh-Lieferung. In seinem Kopf dreht sich die Gedankenspirale schneller als ein Kreisel: »Kaum etwas verbindet die wehrlosen Opfer miteinander: weder der Zeitpunkt der Ermordung, ihr Alter, ihre Religion, noch ein sozialer Hintergrund. Und doch gibt es Gemeinsamkeiten: Beiden wurden Körperteile mit immenser Wucht entfernt. Und zwar *ante mortem*. Am Fundort ist Martins Kopf mit solch brutaler Gewalt abgetrennt worden, dass Knochensplitter der Nackenwirbel in den Holzfußboden eindrangen. Eric Zachers untere Extremität wurde von Axthieben bestialisch zersplittert. Und: Martin und Zacher spielten Eishockey, beide im Sturm. Der eine am Anfang und der andere am Ende seiner Karriere. Vielleicht sind sie sich in Deutschland über den Weg gelaufen. Warum ruft Carl nicht …?« In diesem Moment rumort das Handy. »Carl!«, ruft Brooks und stürzt zurück ins Wohnzimmer zum Smartphone. Doch auf dem Display leuchtet nur die Nummer des Police Departments. Es ist kurz nach Mitternacht. Ein wenig enttäuscht nimmt er das Gespräch entgegen. Toshi meldet sich: »Störe ich beim Grübeln über unseren Fall, oder hat dein Hirn bereits Bekanntschaft mit einer Flasche Korsakow-Wodka gemacht?«

»Ersteres. Außer Kaffee habe ich nichts im Hirn, geschweige denn im Haus.«

»Da will ich dich ablenken. Ich habe ein paar Neuigkeiten.«

»Okay, gib mir Futter, so fett wie eine Papa John's Pizza mit Roastbeef, Rucola und Süßkartoffeln.«

»Die musst du dir selbst bestellen.«

Brooks lässt sich unvermittelt in den Sessel fallen und legt die Füße auf den Tisch. »Mach ich vielleicht noch. Leg los, Tosh.«

»Wie wir wissen, stand Travis Martin vor seiner Ermordung hauptsächlich mit seinem Agenten, mit Spielern der NHL, AHL und ECHL, mit dem Coach und dem Teamarzt der Wichita Thunder in Kontakt. Außerdem mit Ella Jones, und auch die Firma des Gutachters taucht auf. Das haben die Bewegungsprofile, Chatverläufe, Mails und so weiter ergeben. Carry ist am Agenten und dem Teamarzt dran.«

»Sollte sie heute nicht Pratt einpacken und der Nachbarschaft noch einmal auf den Zahn fühlen?«

»Liam durfte nicht mit, unser junger Constable musste Pixel für Pixel die Tatort-Aufnahmen der Schaulustigen durchackern.«

»Hat er Robert Jamanka zutage gefördert? Im Schneevogelkostüm?«

»Natürlich nicht, du Witzbold.«

»Die Befragungen der Nachbarn haben bisher nur ergeben, dass der Gutachter Dave Marvel vormittags durch die offene Tür ins Haus von Travis Martin marschierte. Die Tatsache, dass sich keiner dieser freundlichen, warmherzigen, unter sich bleibenden Menschlein mit einem Faible fürs Grillen im Sommer und Pondhockey im Winter an weitere Besucher erinnert, müssen wir scheinbar akzeptieren.«

»Einer fehlte auf der Liste, der war bisher noch nicht befragt worden: Troy Donkin, 48 Jahre alt, alleinlebender

IT-Techniker. Donkin war bis gestern auf Dienstreise in Ottawa. Ein SAP-Seminar. Carry hat das überprüft.«

»Und?«

»Genau wie Martin kaufte Donkin vor acht Jahren ein Haus im Viertel. Gelegentlich traf man sich auf ein Bier. Martin wird von ihm als unauffälliger Single beschrieben, der selten zu Hause war und zuweilen Gäste empfing. Sechs Wochen vor Martins Ermordung sei hoher Besuch erschienen. Cody ›The Wall‹ Stanten ...«

»Pittsburghs neuer Goalie-Star, sieh an!«

»Genau der. Im Rogers Place hatten die Pens das Team der Oilers niedergemäht, nach dem Match ist Stanten mit zwei Blondinen im Schlepptau aufgetaucht und über Nacht geblieben. Laut Donkin kannten sich die beiden Cracks aus dem früheren Umfeld der Calgary Flames. Überprüft werden konnte Cody Stanten bisher nicht ...«

»NHL-Stars werden abgeschirmt wie junge Götter.«

»Carry ist immerhin schon bis zu Landon Powell vorgedrungen, dem Assistenten des General Managers seines Clubs. Am Telefon wurde sie kurz und schmerzlos abgefertigt. Laut Powell befand sich Stanten, was er als allgemein bekannt unterstellte, auf einem Roadtrip und hätte gewiss anderes im Sinn, als einem Detective ohne richterliches Zutun Rede und Antwort zu stehen. Noch dazu einem kanadischen.«

»Dann haben wir eine Verbindung von Travis Martin zu Cody Stanten. Wo ist die Schnittmenge, Tosh?«

»Beide haben eine Vergangenheit bei den Calgary Flames.«

»Kann alles bedeuten, kann nichts bedeuten. Über die Flames bin ich heute auch gestolpert.«

»Du warst bei unserem Unfallfahrer, bei Jerry Simmons ...«

»... der mittlerweile ins Glenrose Rehabilitation Centre umgezogen ist. Wie uns Leonard Zacher neulich im Büro sagte: Was den Crash betrifft, kann er sich nur an einen entgegenkommenden Truck erinnern. Simmons wurde geblendet, sah Blitze, die Eisschicht auf der Fahrbahn brach auf. Dann gab es einen Knall, später wachte er frisch operiert in der Klinik auf.«

»Was hat er über Eric Zacher verlauten lassen?«

»Wie verabredet holte er ihn abends bei Erics Freundin Ashley Jane Garson ab. Die Zeit nach dem Spiel verbrachte er bei einem Bowlingkumpel. Den Kerl habe ich überprüft, die Aussage passt.«

»Und das Hockeyspiel in Hinton?«

»Ein großartiger Auswärtssieg! Eric verbuchte beim 6:1 vier Scorerpunkte. Im ersten Drittel sorgte er bei einem Unterzahl-Break für die Führung, im letzten steuerte er drei Assists mit Zauberpässen in den Slot bei. Das Minor Hockey Team der Gastgeber sah keinen Stich ...«

»Jetzt sag nur noch, dass zur Belohnung ein Schmuseteddy auf die Eisfläche flog. Sind Simmons verdächtige Personen aufgefallen?«

»Nein.«

»Und wie schließt sich der Kreis? Was ist mit den Flames?«

»Von den Calgary Flames waren zwei Talentspäher zugegen. Einen von ihnen, Duncan Keane, kannte Simmons flüchtig. Sie hatten beide nur Augen für Eric. Kann alles bedeuten, kann nichts bedeuten.«

»Tja, dann wollen wir mal sehen. Und jetzt bestell dir eine Pizza, James. Ich höre deinen Magen durchs Telefon bellen.«

Tabi Hunts Sondersendung – viele weitere sollten folgen – hat die Stadt, hat ganz Kanada verändert. In den fieberhaften Stunden danach schießen die Gerüchte ins Kraut. Das Feuerwerk der Mordbegeisterung lodert: Ein sadistischer Serienkiller geht um, ein Psychopath! Durch die Veröffentlichung von Fahndungsfotos werden ihm vorschnell Gesicht und Name übergeholfen: Robert Jamanka. Die Rasterfahndung läuft auf Hochtouren. Vor dem Gebrauch einer Schusswaffe wird gewarnt. Die Bürger fragen sich ohne Unterlass: Was treibt jemanden an, auf so bestialische Weise ausgerechnet Hockeyspieler zu töten? Menschen, die dem heiligsten Sport nachgehen, und der sogar in der Verfassung verankert ist. Mitten ins Ahornherz treffen die Schicksale von Eric Zacher und Travis Martin. Angestachelt durch einen Flashmob, steht am Abend des 23. Januar für einige Schweigeminuten der Verkehr auf dem Wayne Gretzky Drive still. Zum Bild gehören etliche Satelliten-Übertragungswagen. Keine Ruhe werden die Reporter geben, ehe sie nicht alle Mordumstände bis ins kleinste Detail recherchiert haben. Da die Verhängung einer fahndungstaktischen Nachrichtensperre die Kommunikation der Medien mit den Behörden erschwert, werden eigene Quellen angezapft. Meist an den Haaren herbeigezogene Fälle kramt man aus den Archiven hervor und poliert sie für TV-Features auf. Auch ins ferne Deutschland wird die Schockwelle gesendet. Boulevardsendungen, deren Bluthunde Leonard Zacher erfolgreich abwimmeln konnte, verwursten die Story schamlos in ersten reißerischen Berichten. Da er zu keinem Interview bereit war, begnügte man sich mit Paparazzi-Bildmaterial, das ihn beim Rundgang durch Downtown, beim Verlassen der Churchill Station an der 99th Street und als Besucher des VIP-Bereichs in der Kölner Lanxess Arena zeigt. Bald darauf wird in der Mottenkiste gekramt: Statt des trauernden Vaters, der seinen Sohn im winterlichen Edmonton bei einem grausamen Mord verloren hat, steht nunmehr Zachers Frau im Fokus. Einen besonders hanebüchenen Bericht stöbert Zacher in der Mediathek von *Leute am Abend* auf. Die Geschichte verdächtigt ihn indirekt des Mordes.

> Lange stand der Verdacht im Raum, Leonard Zacher habe seine Frau Nadine während eines Urlaubs verschwinden lassen. Bei einer Porto-Reise vor fünf Jahren sei es, so berichteten Bekannte des Paares, zu ernsten Konflikten und Unstimmigkeiten unter den Ehepartnern gekommen. Zuletzt wurde Nadine Zacher, die als freischaffende Künstlerin nicht sonderlich arriviert war, am 6. Januar 2013 im Beisein ihres Mannes von einem Weinhändler auf der Ponte Maria Pia, einer Eisenbahnbrücke über dem Douro zwischen Porto und Vila Nova de Gaia, gesichtet. Wer von dort in die Tiefe stürzt oder gestürzt wird, ist ohne große Schwimmkünste rettungslos verloren.

»Verdammter Gossip-Shit!« Als Zacher die Aufzeichnung auf dem Tablet verfolgt, verliert er die Contenance und tut seinen Ärger unwirsch im Hotelfoyer kund. Das Schimpfen gilt der Moderatorin. Ein perfekt geschminktes Püppchen, das mit vibrierender Stimme betroffen und zugleich maskenhaft die Mundwinkel verzieht. Den Firmenanwalt holt er aus dem Tiefschlaf und fleht ihn an, dem Treiben ein Ende zu bereiten. Gegenteiliges bekommt er zur Antwort: »Klüger ist es, in Deckung zu gehen. Eine Unterlassungsklage wird die Journalisten nur noch tollwütiger machen. Sitzen Sie die Sache aus. Solange, bis die Royals ein frisches Balg in die Thronfolge quetschen oder die nächste Sau durchs Dorf getrieben wird. Die Polizei sieht keine Veranlassung, den Vermisstenfall neu aufzukochen.« Zunächst scheint der Anwalt recht zu behalten: Gerüchte um einen sexhungrigen Regisseur, dem Missbrauch an minderjährigen Schauspielerinnen nachgesagt wird, kommen Zacher genauso zupass wie eine Gruppe verschütteter Bergsteiger, die in den Schweizer Alpen auf Rettung wartet. Doch kaum ist die Mord-Story aus den deutschen Fernsehern verschwunden, greifen kanadische Medien sie manisch auf und brennen sie tief in Zachers Vita ein.

Zwei Tage und Nächte pendelt Zacher nun schon ausschließlich zwischen Zimmer, Speisesaal und Hotelbar. Seine Not des von Journalisten umlagerten Hotelinsassen schildert er Brooks, der mit dem Hotel-Manager ein Schutzkonzept entwickelt. Darin bläut man unter anderem der Security ein, niemanden Fremdes in Zachers Nähe kommen zu lassen. Für weitere Befragungen im Police Department steht künftig ein Fahrdienst bereit. Ave reicht Urlaub ein und leistet ihm tröstliche Gesellschaft. Auf ihren Hockern an der Bar verknoten sie sich abends die Beine, nehmen Drinks und sehen sich NHL-Spiele an. Brooks sorgt sogar dafür, dass Zacher mit Ave inkognito zum Schneeschuhwandern in den Elk Island Nationalpark aufbrechen kann. Tatsächlich hatte Zacher sich mit hungrigem Blick getraut, sie für ein Wochenende dorthin einzuladen und keinen Korb kassiert.

Gemeinsam mit Liam Pratt sollte Carry am 26. Januar zu Zeugenbefragungen und Recherchen ins Reservat Siksika 146 aufbrechen. Carry fuhr jedoch allein hin und ließ den Partner *aus Versehen* am Wartehäuschen der Tiefgarage stehen. Für Pratt brach eine kleine Welt zusammen, er informierte seinen Mentor Penner. Als sich die Mordkommission tags darauf versammelt, um Carrys Bericht zu lauschen, schaut Pratt völlig bedröppelt auf den Boden, Penner explodiert und malt ein knackiges Ausrufezeichen in die Luft: »Miss French! Das ist nicht nur albern, sondern vollkommen inakzeptabel. Wenn Sie weiterhin auf Alleingänge aus sind, bitteschön, dann können Sie sich in Zukunft woanders austoben. Ein Anruf von mir, und Sie landen als Kindergarten-Cop in der Verkehrserziehung!«

Carry starrt stur auf ihren Kaffeebecher, zwinkert dem verdutzten Pratt mit mascaraschweren Wimpern kess zu und versichert, dass Derartiges nicht wieder vorkommen wird. Alsdann schaltet sie in den Vorlesemodus und trägt ungerührt ihren Bericht vor: »Martins indianische Eltern starben im Januar 1983 bei einem gemeinschaftlichen Suizid. In einer abgelegenen Waldhütte fand man beide mit leeren Schnapsflaschen und Schrotflinten, das Hirn an den Wänden, die Körper von einer Eiskruste überzogen. Die Frau war schwanger, ihr sechs Monate altes Kind starb im Mutterleib. Der dreijährige Travis kam auf Geheiß der Behörden zu jesuitisch geprägten Pflegeeltern, verschwand aber nach wenigen Wochen spurlos. Erst im Juni desselben Jahres tauchte er wieder auf. Ein Onkel hatte ihn zurück ins Reservat Siksika 146 geholt. Blut ist halt dicker als Wasser. Der alte Mann leidet an Parkinson und lebt noch in dem Holzhaus, in dem unser Opfer seine Kindheit und Teile der Jugend verbrachte. Normalerweise wäre die Geschichte so verlaufen: Den Onkel hätte man wegen Kindesentführung in den Knast, Klein-Travis in eine Residential School gesteckt. Ihr wisst schon, Indianerschulen, die bis tief in die 1990er-Jahre staatliche Zivilisierungsaufträge erfüllten. Das waren meist kirchliche Internate, in denen kulturelle Wurzeln gekappt wurden. Verwandten untersagte man jeden Kontakt. Die Kinder wurden zum Freiwild für Priester und Nonnen. ›Die Überlebenden‹, wie sie sich heute nennen, verloren ihre Identität in der Welt der Weißen.«

Penner wird ungehalten: »Verdammt düsteres Kapitel unserer Geschichte, ohne Frage. Aber bleiben Sie bitte in der Spur.«

Carry nickt und fährt fort. »Vor einer solchen Grausamkeit wurde Travis durch den Vater von Ella Jones bewahrt, ein Robin Hood, der den Behörden mit welcher Geschichte auch immer weismachte, dass es für alle Beteiligten besser sei, die Dinge laufen zu lassen. Jones erkannte früh, dass Martin ein überaus talentierter Skater war, trainierte ihn und schickte ihn auf die Red Deer Lake School, wo ihn ein befreundeter Sportlehrer ins Hockeyteam der Panther aufnahm. Übers College kam er zu den Red Deer Rebels und trumpfte in der Western Hockey League auf. Im Draft zogen ihn die Flames an Land. Ohne einen Matt Jones wäre Martin nie aus dem Nichts aus Natur und Stadtrand herausgekommen. Jetzt würde er vermutlich zugedröhnt in einem Schwitzhütten-Tipi am Bow River auf Touristen warten und...«

»Sie und Ihre Vorurteile!«, fällt ihr Penner ins Wort. »Den Gedankengang verstehe ich, doch nicht alle Indianer dröhnen sich zu. Womöglich hätte Martin ein längeres und gesünderes Leben führen können, wenn er kein Hockeyspieler geworden wäre.«

»Ich fabuliere nicht, Sergeant. Im Siksika 146 kamen mir eine Menge Leute so vor, als wären sie frisch aus einer Entzugsklinik geflohen.« Brooks und Toshi stimmen Carry zu. Penner greift sich einen Donut mit Marmeladenfüllung, beißt hinein und entgegnet kauend: »Vielleicht erzählt uns French ein bisschen mehr über dieses Reservat. Da kann Constable Pratt noch etwas lernen. Ich bin mir sicher, da war er noch nie, oder?« Doch Pratt nickt eifrig. »Die Gegend kenne ich bestens. Wir reden vom zweitgrößten Indianerreservat Kanadas, 87 Kilometer südöstlich von Calgary, versehen mit einer Bevölkerungsdichte von etwa 3.000 Einwohnern. Erst letzten Herbst waren wir doch im Camper zusammen mit Ihrer Tochter ...«

»Pratt!«

Penner verschluckt sich, hustet und spuckt Krümel über sein weißes Hemd, die Wangen verfärben sich geranienrot. Befeuert von Donutzucker und Koffein schnauzt er: »Sie gehen jetzt runter und schauen im Fuhrpark, ob mein Wagen startklar ist. Ich habe gleich einen Termin mit Sergeant Preston in der City Hall. Police Service und Bundespolizei erstatten dem Rat der Stadt Bericht. Ich hasse es.«

Geknickt verlässt Pratt den War Room. Alles grinst, nur Penner nicht. »Miss French, haben Sie diesen Matt Jones befragt?«

Carry fährt fort: »Matt Jones verschwand im Februar 1997 während eines Sonntagsausflugs mit Tochter Ella. Unsere damals sechsjährige Zeugin ließ er im Auto zurück. Bis heute gehen die mit dem Vermisstenfall betrauten Bundespolizisten davon aus, dass er die Familie für ein neues Leben verließ. Welch menschlicher Abgrund, möchte man meinen. Aber: Im Reservat traut ihm bis heute keiner eine solche Flucht zu. Die Leute sagten mir, niemals hätte Jones die Schneevogeldame bei minus zwanzig Grad in der Wildnis zurückgelassen. Und Postkarten aus Barbados schrieb er auch nicht. Ich habe mir die Akte kommen lassen. Sie ist für einen Vermisstenfall recht dünn. Nicht mal eine Spurensicherung ist vermerkt. Kein Wunder: Wenn Nutten, Junkies oder Indianer draufgehen oder verschwinden, wird erstaunlich wenig Gewese drum gemacht. Von diesen dünnen Akten gibt es in Kanada ganze Schränke voll. Sei es im Zuständigkeitsbereich der Bundespolizei oder bei uns.«

»Wie stand es zuletzt um die Martin-Karriere?«

»Sie meinen, abgesehen von den wenigen Highlights bis zum Abtauchen nach Europa? Keine Feinde, keine Schulden. Im Gegenteil, er hatte einiges auf der hohen Kante, hätte bis ins hohe Alter gereicht. Er hat gut gehaushaltet, war nie verheiratet.« Eine Frotzelei, die gezielt auf den zweifach geschiedenen Penner gefeuert wird. Der Blick des Staff Sergeants springt von einem zum anderen. Alle zucken verschämt mit den Schultern, er trommelt ungeduldig mit dem Stift auf der Tischplatte. In einem Tonfall, ätzend wie Säure, unterbricht er Carry: »Man kann sich auch allein ruinieren. Oder als Witwer sanieren? Nicht wahr, Hitch?«

Hitchkowski blickt ihn finster an. Überhaupt gleicht die Atmosphäre immer mehr einer Razzia im Mafia-Milieu. Der auf Diktum Penners außer der Reihe anwesende Doc Maccoll fletscht die Zähne und trägt ein gutturales Knurren bei.

»Martin hatte doch was mit Drogen am Hut? Fahren Sie fort, French.«

Carry räuspert sich und grinst.

»Was die Drogen betrifft: zuletzt nicht mehr.« Sie blickt fragend zu Doc Maccoll, der subito zu Hilfe springt: »Abgesehen vom Ketamin haben wir im Blut des Opfers nichts gefunden, kein Alkohol, keine Drogen.«

»Okay, dann war er sauber. Danke, Doc. Miss French, weiter, ich bin ganz Ohr.«

Penners Stift verliert den Kampf gegen die Schwerkraft und fällt zu Boden.

»Martin wollte sein Heim in Inglewood schätzen lassen und perspektivisch mit dem Verkaufserlös ein Hockeycamp im Reservat auf die Beine stellen. Als er starb, wusste er nicht, dass seine Profikarriere bald passé sein würde. In der kommenden Saison hätte es für ihn in Wichita nicht mehr gereicht. Er stand vor der Ausmusterung. Martin litt am postkommotionellen Syndrom, eine Folge von Gehirnerschütterungen, die er sich im Karriereverlauf zugezogen hatte. Mit dem Mannschaftsarzt habe ich telefoniert. Es stand ein Medizincheck für den Tag nach der geplanten Abreise aus Edmonton an. Dazu kam es ja nicht mehr. Hört mal zu.« Carry drückt auf die Taste eines Aufnahmegerätes, woraufhin eine ruhige, dunkle Stimme erklingt: »Es widerstrebte Travis aus tiefstem Herzen, mit dem aktiven Sport aufhören zu müssen. Eishockey war sein Ein und Alles. Ich hätte ihm geraten, die Schlittschuhe an den Nagel zu hängen. Manche Sportler werden, geplagt ob einer solchen Reihe von Gehirnerschütterungen, in der Folge depressiv. Sie greifen zu Drogen und Alkohol, verfallen in Angstzustände. Einigen von ihnen wird eine komplette Wandlung ihrer Persönlichkeit bescheinigt. Denken Sie an Joe Murphy, First-Round-Pick, Stanley Cup-Sieger mit den Oilers – und heute? Ein Wrack.«

Carry drückt die Pausetaste. »Ein mögliches Motiv für den Casino-Ausraster im November letzten Jahres. Dann habe ich noch Martins Agenten im Angebot.« Das Aufnahmegerät wird vorgespult und stoppt bei der nächsten Sequenz: »In Köln erging es meinem Schützling sehr schlecht. Unterhalb der Saison wurde ein neuer Coach verpflichtet, der ihn aufs Abstellgleis schickte. Er begann zu trinken, verlor beim Glücksspiel eine Menge Geld und war in diesem Zustand schlussendlich nicht mehr in der Lage, das Potenzial seines Hockeyspiels auszuschöpfen. Die Oilers besaßen nach wie vor die Rechte an ihm und ließen ihn nicht, wie von uns gewünscht, zurück in die Organisation der Flames ziehen. Martin wollte ein weiteres Jahr in Europa dranhängen. Seine nächste Station sollten die Sheffield Steelers in der britischen Topliga sein. Für einige Vorbereitungsspiele stattete ihn das Management mit einem Probevertrag aus. Was auf dem Eis gut aussah, eskalierte daneben. Martin wurde in eine Fahrerflucht unter Alkoholeinfluss verwickelt. Zwar kamen nur ein paar abgestellte Mülleimer und ein streunender Hund zu Schaden, doch als die Cops ihn auf dem Radar hatten, gab er Gas, brauste davon, wurde geschnappt und der vorbereitete Saisonvertrag zerrissen. Erst als er wieder kanadischen Boden unter den Kufen hatte, ging es langsam aufwärts. Ich kroch förmlich zum General Manager der Oilers. Sie schickten ihn auf Bewährung nach Wichita. Zu Anfang der Saison verbuchte er beste Scoring-Werte, bis ihn eine erneute Gehirnerschütterung nach einem Blindside-Check gegen den Kopf außer Gefecht setzte.«

Mit einem Blick zur Uhr beendet Penner das Meeting: »Okay. Sehr aufschlussreich. Bleiben Sie dran. Bleiben wir alle dran.«

Die Runde löst sich auf, nur Brooks und Toshi sitzen noch. Brooks reibt sich die Stirn.

»Kopfschmerzen, James? Oder suchst du nach aufschlussreichen Gedanken?«

»Wenn es so einfach wäre ... wir haben nichts als verzerrte Hintergründe und Spuren, die auf einen bizarren Hauptverdächtigen hindeuten.«

»Oder hindeuten sollen.«

»Heute Abend treffen wir Jayden Miller. Wollen mal schauen, ob wir die Seelenklempnerin überzeugen können, bei uns mitzumischen.«

»Mit Ella Jones im Schlepptau?«

»Wenn beide auftauchen, umso besser. Das würde bedeuten, sie nimmt den Job als Profilerin an.«

»Was glaubst du, wo Martins Kopf und Zachers halbes Bein abgeblieben sind? In der Gefriertruhe eines irren Teufels?«

»Frag mich was Leichteres. Die Leichenhunde haben weder in Inglewood noch an der Unfallstelle am Highway angeschlagen.«

»Da wollen wir hoffen, dass sie nicht bald wieder zum Einsatz kommen müssen.«

10

Jay Bayet zieht nachdenklich die Unterlippe zwischen die Zähne. Wohl fühlt er sich im ungewohnten grauen Anzug mit hellblauem Hemd und Schlips überhaupt nicht. Aber das Outfit gehört nun mal zur Garderobe eines NHL-Spielers. Bob Bissonnette dröhnt aus den Boxen: »Hockey dans rue«. Der 22-jährige Goalie der Bakersfield Condors, dem ersten Farmteam der Oilers in der American Hockey League, ist, nachdem sein United-Flug vor gut zwei Stunden landete, in einem Honda Civic unterwegs vom Hotel The Westin zum Rogers Place. Er bekam den Call-up am frühen Vormittag. Jeremy Trolley, etatmäßiger Oilers-Backup, hat sich vorm Match gegen Washington kurzfristig als unpässlich, weil am Kreuzband laborierend, in den Krankenstand verabschiedet. Das Spiel gegen die Caps findet morgen am Sonntagabend statt. Nachdem Jay gegen 20:00 Uhr im Hotel eincheckte, wählte er die schnellste Route zur Trainingshalle, um sich beim Stab zu melden. Er braust an Restaurants und Apartmenthäusern vorbei, die 100th Street entlang Richtung 104th Avenue. Am Busbahnhof muss er an einer Ampel halten und beschließt, kurz auf einem Parkplatz zu rasten, bevor es in die Höhle des Löwen geht. Das hatte er nach dem letzten Anruf der Oilers-Granden vor zwei Monaten auch getan, war damals in eisiger Dunkelheit durch den Schnee gestapft, hatte seine Hände darin vergraben, zwei Bälle geformt und sie erfolgreich gegen ein Straßenschild gefeuert.

Hockeyspieler haben ihre Rituale. Und Jay hat seines gefunden.

Am Gameday kam er wahrhaftig zu seinem ersten Einsatz in der großen NHL. Nachdem die Oilers drei Pucks in den ersten Spielminuten des zweiten Drittels fressen mussten, schickte ihn der Coach beim Stand von 1:4 aufs Eis. Er erwischte einen Sahnetag und hielt den Torraum sauber. Als McDavid kurz vorm Schlussbuzzer mit einem Handgelenkschuss zum 5:4-Gamewinner einnetzte, stand die Arena Kopf, und Jay wurde zu einem der Three Stars geehrt. Nach dieser irren Pointe sah er sich vor seinem geistigen Auge bereits im Hockeyhimmel angekommen. Dennoch musste er sich fortan wieder mit der Rolle des Backups begnügen, und als Jeremy Trolley wieder in der Trainingshalle auftauchte, hieß es: Koffer packen. Jay war geschockt und enttäuscht. Zurück in Bakersfield, warf er den schnieken Anzug in die Ecke, leerte ein paar Bier, die Mutter rief aus Saint-Jérôme an: »Dein Vater wäre stolz gewesen, wenn er gesehen hätte, wie du dich entwickelt hast. Aber Junge, was erwartest du? Das sind die Edmonton Oilers. Ich weiß nicht, ob sie keine indigenen Kanadier mögen, aber ich weiß, dass sie oftmals falsche Entscheidungen treffen.«

Sein Vater. Jackson Bayet. Ein Allrounder, der alle Positionen auf dem Feld im Schlaf bespielen konnte. Von ihm hatte er alles in die Wiege gelegt bekommen: die schnellen, klugen Moves auf dem Eis, die Ähnlichkeit mit Graham Greene in seiner Rolle als strampelnder Vogel in »Der mit dem Wolf tanzt«. Jay war sieben Jahre alt, als sein Vater, genannt Iiniwa, der Büffel, bei einem Jagdunfall am Yukon starb. Es war keine schnelle Geschichte, sie zog sich eine schreckliche lange Weile hin. Das Sterben begann, als ein Querschläger ihn bei der Karibu-Jagd vom Pferd riss. Im Krankenhaus kam eine Infektion hinzu, ein Husten, der nicht mehr weggehen wollte. Der Herzrhythmus war gestört, das Herz vergrößerte sich und setzte eines Morgens aus. 15 Jahre ist das jetzt her. Sein Vater wäre mit Sicherheit stolz auf ihn. Ein schwacher Trost, den Jay sich hart erarbeitet hat. Er weist die beste Fangquote aller AHL-Torhüter auf. Und das, obgleich er mit seinen 1,78 m für einen Eishockeytorwart wahrlich kein Titan ist. Sein Zauber wirkt durch gute Übersicht und eine vortreffliche Reboundkontrolle.

Der Parkplatz ist um diese Uhrzeit menschenleer, ein paar PKW, Wohnmobile und Pickups stehen herum, ein Neunachser versperrt die Sicht zu einem Fastfood-Laden, aus dem ab und zu, wenn jemand das Lokal betritt oder verlässt, Musik nach außen dringt. Die Luft ist bratfettgeschwängert, es riecht nach nassem Beton, nach Benzin und frischem Schnee.

Gerade will Jay den ersten rituellen Schneeball formen, als er eine dunkle Gestalt bemerkt, die sich ihm ohne ein Wort in den Weg stellt. Alles geht sehr schnell. Den ersten Schlag sieht er nicht kommen. Die Eisenstange verfehlt seinen Kopf und zerschmettert ihm das Schlüsselbein. Er torkelt nach vorn, fällt aber nicht. Dann wird sein Kopf getroffen. Jay fällt vornüber, zuckt, bleibt regungslos liegen. Schreien will er, doch dafür fehlt ihm die Luft. Seine Beine sind aus Blei, keine Faser seines Körpers will ihm mehr gehorchen. Die Gestalt beugt sich über ihn, Atemschwaden kondensieren zu weißen Wölkchen. Sie steigen wie Seifenblasen in die Höhe. Das Letzte, was Jay wahrnimmt, ist erst ein warmer, dann ein eiskalter Hauch des Todes, während sich jemand mit einer Axt an ihm zu schaffen macht. Erstaunlicherweise spürt er keinen Schmerz. Seine Augen sind schreckensweit geöffnet. Knochen splittern, und Blut färbt den schneebedeckten Boden rot, wie ein dicker Nebel auf einem Kandinsky-Bild.

Zuerst verschwimmen die Farben, die Umrisse der Gebäude. Bis endlich alles nur noch sehr still ist. Es kommt ihm vor, als würde er mit Kopfhörern unter Wasser tauchen. Mit Kopfhörern, aus denen die knarzige Singstimme Bob Bissonnettes flüstert und dann erstirbt.

Etwa zur gleichen Zeit hocken in Hitchkowskis Wohnzimmer, neben dem Gastgeber, die Detectives Brooks, Hayashi und Quintal an einem halbrunden, lodernden Kamin mit silbernem Aufsatz und erwarten hohen Besuch. Carry French gab den Kollegen einen Korb. Als alleinerziehende Mutter fiel ihr die Wahl zwischen der Teilnahme an einem nicht durch Penner abgesegneten Arbeitstreffen oder Tanzfilm-Popcorn mit der elfjährigen Tochter leicht. Die Münze fiel zugunsten von John Travolta und Olivia Newton-John in »Grease«, aus der Cineplex-Reihe »Classic Films«.

Die vier Cops warten auf die Psychologin Doktor Jayden Miller, in Begleitung ihrer Patientin und Zeugin in einem Mordfall: Ella Jones. Dass Miller den Job annehmen würde, hatte sie Brooks am Nachmittag bekanntgegeben. Es sei denn, sie würde nach einem negativen Verlauf des Abends noch zu einem gegenteiligen Urteil kommen.

Da das Treffen höchst inoffiziell ist, musste Brooks Ellas Leibgardisten Ozechowski vorübergehend abziehen lassen. Im Anschluss soll die Bewachung am Martin-Anwesen in Inglewood fortgesetzt werden. Die Spurentechniker hatten das Haus endgültig freigegeben, und Ella war gewillt, unter Polizeischutz dorthin zurückzukehren. Brooks' Ansage: »Ich kümmere mich heute Abend persönlich um Jones und melde mich, sobald du sie wiederhaben kannst«, könnte den, seiner Meinung nach, zutiefst ungerechtfertigten Ruf als Rosenkavalier verstärken. Was sich Ozechowski bei dem schalkhaften Satz: »Eine Zeugin in einem Mordfall ist für jeden Ermittler absolut tabu« dachte, konnte Brooks nur vermuten. Wahrlich, es gibt auf der Welt eine stattliche Anzahl von Problemen, ohne die er sehr gut leben konnte. Mit einem Grinsen beendet er ein Gespräch auf seinem Handy und verkündet, dass er sich zum morgigen Spiel der Oilers mit Leonard Zacher im Rogers Place verabredet hat. »Ratet mal, wer noch mit von der Partie ist?«, fragt er in die Runde, sieht dabei aber Toshi an. Die zuckt mit den Achseln.

»Ave Andrews. Unsere geheimnisvolle Krankenschwester. Wir haben VIP-Tickets.« Toshi klappt die Lider herunter und antwortet brüsk: »Grundgütiger. Vergiss nicht, ihr die Rechte vorzulesen, sofern du hinterher was protokollierst.«

»Keine Sorge, wenn nichts dazwischenkommt, treffe ich mich mit ihr vorm Spiel im Büro.«

»Wie schön für dich! VIP-Karten, mit Zeugen zum Hockey ... Wir wissen von nichts, aber mach du mal dein Ding.«

Mit einer stählernen Kaffeekanne und bunten Porzellanbechern taucht Hitchkowski gerade aus der Küche auf, als es an der Haustür läutet. Brooks eilt in den Flur. Mäntel werden abgenommen, Schnee wird von Schuhen geklopft. Seitdem Hitchkowski das alleinige Sagen im Haus hat, ist es Gästen absolut gestattet, die Straßentreter anzubehalten. Filzige, schweißige Ersatzpantoffeln sind seit dem Tod seiner Frau tabu. Der Hausherr schenkt Kaffee aus, als Ella und Miller ins Kaminzimmer hereingeführt werden. Man begrüßt sich mit steifem Händeschütteln, stellt einander vor, Quintal deutet auf zwei freie Stühle. Als alle sitzen, rührt Brooks mit beeindruckender Sorgfalt in seinem Becher herum und versucht, die Anspannung gering zu halten.

»Was müssen Sie jetzt denken? Da parken wir unsere Pobacken wie Figuren in einem Gemälde um einen Kamin herum und treffen uns mit Ihnen nach Dienstschluss.« Brooks blickt zwischen Miller und Jones hin und her, erwartet jedoch keine Antwort. Beide sitzen in verlegenem Schweigen da. Ella wirft einen schüchternen Blick in den Halbkreis und erwidert: »Sieht mir hier alles aus wie eine gut durchorganisierte Hockeyhöhle.«

Hitchkowski grinst stolz über beide Wangen.

»Heute übertragen sie leider kein Oilers-Spiel, und, howdy, ich weiß, Sie leben eigentlich in Cow-Town. Auch unsere liebsten Freunde, die Flames, haben Ruhetag.« Quintal auf die Schulter schlagend verkündet er hochmütig: »Der hier mit den Schnellfickerschuhen stammt aus Big Wasy North, aus Montreal. Haben Sie bestimmt am Akzent erkannt. Vielleicht verraten ihn auch seine hübsch gegelten Haare. Die Habs spielen zwar heute, aber diese Loser kann sich ja keiner anschauen. Außerdem ist Quint Experte für Wirtschaftskriminalität. Sie sollten ihn nicht zu nah an Ihre Bücher lassen.«

Quintal schaut ihn grimmig an, Miller spricht im makellosen François Québécois das aus, was beide justament über Hitchkowski denken: »Machen Sie sich nichts draus. Ein blasierter Typ ohne Benehmen.« Verschwörerisch nickt Quintal ihr zu und ergänzt: »Das arme Russenkind spricht nicht einmal Französisch. Na ja, immerhin schmeckt sein Kaffee. Wo sind Sie bloß hier reingeraten?«

Hitchkowski schaut zunächst irritiert zu Boden. Auf ein Schulterzucken folgt eine entschuldigende Geste, dann wird er sachlich. »Netter Einstieg. Bevor wir länger um den heißen Brei herumreden: Mrs. Miller, Detective Brooks wird es Ihnen bereits erklärt haben. Für Ihre Begleitung will ich es erörtern. Wir Cops bewegen uns auf sehr dünnem Eis. Unser Boss weiß nichts von diesem Treffen. Alles, was Sie gleich hören, darf diese vier Wände nicht verlassen. Wir würden Sie morgen offiziell als forensische Ermittlerin in der Polizeizentrale vorstellen wollen. Sie, Ella, müssen bitte unbedingt im Hintergrund agieren. Als Zeugin und Bekannte eines Mordopfers haben Sie hier so viel zu suchen wie eine Wespe auf dem Geburtstagskuchen, verstehen Sie?«

Ella würgt einen Schluck Kaffee runter. »Klar.«

»Wir möchten Sie an den Ermittlungen teilhaben lassen. Mrs. Miller erwähnte, hilf mir, James ...« Brooks übernimmt: »Dass Sie der Schlüssel zu den Morden sein könnten, dass wir mit Ihrer Hilfe Jamanka erwischen könnten. Überall, wo Sie auftauchen, spielt der Saukerl mit der Polizei Hase und Igel.«

Mit ernstem Gesichtsausdruck fährt Toshi fort: »Wir sind weltweit in den Schlagzeilen, der Druck ist riesengroß.« Unterm Stuhl gräbt sie einen Laptop hervor, startet ihn und loggt sich ein. Miller entnimmt ihrer Umhängetasche ein Spiralennotizbuch samt Stift. Mit großem Staunen blickt Ella in die Runde, ihr Gesichtsausdruck pendelt zwischen Überraschung und Verwirrung. »Ich fasse mal zusammen: Indem Sie Mrs. Miller und mich in die Polizeiarbeit einbeziehen, reiten Sie auf der Rasierklinge. Sie weihen mich in Hintergründe ein, die ich nicht hören sollte. Andererseits weihe ich Sie in Dinge ein, die ich bei meiner vereidigten, bruchstückhaften Aussage für eher therapeutisch signifikant hielt. Darüber hinaus soll ich ohne formellen Gerichtsbeschluss über meinen Ex-Patienten Robert Jamanka sprechen und meine Schweigepflicht mit Füßen treten. Ganz schön heikel. Die therapeutische Verquickung mit Mrs. Miller ist kein Problem?«

»Doch, schon«, gibt Quintal kleinlaut zu und unterdrückt einen Seufzer. »Wenn das rauskommt, stellt der Staatsanwalt Mrs. Millers Arbeit als implausibel dar. Das ist uns zu diesem Zeitpunkt aber schnuppe.«

Ella öffnet in der Hoffnung auf Brownies eine Keksdose auf dem Tisch. Sie ist leer. »Aha«, kommentiert sie mit einem ironischen Unterton. Brooks wendet sich Miller zu. »Psychologie ist nicht unsere Stärke. Auf diesem Gebiet sind wir unterbelichtete Schattenpriester. Die Abgründe menschlicher Grausamkeit überlassen wir besser Ihnen. Wie sieht die Therapie Ihrer Patientin aus?«

Miller schmunzelt.

»Detective, das darf ich Ihnen absolut nicht verraten. Fragen Sie Ella selbst.«

»Hypnose«, kommt es wie aus der Pistole geschossen. »Damit beginnen wir übermorgen.«

»Hypnose?« Brooks ist leicht bestürzt.

Ella nickt. Verlegenes Schweigen. Brooks' Blick wandert über Ellas Gesicht.

»Das ist so was wie Traumdeutung, Gedächtnistrickserei, oder?«

»Moment.« Toshi zieht den Begriff als Google-Fisch aus dem Netz und trägt vor: »Der Name leitet sich vom griechischen Wort Hypnos ab, was Schlaf bedeutet. Hypnose ist ein Vorgang, der nicht durch den Willen beeinflusst werden kann, sondern der die freiwillige Bereitschaft und das Vertrauen voraussetzt, einen Zugang zum Unterbewusstsein zu öffnen. Unter Hypnose versteht man einen tranceähnlichen Zustand, in den ein Mensch, meist mithilfe eines Hypnotiseurs, versetzt wird. So bleibt man mit der Außenwelt verbunden. Das Traumsymbol der Hypnose öffnet Kanäle zu spirituellen Ebenen und ermöglicht den Zugang zu einem erweiterten Bewusstseinszustand.« Mit einem Nicken in Richtung Brooks endet Toshis Vortrag. Der rollt mit seinen Augen, hebt fragend die Handflächen, presst sie an die Brust und schaut Miller skeptisch an. Vorsichtig fügt sie hinzu: »Im Gegensatz zum Traum, in dem uns eine surreale Welt verschiedener Ebenen ohne Trennung aus Fantasie und Realität begegnet, eröffnet uns die Hypnose ganz andere Dinge, eine genauere Retrospektive unseres Unterbewusstseins. Im Traum stolpert man über die großen Fragen des Lebens, in der Hypnose über naheliegende Antworten. Eine Hypnosereise ist das willentliche Herbeiführen einer inneren Entspannung, damit unterschwellige Themen in die Erkenntnis geholt werden können. Die Sequenzen stehen symbolisch gegen den ewigen Kreuzzug der Abspaltung und Verdrängung.«

Brooks wiegt den Kopf hin und her. »Ein Schulterklopfer fürs Unterbewusstsein. Dann eben Hypnose. Was immer es da zu entdecken gibt. Wissen Sie, ich träume seit Tagen von den Chicago Blackhawks, das sind wahre Albträume. Da kann man sich nur an den Kopf fassen. Wenn wir den Fall gelöst haben, würde ich gerne ...« Quintals harter Blick gibt Brooks zu verstehen, dass er das nicht lustig findet, und Brooks verkneift sich den Rest vom Satz. Quintal schüttelt den Kopf und fährt fort: »Stichwort: Hintergründe. Miss Jones, danke für Ihre kluge Auffassungsgabe vorhin. Ich schlage vor, unser Besuch klärt uns Cops zunächst über therapeutische Kohärenzen auf. Von großer Relevanz ist dabei die Rolle Robert Jamankas. Ich betone: Wir stehen, gelinde gesagt, reichlich auf dem Schlauch und haben keinen Schimmer, welche Rolle dieser Kerl einnimmt und vor allem, warum das alles geschieht. Im Anschluss legen wir mit dem Stand der Ermittlungen los.«

Hitchkowski mimt den Bodybuilder, reckt beide Arme in die Höhe und fügt milde hinzu: »Danach sollten wir dicke Zigarren rauchen.«

Bei Diet Coke und noch mehr Kaffee dauert der Austausch zwei Stunden. Ellas Bericht beginnt mit Jamankas Audienz in Calgary, das Verschwinden ihres Vaters kommt genauso zur Sprache wie der freundschaftliche Bezug zu Travis Martin. Die Worte perlen nur so von ihren Lippen, alles scheint von Belang zu sein. Quintal tippt ins Notebook: »Mögliches Mordopfer: Matt Jones, zuletzt gesehen am 16. Februar 1997, damals 27 Jahre alt, Blackfoot-Siksika.« Miller hinterfragt die Polizeirecherchen bis aufs kleinste Detail, schreibt und skizziert ohne Unterlass. Toshis Gesichtsmuskeln leisten beim Ablesen der Daten Höchstarbeit. Kein Item fehlt. Die Verflechtung von Ave Andrews mit Dave Marvel ist für die Psychologin von besonderem Interesse, und als der Name Terry Wheeler fällt, zuckt sie unwillkürlich zusammen. Am Ende spendiert Hitchkowski Bulbash für alle. Fast herrscht dabei eine verschwörerische Atmosphäre.

Ella wird von Toshi zum Travis Martin-Grundstück kutschiert, wo Ozechowski und ein weiterer Officer bereits im Zivilwagen Posten bezogen haben. Miller bleibt etwas länger. Brooks bereitet sie auf Staff Sergeant Penner vor und setzt ihn als netten, aber cholerischen Wichtigtuer in Szene. Schließlich fährt sie im blauen Ford Bronco vom Hof. Der Abend hätte so friedlich enden können.

»Feierabend ist nicht! Kam gerade über Funk: Leiche auf dem Parkplatz am Busbahnhof. Verdammt! Impark, 104th Avenue, das ist auf dem Weg zur Oilers-Arena. Na, leck mich doch, die Handys waren stummgeschaltet. Wir sind zwar nicht im Dienst, aber da müssen wir hin! Kann zu unserem Fall gehören.« Brooks und Quintal hocken geistig schon bei Feierabendpizza und Bier, als Hitchkowski ihnen diese Wortsalve am Hauseingang entgegenschmettert. Eigentlich hatte er nur vorgehabt, das Funkgerät im Wagen zu überprüfen, und jetzt das. Ellas Satz nach der Begegnung mit Jamanka fällt ihm wieder ein: »Er hat Eric geholt, er hat Travis geholt, er will Jay holen.« Hitchkowski startet seinen Camry, winkt Brooks und Quintal ungeduldig herbei und gibt Vollgas, noch bevor die Kollegen im Wagen angeschnallt sind. Brooks aktiviert sein Handydisplay, es ist halb elf. Drei unbeantwortete Anrufe von Toshi. Verschleierte Augen verfolgen das monotone Hin und Her der Scheibenwischer, Schneefall hat eingesetzt. Keine zehn Minuten später kommt der Wagen mit blinkendem LED vorm gelben Absperrband zum Stehen. Streifenpolizisten geleiten die Detectives zum Tatort. Kameras werden geschultert, Fotoapparate blitzen, Mikrofone schnellen hervor, Lichtkegel flattern. Mit vereinten Kräften wird die Pressemeute wie ein lästiger, immer wiederkehrender Ausschlag zurückgedrängt. Eben erst wurde ein Tatortzelt errichtet, wurden fahrbare Scheinwerfer in Position gebracht.

Toshi ist bereits vor Ort und wirft im weißen Tyvek-Overall einen konsternierten, beinahe meditativen Blick in den Himmel, so, als hätte sie eben E.T. in einem Fahrradkorb vorbeifliegen sehen. Brooks weiß, was das bedeutet. Die Partnerin sammelt sich, um keiner Ohnmacht anheimzufallen. Schließlich hat sie gerade Bekanntschaft mit einer Leiche gemacht. Quintal blickt Toshi fragend an. Sie wischt den Schnee aus dem Gesicht und schaltet ihr Gehirn auf Autopilot, die Stimme ist schroff und heiser. »Da drüben liegt Jay Bayet, junger Goalie der Bakersfield Condors aus der AHL.

Hätte morgen als Backup auf der Oilers-Bank sitzen sollen. Der Coaching Staff meldete ihn als vermisst. Bayet ist nicht wie verabredet zum Training erschienen, hat aber vorher im Hotel eingecheckt. Drüben steht sein Auto.« Sie deutet in Richtung eines roten Hondas. »Ein Leihwagen vom Flughafen.« Brooks schwirrt der Kopf, er unterbricht sie: »Meine Güte, Tosh. Du siehst aus, als sollten wir dich an eine Beatmungsmaschine anschließen.«

»Nun lass sie doch mal«, grätscht Hitchkowski dazwischen. »Gehört Bayet zu unserem Fall? Fehlt dem Mann ein Körperteil?«

Toshi nickt: »Bayet war Rechtsfänger.«

»Die rechte Hand?«

»Unterhalb der Schulter ist der komplette Arm abgetrennt, das Blut muss nur so gesprudelt haben. Für den Knock-out vor der Schlachtung wurde eine Eisenstange verwendet.«

»Sonst irgendwelche netten Hinterlassenschaften?«, will Quintal seelenruhig wissen.

»Ein neues Hockeygedicht, ›Rückennummer 72‹. Als Mordwerkzeug tippe ich erneut auf eine Axt. Wie bei Zacher und Martin hat unser Liquidator das Ding scheinbar wieder mitgenommen. Der Tatort ist notdürftig mit Fallmarkern abgesteckt, schaut euch die Schweinerei am besten selbst mal an.«

»Und der Arm? Auch weg?«

Toshi zieht die Stirn in Falten und nickt erneut.

»Mon dieu! Tabarnac!«

Auch Brooks muss schlucken. Augenblicklich fällt es ihm ein: Gemeinsam mit Carl hatte er Jay Bayet vor einiger Zeit im Rogers Place spielen sehen. Der Junge machte eine prima Figur und haute einige Monstersaves raus. Hitchkowski verschränkt die Arme, zuckt mit den Achseln und fragt: »Wollen wir wetten, dass der Fanghandschuh fehlt?«

Nüchtern erwidert Brooks: »Da könntest du recht haben. Sobald wir an den Honda dürfen, würde ich mir zuallererst das Hockeybag anschauen wollen. Liegt sicherlich im Kofferraum.«

Zerknirscht zieht Toshi die Mundwinkel nach unten, an Hitchkowski gewandt sagt sie: »Wollen wir Carry anrufen?«

»Nicht nötig, die soll ruhig in ihrer Muttirolle aufblühen.« Brooks pflichtet ihm bei: »Das schaffen wir allein. Unseren Novizen hätte ich dagegen sehr gerne vor Ort. So ein Sandwich am späten Abend ...«

Schmunzelnd fällt ihm Toshi ins Wort: »Von wegen. Dem müssen wir Lob zollen. Du wirst es kaum glauben, aber Pratt war als erster hier. Ohne den kleinen Liam hätten die von einem Gassigeher gerufenen Cops nur Mist gebaut. Der eine war gerade dabei, eine Jacke über die Leiche zu legen.«

»Und der zweite wollte sie todsicher wiederbeleben?«

»Fast. Doc Maccoll hätte getobt.«

Während sich die anderen zum Tatort aufmachen, lehnt Brooks an einem Kastenwagen des Forensikertrupps. Der leere Magen rebelliert. Von gegenüber weht ihm der Duft gebratener Burger entgegen. Bevor er sich in einem Overall wie in der Sauna vorkommt, um auf Leichenvisite zu gehen, beschließt er, dem Fastfood-Laden einen Besuch abzustatten. Mit dem größten Vergnügen wird er von dort Penner aus dem Bett klingeln. Und wo das Handy bereits vom Gürtel gezogen ist, kann er auch gleich Jayden Miller auf den neusten Stand bringen.

11

Am nächsten Morgen wird Miller trotz früher Stunde taufrisch und perfekt frisiert von einem Constable in den War Room geleitet. Bis auf Penner, der sich nachdenklich die nunmehr dritte Opferwand anschaut, ist noch niemand anwesend. Hüstelnd kramt Miller aus ihrer Tasche eine Akte hervor und legt sie auf einen der Tische. Penner dreht sich wie ein erwischter Ladendieb um.

»Sie müssen die Profilerin sein. Mrs. Miller?« Er hastet auf sie zu, reicht ihr die Hand. »Brooks hat mich gestern am späten Abend vorgewarnt.«

»Vorgewarnt?«

»Entschuldigung, gedanklich bin ich gerade auf dem Mars.« Penner lässt sich schlaff in einen Stuhl sinken. Millers strahlendes Lächeln blendet ihn beinahe. »Gewürzt mit positiven Referenzen wurden Sie derart hochgelobt, dass ich Ihrer Einberufung nur zustimmen konnte. Willkommen beim Police Service. Wir haben alle Formalitäten geklärt. Ausweis und Schlüsselkarte, klein- und großteiliges Arbeitsgerät werden Ihnen im Laufe des Tages ausgeteilt. Sie befinden sich gerade in unserem Konferenzzimmer, wir nennen ihn den War Room. Hat Brooks Sie über den gestrigen Vorfall in Kenntnis gesetzt?«

»Ja, er hat mich angerufen ...« Penner schneidet ihr jäh das Wort ab. »Dann wissen Sie es schon. Wir haben eine dritte Leiche. Grausames Brauchtum. Eine Mordserie, lauter zerhackte Hockeyspieler, dazu krude Poesie.« Er deutet auf die Bayet-Stellwand und ergänzt: »Es war ein gravierender Fehler, dass uns niemand über Bayets Blitztransfer nach Edmonton informierte. Einen Jay hatten wir auf der Tötungsliste ganz oben.« In der Wandmitte pinnt eine Fotografie des sichergestellten Hockeygedichtes. Miller liest es monoton ab.

Rückennummer 72

Kein Passweg ist frei.
Sie kommen, sie dringen in die Zone ein.
Die Menge schreit, schickt Stromstöße.
Selbst wenn alle Hoffnung verloren ist,
wenn du überrannt wirst,
stirbst, kämpfst du für das, was dir gehört.
Du gibst niemals auf, es ist Hockey.
Goalies tragen keine Sombreros,
Goalies tragen Masken,
unter denen man keine Tränen sieht.
Das Geräusch eines Pucks, der im Netz einschlägt,
gleicht dem Geräusch eines Düsenjets, der auf ihren
Zungen landet.

»Ist das nun geistreich oder banal? Poesie und Tod. Welch grausiger Kontrast.«

Penner sucht Millers Blick, doch die Psychologin scheint in grüblerisches Brüten vertieft zu sein. Sie schaut ihn erst an, als er andeutet, in die Hände klatschen zu wollen.

»Poesie und Tod schließen einander nicht aus«, sagt sie ruhig. Penners Handy piepst, er drückt es auf stumm. »Ich werde noch wahnsinnig. Das Ding hält mich auf Trab.«

»Gehen Sie ruhig ran.«

»Das war Constable Pratt, der gehört zum Team und erscheint wie die anderen ohnehin gleich zum Meeting. Moment.« Penner holt einen Block aus der Hosentasche hervor, setzt sich eine Lesebrille auf. Er blättert die Seiten um und fasst zusammen: »Die überschriftliche Rückennummer passt zum Opfer. Bayet trug vom College bis zu den Bacos, das ist der Kosename für die Bakersfield Condors, die #72. Bei den Oilers ist sie durchs Maskottchen besetzt. Sie gaben ihm die #52.« Er unterbricht seinen Redeschwall, beugt sich vor und fragt: »Ehrlich gesagt ist meine Liebe zum Hockey etwas eingestaubt. Wie steht es mit Ihnen?«

Ohne auf die Frage einzugehen antwortet Miller: »Welcher Aspekt sprach für die #72?«

»Haben wir recherchiert. Bayets Vater trug sie. Er war ein vielversprechender Außenstürmer, ist früh gestorben...« Miller unterbricht ihn: »Hatte Jay Bayet indigene Vorfahren?« Penner stutzt, sieht in seinem Block nach.

»Die Mutter ist waschechte Franko-Kanadierin, der Vater kam im Reservat 146 zur Welt. Demnach ein Blackfoot.«

»Das ist kein Zufall«, kombiniert sie. »Matt Jones und Travis Martin lebten gleichfalls dort. Wer nicht ins Raster passt, ist der deutsche Junge, Eric Zacher.«

»Allen Opfern fehlen Körperteile samt eines speziellen Eishockey-Ausrüstungsgegenstandes. Bei Bayet rechneten wir mit einem fehlenden Fanghandschuh, weil er Goalie war. Aber das war ein Holzweg. Den linken Schlittschuh hat sich der Täter geschnappt. Ich will es nicht verkomplizieren. Lassen Sie mich Ihnen deshalb eine schnelle Übersicht unterbreiten.« Penner hebt zu einem Vortrag an, doch Miller fällt ihm erneut ins Wort. »Danke. Über die signifikanten Fakten bin ich bestens informiert.«

»Das merke ich. Sie stecken bereits tief in der Materie drin. Wann haben Sie denn …?« In diesem Augenblick macht sich der ankommende Kollegenpulk polternd bemerkbar. Penner weist der Psychologin einen Stuhl neben sich an der Tischfront zu. Ein Platz bleibt frei, Liam Pratt fehlt.

»Miss French, wo ist Ihr Partner?«

Mit dem Reißverschluss der schwarzen Knautschlederjacke kämpfend, entgegnet Carry: »Pratt hat im Büro geschlafen, die Spurenlage gecheckt und die Wand hergerichtet. Es gab vor einer halben Stunde einen Anruf aus West Edmonton. Angeblich soll Jamanka in einem Greyhound auf dem Weg nach Fort McMurray gesehen worden sein. Ich habe veranlasst, dass der Bus am Transit Centre, Jurassic Forest, länger als geplant hält. Pratt kontrolliert die Ladung, und fertig.«

Penner guckt sie perplex an.

»Sie lassen Pratt da alleine hinfahren?«

»Er hat ein Navi, er weiß damit umzugehen und jagt unser Phantom routinemäßig die Highways hoch und runter. In der Summe war das heute der achtundneunzigste Anruf mit einem Jamanka-Hinweis. Herausgekommen ist bisher nichts. Liam wird es überleben.«

Miller kann Penners Gedanken lesen. Sie handeln vom Erwürgen einer ihr bisher nicht vorgestellten Ermittlerin, die einen Hauch zu viel betörendes CK One-Parfum aufgetragen hat. Sich die Notizen vom gestrigen Treffen in Hitchkowskis Wohnzimmer noch einmal vor Augen führend, wendet sie sich mit prüfendem Blick Carry zu.

»Detective French?«

»Ja, Ma'am. Jayden Miller, richtig?«

»In der Tat. Verheiratet, zwei Kinder.«

Miller versucht ihre Anspannung zu verbergen und bemüht sich um einen neutralen Klang in der Stimme.

»Entschuldigung, wenn ich mich bereits einmische. Robert Jamanka soll auf dem Weg nach Fort McMurray sein? Sie wissen, dass sein Bruder Clifford dort eine Autowerkstatt betreibt?« Die Plaudereien unter den Detectives ebben ab. Carry schaut sie mit großen Augen an.

»Das steht in keiner Akte. Hitch, Brooks, ist das irgendwo vermerkt?«

Quintal deutet verwundert auf die Jamanka-Notizen an den Tatortwänden.

»Natürlich. Hast du selbst angeschrieben.« Er reißt ein Post-it ab und liest stoisch vor: »Fort McMurray, District Timberlea, Confederation Way, Petro-Canada-Tankstelle mit Kfz-Werkstatt, Inhaber Clifford Jamanka.« Er hält ihr den gelben Zettel unter die Nase.

»Hallo? Den hatten wir schon im Verhörzimmer.« Carry wird kreideweiß, sie greift zum Festnetztelefon, drückt auf eine Kurzwahltaste, ihr Hirn läuft auf Hochtouren. Warum sollte Kanadas Flüchtiger Nummer Eins in einem Überlandbus voller Passagiere, am helllichten Tag, auf Familie machen und den Bruder besuchen? Das Gespräch wird nach quälenden Sekunden angenommen.

»Hallo Pratt? Hier French. Wo steckst du?«

Carry stellt das Gerät auf laut. Knisterndes Schweigen. Alle hören gespannt zu.

»Detective French?«

»Das ist nicht Pratts Stimme«, entfährt es Penner. »Grundgütiger!« Er schaudert.

»Stimmt, das ist korrekt.«

»Wer sind Sie? Sie telefonieren mit dem Handy eines Officers.«

»Das ließ sich nicht anders regeln, kommen Sie lieber her.«

»Sind Sie Robert Jamanka?«
»Der bin ich.«
Ein Rauschen, dann ist das Gespräch unterbrochen. Lautes Tuten dringt allen durch Mark und Bein. Penner schüttelt panisch den Kopf, während er verzweifelt versucht, Worte zu finden. Als er mit der Faust auf den Tisch schlägt und brüllt: »Verdammte Scheiße, French, die hellste Kerze am Baum sind Sie wohl nicht?«, ist die Lähmung wie weggeblasen. Brooks beeilt sich, Pratts Handyortung in die Wege zu leiten. Hitchkowski hat Greyhound Canada an der Strippe, Toshi schickt über Funk den Major Code 200 auf die Reise, über den Highway Richtung Fort McMurray: »Officer in Schwierigkeiten. Keine Übung.« Drei Besatzungen der Bundespolizei im nähergelegenen Redwater geben ihr knappes Okay und rasen los. Carry starrt regungslos auf den makellos roten Lack ihrer Fingernägel, Penner Löcher in die Luft, Miller malt Wolken ins Notizbuch, Hitchkowski bestellt bei der Fahrbereitschaft einen Land Rover Defender. Er soll subito abfahrbereit vor der Zentrale stehen. Es dauert endlose Minuten, bis erste Koordinaten und Hinweise vorliegen. Laut GPS steht der Bus in Höhe Abee auf dem Highway 63 am Abzweig Township Road 610 Richtung Hollow Lake. Letzter Halt war das Transit Centre am Jurassic Forest, wo auch Pratts verlassener Buick geortet wird. Dazwischen liegen gut fünfzig Kilometer. Laut eines Greyhound-Mitarbeiters mussten alle Passagiere am Transit Centre aussteigen. Man habe das Ganze für eine nicht koscher kommunizierte Übung des privaten Sicherheitsdienstes gehalten. Danach fuhr der Bus weiter und ignorierte sämtliche Stopps der Route. Die Polizei habe man zunächst nicht eingeschaltet, sondern versucht, mit dem Fahrer Kontakt aufzunehmen. Erst als der sich nicht meldete, war klar, dass

etwas nicht stimmen konnte. Gerade sei man dabei gewesen, die Polizei zu alarmieren.

Pratts Handydaten weisen dieselbe Ortung auf wie die des gestrandeten Busses, Toshi fügt sie der Funkmeldung hinzu. Alle werfen sich Jacken und Mäntel über und rennen beinahe einen Constable über den Haufen, der mit einem Teller Leckereien um die Ecke kommt. Er reicht Toshi ein Sandwich, dankbar greift sie zu. Was auch immer gleich geschehen möge, eine Leiche auf nüchternem Magen kommt nie gut. Noch dazu eine vertraute: Liam Pratt. Daran will sie jetzt nicht denken. Wenn der Highway frei ist und es schnell geht, dürften sie in einer knappen Stunde am Bus sein.

»Na los, Mrs. Miller, wir nehmen die nächste Treppenflucht.« Penner treibt die Psychologin vor sich her und greift sich Carry. Langsam kann sie einem leidtun.

»Wo waren Sie gestern? Haben sich freigenommen? Sie waren nicht am Tatort«, teufelt er auf sie ein.

»Nun ist aber gut«, versucht Quintal keuchend die Lage zu befrieden. »Carry war mit ihrer Tochter im Kino, wir haben sie nicht angerufen, das passt schon.«

Brooks pflanzt sich im Land Rover neben Miller, zieht die Glock und prüft knurrig, ob sie vollständig geladen und gesichert ist. Dann lässt er die Waffe ins Schulterhalfter gleiten und nickt der Psychologin beruhigend zu. Hitchkowski sitzt am Lenker, lässt unter Blaurotlicht die Sirene aufheulen. Er legt den Gang ein, gibt Gas. Kies, Schnee und Dreck spritzen auf, der Wagen biegt auf die Jasper Avenue Richtung Norden ein und rasiert beinahe ein Verkehrsschild. Wild hüpft das Scheinwerferlicht über den Asphalt. Carry zeigt keinerlei Emotionen, schweigt eisern und blickt aus dem Fenster. Das verglaste Monstrum EXPO Centre zieht vorbei und verschwimmt wie in einem weichgezeichneten, französischen Film. Der Wagen brettert nahezu ungebremst über Kreuzungen, überfährt rote Ampeln. Leichthin überlegt Miller, ob sie unter diesen Umständen Penner weitere Details über den Polizeieinsatz der letzten Nacht entlocken soll, lässt es aber bleiben. Warum sie sich überhaupt überrumpeln ließ und ins Auto gestiegen ist, fragt sie sich. Doch geschenkt. Die Neugier, bald womöglich Ellas Albtraum Robert Jamanka Auge in Auge gegenüberzustehen, ist einfach übermächtig. Ein tief verwurzelter Überlebensinstinkt lässt Miller nach dem Sicherheitsgurt greifen, der nach einer Weile klickend einrastet. Auf dem Highway 15 werden die Außenbezirke mit ihren Industrieanlagen in atemberaubender Geschwindigkeit durchpflügt. Von nun an gibt es nichts außer hügeliger Prärie, übermantelt von der dicksten Schneedecke, die Westkanada seit Jahren gesehen hat. Schulterhoch säumt die weiße Pracht den Highway, an den Bäumen biegen sich die Äste. Wie Hahnenkämme stechen sie aus dem Schnee hervor. Die einzigen Anzeichen einer erlahmten Zivilisation sind Strom- und Telefonmasten, die zu weit verstreuten Farmhäusern führen.

Als sie aufbrachen, war der Himmel hellblau gewesen. Jetzt verdunkelt er sich zu einer trüben Zinnmasse, die Sichtverhältnisse werden schlechter. Säßen sie in einem Helikopter, kämen sie um ein Abdrehen nicht herum. Mit nervösen Fingern trommelt Hitchkowski auf dem Lenkrad herum und blickt stur geradeaus, die Wischer auf die schnellste Stufe gestellt. Immer wieder peitschen Windböen Nässe und Dreck gegen die Scheiben. Wenn langsam fahrende Trucks auf der schmalen, zweispurigen Straße überholt werden, muss er blind fahren, die Luftzirkulation bringt den Wagen ins Schlingern. Ohne den Blick vom Highway abzuwenden, schickt er Stoßgebete gen Himmel, übertönt das Funkgerät, das Surren des Heizgebläses. Mit einem Mal fragt er besorgt: »Ihr wisst schon, dass Pratt Goalie in unserem Polizeiteam ist?« Penner, der neben ihm sitzt, nickt angespannt und erwidert: »Ja, das habe ich erwähnt, hat ihm bei French aber keine Punkte eingebracht.« Hitchkowski fügt eine weitere Fußnote hinterher: »Er ist ein guter Goalie, nicht überragend, aber gut. Wenn unsere Defensive Schwimmflügel trägt, ist er da.«

»Wir müssen mit dem Schlimmsten rechnen. Mrs. Miller ...« Penner dreht sich zu ihr um. »Morgen früh ist ein Meeting im Bowling Bunker angesetzt, alle verfügbaren und an den Ermittlungen beteiligten Cops tauschen sich aus. Dort werden wir Sie vorstellen und Ihnen den offiziellen Anstrich verleihen.« Eine kurze Pause entsteht. Miller zieht die Brauen hoch und fragt: »Bowling Bunker? Wird mit fünf oder mit zehn Pins gespielt?« Eine Antwort erhält sie nicht. Penner mustert sie mit durchdringenden Blicken und fährt unumwunden fort: »Sie müssen dort nichts vortragen. Der Bowling Bunker ist nicht Ihre Spielwiese. Man würde Sie nur wie einen Schweizer Käse mit Fragen löchern. Nichts als Zeitverschwendung. Nach meinem Gusto gehören psychologische Fallanalysen ausschließlich einem kleinen Ermittlerkreis zugänglich gemacht. Gemeint sind damit die Kollegen in diesem Wagen, und, so Gott will, Constable Liam Pratt.« Miller nickt zustimmend, Penner ergänzt: »Bei Einsätzen wie diesem will ich Sie dabeihaben. Verschaffen Sie sich Eindrücke, bleiben Sie im Hintergrund. Wenn wir nachher an der frischen Luft sind, seien Sie gewappnet und ziehen Sie vorher eine von den schusssicheren Westen über.« Verschwörerisch deutet er auf eine Kiste im Fond. »Von diesem Drecksack Jamanka wird sich keiner mit Kugeln tätowieren lassen.« Millers Magen zieht sich zusammen. Die Reifen wummern weiter über den schneebedeckten Asphalt.

Zur selben Stunde wird der ins künstliche Koma versetzte Intensivpatient Terry Wheeler auf eine neuerliche Operation im Universitätsklinikum vorbereitet. Nach dem Verkehrsunfall vor etwas mehr als zwei Wochen ist sein Zustand nach wie vor kritisch. Er trug ein Polytrauma, einen Milzriss sowie eine nicht dislozierte Fraktur der oberen Halswirbelsäule davon. Diesbezüglich war es laut Bildgebung nach einer ersten Densverschraubung nicht gelungen, den Frakturspalt ausreichend anzunähern. Es kam zu einer Verschraubungsfehllage, die nun korrigiert werden soll. Ave Andrews trägt grüne Funktionskleidung, darunter eine Bleiweste, Haube und Maske. Als Springer kann sie heute in sämtlichen Notfall- und Operationseinheiten eingesetzt werden. Der letzte Dienst in der Neurochirurgie ist schon eine Weile her, und so war sie reichlich von den Socken, als ihr gewahr wurde, dass es sich bei Terry Wheeler um den Verunfallten vorm Woodyou Café handelte.

Aus purer Abenteuerlust hatte sie sich der Polizei als Augenzeugin zur Verfügung gestellt, obwohl sie den unmittelbaren Vorfall aus ihrem Blickwinkel nicht gesehen hatte. Das Kaffeekränzchen mit staubtrockenen Haferflockenkeksen, bei dem sie erstaunlicherweise nicht gefragt wurde, warum sie als ausgebildete Krankenschwester keine Erste Hilfe geleistet hatte, endete nach der Protokollverlesung mit dem Auftritt eines pomadigen Officers. Verstohlen steckte er ihr eine private Visitenkarte in die Tasche. Alles beim Alten im Stall des Police Service. Je gebügelter die blaue Uniform, desto unverschämter die Anmache.

Gemeinsam mit Kollegin Lori bereitet Ave die OP des hageren alten Mannes vor. Die Ärzte entschieden sich für eine modifizierte Bauchlage, der Kopf wurde bereits unter entsprechender Polsterung in Beugestellung verbracht, der zu instrumentierende Abschnitt unter Röntgenstrahlen markiert. Lori hüllt den Bereich weiträumig in sterile Tücher und bestreicht die Fläche mit braunrotem Antiseptikum. Ave deckt die stählernen Tische ein mit Deckchen und Tabletts voller chirurgischer Instrumente, kontrolliert Wheelers intravenöse Zugänge, die Infusionslösungen, zuletzt die Lampen, dann ist ihr Job fürs Erste getan. Die schnittige Party kann beginnen.

Im Desinfektionsraum steht sich das OP-Team feixend in den Schuhen und wird gleich auf der ausgeleuchteten Bühne erscheinen. Ave und Lori klatschen sich ab und lassen es sich nicht nehmen, dem Anästhesisten hinterm Stoffzelt einen Stereo-Augenaufschlag zuzuwerfen, mit dem sie Stethoskope zum Schmelzen bringen könnten. Doktor Daniel Bryce sieht nur noch funkelnde Augenpaare, schnaubt mitleiderregend und blickt den Ladys hinterher. Mit quietschenden Gummilatschen wandeln Ave und Lori auf dem PVC-Catwalk Richtung Ausgang, das knallrote Schild »Pausenraum« weist ihnen den Weg. Nur raus aus all dem gelbstichigen Grün des OP-Saales. Ein Kaffee, ein Donut, danach zwei schnelle Zigaretten auf dem Innenhof zur Pathologie in einer windstillen Ecke. Dort, wo die Pförtnerkamera keine Einsicht hat, wo all jene in einem metallenen Kastenwagen auf den letzten Klinikmetern spazieren gefahren werden, die kein noch so blutiger Eingriff mehr zu retten vermochte.

Ave schüttelt energisch den Kopf. Seitdem sie unter den Fittichen eines Guides namens Garry Brust, der sich als deutsches Hockeydenkmal entpuppte, zwei Tage mit Leonard Zacher im Elk Islandpark schneeschuhwandern war, will Lori alles über Zacher wissen. Und nun kommt Ave mit der Chose, dass sie an seiner Seite samt eines Detective des Police Service zum nächsten Oilers-Spiel gehen würde. Lori platzt vor Neugier.

»Ave, Chakra-Chakra, was sind denn das für Geschichten? Mister Zacher und du habt doch nicht bloß die schöne Natur genossen? Dafür kenne ich dich doch viel zu gut, du ausgehungerter Teenager. Habt ihr es getrieben? War er gut?«

»Häng dich nicht wie ein Teebeutel überall rein ... na gut. Ich habe ihn getröstet, abgelenkt, ihn aufgefangen, neuen Mut gegeben, all das.«

»Und dann ist es einfach so passiert?«

Lori mustert Ave mit durchdringenden Blicken, Ave kontert: »Was du meinen Augen ablesen kannst, werde ich in keiner Weise verbal bestätigen.«

Wie auf Kommando blicken die beiden einander mit schelmischem Grinsen an. Lori kann es nicht lassen und stichelt weiter: »Ein überzeugter Single, dessen männliche Begleitung zuletzt aus einem gedichteschreibenden Gutachter namens Dave bestand, begibt sich heute Abend mit zwei Kerlen in eine Hockeyschlacht. Der eine ist sogar Cop. Was soll ich deiner Meinung nach denken?«

Ave nimmt einen Zug von ihrer Zigarette.

»Nichts!«, erwidert sie flehentlich. »Es ist nur so, mein Mister Zacher hat VIP-Karten. Er hat sich mit einigen Spielern getroffen, sie haben ihm wegen seines Sohnes Eric kondoliert.«

»War Drai Drai, Leon Draisaitl auch dabei? Der ist so süß, zum Anbeißen!« Lori stößt ein ersticktes, kehliges Kreischen aus und hält sich danach schnell den Mund zu. »Aber du triffst unsere Jungs nicht, oder?«

»Woher soll ich das wissen? Das Vergnügen einer VIP-Karte hatte ich noch nicht. Vielleicht geht man nach dem Spiel in Blümchenunterwäsche in die Kabine und fragt, wo die Dusche ist?«

»Genau dafür wurden solche Karten erfunden.«

Griesgrämig verzieht Ave das Gesicht.

»Das Match findet wirklich statt? Immerhin wurde der Backup gestern Nacht um die Ecke gebracht, Jay Bayet, ich hab's in den *Morning News* gesehen.«

»Es gibt eine Trauerzeremonie, und bestimmt singt ein Gospelchor die Hymne. Wegen Mordes an einem Eishockeyspieler wird kein Match abgeblasen.«

»Stimmt. Aber wenn die Gehälter nicht passen, dann fällt die ganze Saison aus.«

»So kann man das sehen.«

»Der Cop? Was ist mit dem?«

»James Brooks heißt er. Keine Ahnung, ob dreimal geschieden oder viermal verwitwet. Der wollte mich wegen des Gedichts, das wir bei diesem Simmons an der Schleuse gefunden haben, sowieso befragen.«

»Als du den Ohnmachtskäfer machen wolltest, ich erinnere mich, kleiner Angsthase.«

Ave blickt Lori entgeistert an und entgegnet verschämt: »Angst ist ein brutales Wort. Wir wollen das schnell vergessen. Mein Detective-Treffen sollte vor dem Spiel stattfinden, wurde aber gecancelt. Gerade kam eine SMS aus dem Polizeibüro. Leonard und dieser Brooks kennen sich von der Horror-Ermittlung, sein ermordeter Sohn, du weißt schon.«

»Eine Männerfreundschaft, und du in der Mitte. Was ist mit Dave? Eifersüchtig?«

»Der ist abgetaucht, verschwunden. Keine Ahnung, wo der sich rumtreibt. Ich habe ihm zehnmal auf die Mailbox

gesprochen, elfmal an der Tür geklingelt, zwölf Chatnachrichten geschickt. Wahrscheinlich heult er sich wegen seiner Eltern und ihrer verklemmten Sitten bei seinem Heilpraktiker aus. Dieses Opfer kann mich vorläufig mal.«
»Sucht die Polizei ihn?«
»Gute Frage.«
Über diese Möglichkeit hatte sie noch gar nicht nachgedacht.

Etwa fünf Kilometer vor Abee leuchten Warnschilder auf. Die Straße ist von der Highway Petrol in beide Richtungen dichtgemacht worden. Ein Stau hat sich gebildet. Hitchkowski laviert den blinkenden Land Rover auf der linken Spur bis zum Stauanfang, zeigt einem Officer seine Marke und wird durchgewunken. Über Funk wurden sie auf dem Laufenden gehalten. Im Bus befänden sich zwei Menschen, einer davon regungslos auf dem Fahrersitz, der andere läge im Gang.

Das Fahrzeug ist umstellt. Dreihundert Meter vom Bus entfernt geht Hitchkowski vom Gas. Zahlreiche Fahrzeuge der Highway Patrol, der Bundespolizei und zwei Ambulanzwagen drängen sich auf dem Asphalt. Hinter einem gepanzerten Fahrzeug würgt Hitchkowski den Rover ab, springt auf die Straße, die anderen hinter ihm her. Ein maulfauler Patrol-Sheriff winkt die Truppe zu sich, sie sollen hinter einem Ford Transit Deckung nehmen. Fünf Männer einer Spezialeinheit sind auf Position, die Waffen durchgeladen und im Anschlag. Penner zieht die Brauen zusammen und klingt einen Tick verwundert: »Wow. Hat die Zentrale in Redwater es tatsächlich geschafft, in diese finstere Gegend ein kleines Kommando zu entsenden.«

Quintal neben ihm versucht fieberhaft, die leblose Person auf dem Fahrerplatz im Bus zu identifizieren.

»Ist das Pratt?«

Keiner antwortet. Vor ihnen liegt ein halb eingeschneites totes Tier auf der Seite, die weißen Zähne gebleckt. Vermutlich ein Fuchs. Raben streiten sich krächzend in den Birken um was auch immer. Im nächsten Moment entscheidet sich der Einsatzleiter zum Zugriff. Der Bus wird gestürmt, Befehle zerschneiden die Luft. Dann ruft jemand: »Gesichert! Zwei Personen. Einmal tot, einmal am Leben, aber verletzt.«

Carry geht als erste los, die anderen Detectives im Gänsemarsch hinter ihr her. Miller und der Sheriff bleiben zurück. Der Drang, etwas tun zu müssen, aber nicht zu wissen, was, bereitet ihr Magengrummeln. Unterdessen ist Rotorknattern zu hören. Ein Helikopter befindet sich in Sichtweite, was bedeuten könnte, dass es einen oder mehrere Flüchtige gibt. Air-3 kreist über den schneebedeckten Baumwipfeln und fliegt dann über ihre Köpfe hinweg.

»Kaum Sicht, der wird nichts finden. Verdammtes Ballett, das ist lebensgefährlich. Ich frage mich überhaupt, warum wir so ein Risiko eingehen. Das reinste Bermudadreieck!«

Miller schaut die Parodie auf einen Krimi-Sheriff alter Schule entrückt an. Finster dreinblickend stemmt der großgewachsene Mann beide Hände in die Hüfte. Die breiten Schultern lassen auf tägliches Kampftraining schließen. T. Morgan heißt er laut Namensschild über der blauen Brusttasche. Ohne groß nachzudenken zitiert Miller aus dem Lexikon der Küchenpsychologie: »Negative Menschen haben für jede Lösung ein Problem.«

»Ach?«

»Es geht allem Anschein nach darum, einen Mörder zu fassen.«

T. Morgan blickt sie herausfordernd an und putzt wiederholt die Gläser seiner verschmierten Hornbrille. Auf seiner Stirn pochen nervöse Adern. Miller bewundert die buschigen Brauen, für die sich bestimmt ein Bürstenfabrikant interessieren würde. Gerade will der Sheriff zu tieferschürfenden Erörterungen ansetzen, als Penner vom Bus zurückeilt und die Psychologin zur Seite zieht.

»Okay«, keucht er außer Atem, »Pratt lebt. Er wurde niedergestreckt, hat eine Platzwunde am Kopf, die wird der Kleine überleben.«

»Was ist mit Jamanka?«

»Weg. Unser mutmaßlicher Killer hat sich vielleicht in eine Schneewehe eingegraben und wartet, bis wir abziehen. Es gibt ein paar Fußspuren, die führen über einen Wirtschaftsweg zu einem Sommerhaus.« Er deutet Richtung Kreuzung zum Abzweig Township Road 610. »Und dann ins Nichts. Das Grundstück ist leer, die Gebäude sind verrammelt.«

»Die zweite Person im Bus?«

Penner stöhnt gequält auf, fast quellen ihm die Augen aus dem Kopf.

»Deswegen musste ich Ihre nette Plauderei unterbrechen. Folgen Sie mir.«

Miller tut wie ihr befohlen und blickt skeptisch zum Himmel. Kalter, böiger Wind weht, es beginnt leicht zu schneien. Deutet sie ihre Laienkenntnisse in Wetterkunde richtig, dürfte es bald ungemütlich werden. Dunkle, wütende Wolken ballen sich gespenstisch zusammen und ziehen von Westen her auf. Die Raben sind verstummt. Albertas Winterexplosionen haben es in sich, und Sheriff T. Morgans Sorgen waren durchaus berechtigt.

12

Am Abend steigen Zacher und Ave in Brooks' Auto. Vom Hotel geht die Fahrt zum Rogers Place, wo das Trio in einem der VIP-Räume untergebracht wird. Man genießt das reichhaltige Büfett und verfolgt nach einer Zeremonie für den ermordeten Jay Bayet mit einer Riege anzugtragender Sponsoren das Spiel der Oilers gegen die Caps. All das, während sich die Kollegen mit der Spurenauswertung die Nacht um die Ohren schlagen. Penner hatte Brooks ziehen lassen, weil der ihm erklärte, dass das Stelldichein im Rogers Place von ungemeiner Bedeutung sei.

Brooks gelingt es kaum, sich aufs Spiel zu konzentrieren. Der jüngste Highway-Vorfall beschäftigt ihn. Noch eine Leiche, der ein Körperteil abgehackt wurde. Diesmal erwischte es einen Busfahrer. Jared Mills aus Cold Lake, 36 Jahre alt, seit kurzem verheiratet, eine Tochter. Brooks angelt sich ein Roast Prime Rib-Sandwich. »Ein Busfahrer, ein Goalie, zwei Hockeyspieler ... Wie passt das zusammen?« Herzhaft ins Brot beißend, sodass die Sauce nur so auf den Tisch klatscht, gesteht er sich ein: »Gar nicht.« Zu seiner Erleichterung hat Liam Pratt die Sache nahezu unbeschadet überlebt. Und zu seinem Groll war ihnen Jamanka durch die Lappen gegangen.

Die Commercial Breaks und Drittelpausen nutzt Brooks, um Ave auf den Zahn zu fühlen. Er will mehr über ihr Verhältnis zu Dave Marvel wissen. Hellhörig wird er an der Stelle, als der angeblich mit der Welt hadernde Gutachter und dessen

Heilpraktiker Justin Random ins Spiel kommen. Während Washingtons Roadstars von Nicklas Bäckström bis T.J. Oshi die Defense der Oilers schwindelig spielen, resümiert er bei einem Glas Rotwein: »Laut Ave Andrews betreibt Random ein ganzheitlich geprägtes Globuli-Reich an der 102nd Avenue und stachelte Marvel zum Verfassen von Hockeygedichten an. Zufall, dass ein Tatortzeuge in einer Mordserie voller Poesie Gedichte ausheckt? Das passt alles nicht zusammen. Die bisher sichergestellten Gedichte sind laut Analyse vor fünf bis zehn Jahren entstanden. Und Marvel wohnt erst seit zwei Jahren in Edmonton. Zuvor war er im Gästehaus seiner Eltern in Medicine Hat gemeldet ... Was tun? Marvels Wohnung durchsuchen? Randoms gleich mit? Wie werden Richter und Staatsanwalt auf so eine Idee reagieren?« Brooks gibt sich die Antwort gleich selbst: »Die werden mir einen Vogel zeigen. Die werden darauf hinweisen, dass jeder Kanadier, der mehr als Klatschen und Tanzen in der Schule hatte, in der Lage ist, Hockeygedichte zu verfassen.«

Brooks erspäht Zacher an der Cocktailbar. Es scheint ihm besser zu gehen. Er schäkert mit Ave, und sie scheint etwas für ihn übrig zu haben. Das war ihm bisher entgangen. Die beiden tauschen zaghafte Küsse, schüchterne Berührungen aus. Brooks betrachtet sie nachdenklich, geht dann zu ihnen. Als Ave außer Hörweite ist, spricht er Zacher geradeheraus darauf an: »Sie sind jetzt ein Paar?« Zacher erwidert: »Ich weiß nicht ...« Er wiegt den Kopf. »Sie tut mir gut und lässt mich ein wenig vergessen, was geschehen ist. Ich bin gern mit ihr zusammen. Es funkte beim Schneeschuhwandern in Elk Island. Der Guide hatte ein Winter Camping organisiert ... eins kam zum anderen.«

»Haben Sie ihren Nachbarn, Dave Marvel, schon kennengelernt?«

»Nein. Ave hat mir von ihm erzählt, ein komischer Kauz. Wenn sie nicht arbeitet, verbringen wir die meiste Zeit in meinem Hotel.«

»Und in der Zwischenzeit?« Bevor er darauf eingeht, lässt Zacher die Frage einen Moment lang auf sich wirken. »Da hänge ich meinen Gedanken nach, an Arbeit ist noch nicht zu denken. Ich stelle meine ganze Existenz in Frage. Nichts schlägt so hart zu wie das Leben ... Meine Frau ist verschwunden, womöglich tot, mein Sohn ist tot, tja, und ich lebe wieder ein bisschen.« In diesem Moment nähert sich Ave mit einer Schale Old Dutch Arriba Nachos in den Händen und reicht sie herum. Brooks lehnt irritiert ab, zieht sie rasch, bevor der Puck wieder eingeworfen wird, zur Seite.

»Miss Andrews, ich wollte ja bereits heute in meinem Büro mit Ihnen sprechen. Was Dave Marvel betrifft, hätte ich von Ihnen gerne eine offizielle Aussage, das können wir hier schlecht über die Bühne bringen.«

»Lässt sich machen, Detective.«

»Kommen Sie doch morgen Nachmittag vorbei.«

»Ich habe Spätschicht bis um acht, danach, okay?«, fragt sie zögerlich. Brooks nickt.

Das letzte Drittel beginnt, die Caps führen 2:1. Als Sekunden vor Schluss Leon Draisaitl nach einem Konter mit McDavid den Puck aus unmöglicher Slot-Position heraus über die Fanghand des Caps-Goalies ins Netz zaubert, ist Brooks glücklich. Doch die Freude währt nicht lange. Ein One-Timer des mal wieder unberechenbaren Alex Ovechkin beendet das Spiel in der Overtime zugunsten der Gäste. Danach überlegt Brooks lange, ob er statt nach Hause lieber zu den emsigen Kollegen ins Büro fahren soll. Doch nachdem er Zacher und Ave am Hotel abgesetzt hat, in einem Safeway-Supermarkt einkaufen war, entscheidet er sich dagegen.

Da an diesem Spieltag die Oilers-Konkurrenz mit voller Punktzahl vom Eis marschiert, rückte ein vor der Saison sicher geglaubter Playoff-Platz in beträchtliche Ferne. Kein Wunder, dass Brooks nachts erneut von schrecklichen Träumen heimgesucht wird. Diesmal steht er mit Joel Quenneville in einem Avalanche-Trikot auf dem Feld. Den Werbebannern nach zu urteilen spielt die Sequenz Mitte der 1990er-Jahre, als Coach Q Assistent in Denver war. Brooks hat ein Straftraining vor der Brust, weil er am Vortag den spielentscheidenden Penalty versiebte. Dazu wäre es nie gekommen, wenn sie den Goalie im Tor belassen hätten. Seiner statt rollten die Schiedsrichter eine Babywiege auf die rote Linie. Darin lag, eingelullt von den Klängen einer Spieluhr, sein Sohn Carl. Die Mutter hämmerte verzweifelt mit den Fäusten gegen die Plexiglasscheibe. Brooks sah das Tornetz von weitem flimmern, selbstredend konnte er nicht abziehen. Er stolperte und fiel unter dem Gejohle tausender Fans wie ein Käfer um und stellte sich tot. Deswegen hat ihn jetzt Coach Q am Wickel. Glücklicherweise erweist sich die Spieluhr als realer Wecker und bereitet dem Spuk ein Ende. »Das wird kein guter Montag«, entfährt es Brooks beim Aufwachen. Weiter sinniert er: »Andere träumen von einem Haus am Meer mit knuffigen Strandhunden, vielleicht einer heißen Mexikanerin. Träumen von einer Brandung, deren regelmäßiges Rauschen Sicherheit und Geborgenheit vermittelt. Ich träume diesen Scheiß.« Er wirft sich in die Klamotten, frühstückt Peameal Bacon und ein Käsesandwich, schlürft dazu Kaffee und macht sich auf den Weg ins Büro.

Unterdessen wurden mit richterlichem Beschluss das Privathaus und die Geschäftsräume von Jamankas Bruder Clifford durchsucht. Hitchkowski und Maurice Quintal verhörten ihn daraufhin. Als Brooks den War Room betritt, ist Toshi gerade dabei, die Tonspuren der Befragung auszuwerten. Hitchkowski und Quintal bestücken eine Korkwand, über die der Name Terry Wheeler geschrieben steht. Brooks setzt sich und fragt wissbegierig: »Helft mir auf die Sprünge. Was zum Henker hat Terry Wheeler mit unserem Fall zu schaffen? Der liegt doch schwerverletzt in der Klinik. Wo ist die Verbindung?«

Ohne sich umzudrehen antwortet Quintal knurrend: »Als du gestern bei deinem ach so wichtigen Hockeyspiel warst, haben wir anderen ermittelt, was das Zeug hält. Wir haben Jayden Miller angerufen. Als unsere Profilerin den Namen Wheeler hörte, ist sie schnurstracks ins Police Department gefahren. Miller hat die ganze Nacht durchgeackert, also getan, was Profiler so tun, und hat sich vor zwei Stunden in deinem Büro schlafengelegt. Da kannst du jetzt nicht rein.« Brooks zuckt mit den Achseln, gießt sich einen Kaffee ein, Hitchkowski fährt fort: »Terry Wheeler war Robert Jamankas Arbeitgeber, sein Bruder hat uns draufgebracht. In diesem Zusammenhang fielen weitere Namen. Vielleicht bedeuten sie was, vielleicht auch nicht. Wir haben sie der Reihe nach durchleuchtet.«

»Zuhause war keiner von uns, James«, mischt sich Toshi hundemüde ein und gähnt herzzerreißend. »Die große Lagebesprechung im Bowling Bunker ist auf den Nachmittag verlegt. Es gibt noch einiges zusammenzupuzzeln. Bleib hier, und ich erzähl dir alles über Wheeler. Hitch und Quint fahren gleich in Wheelers Heimatstadt, nach Red Deer.«

»Sobald wir hier fertig sind«, ergänzt Hitchkowski. »Ist ganz praktisch. Dann kann ich gleichzeitig meinen College-Söhnen auf den Geist gehen. Und Brooks ... Wie das

Spiel ausgegangen ist, weiß ich. Wie waren Zacher und Ave Andrews drauf?«

»Unsere Spiderwoman im Krankenschwesternkostüm hat mit Zacher angebändelt. Sieht so aus, als wären die beiden ein Paar.«

Hitchkowski schüttelt den Kopf. »Der hat doch gerade erst seinen Sohn verloren.«

»Was soll ich dazu sagen? Lehnt psychologische Hilfe ab, lässt sich stattdessen mit einer Krankenschwester ein. Ist doch prima.«

Toshi wird hellhörig, streckt sich und hakt mit schiefgelegtem Kopf nach: »Hast du Miss Andrews etwa *während* des Spiels verhört?«

»Natürlich nicht, nur ein wenig gebohrt habe ich. Sie kommt heute zur Befragung und soll mir mehr über Dave Marvel erzählen.«

»Der uns von der Fahne gegangen ist.«

Brooks glotzt seine Partnerin mit großen Augen an. »Wie? Marvel ist weg? Seit wann, Tosh?«

»Hat den Job geschmissen und ist seit zwei Tagen spurlos verschwunden. Seltsam, oder? Sollte er bald nicht wieder auf der Bildfläche erscheinen, schreiben wir ihn zur Fahndung aus. Ich habe ihm beim Verhör eingeimpft, dass er sich als Zeuge in einem Mordfall nicht einfach verdrücken kann.«

Brooks kommt aus dem Staunen kaum heraus, bläst Luft durch die Lippen und überlegt laut: »Vielleicht hat ihm ein Vöglein gezwitschert, dass er bei Ave Andrews nicht mehr landen kann, jetzt wo sie mit Zacher ...«

Weiter kommt er nicht. Carry betritt den Raum und pfeffert ihm einen gehefteten Papierstapel vor die Nase. »Lesen bildet, Hockey-Detective«, ruft sie Brooks frech hinterher, als sie wieder durch die Sicherheitstür entschwindet. »Ermittlungsstand Jared Mills«, liest Brooks vom Deckblatt ab. Dann arbeitet er sich konzentriert durch die Seiten.

Es dunkelt bereits, als um 16:00 Uhr die Lagebesprechung im Bowling Bunker beginnt. Grell und heiß brennen die Neonröhren von der Decke herunter. Penner eröffnet das Meeting mit Genesungswünschen für Liam Pratt und verkündet, der Constable erhole sich von einer Gehirnerschütterung, er sei noch mal glimpflich davongekommen. Nachdem er Jayden Miller als bereits in den Fall einbezogene Profilerin vorgestellt hat, wird Toshi das Wort erteilt. Angespannt erhebt sie sich, stützt die Arme auf den Tisch und blickt hochkonzentriert in die Runde. Die Augen liegen tief in den Höhlen, ihre Augenringe zeugen von fehlendem Schlaf. Wie gebannt hängen alle Cops an ihren Lippen. »Fangen wir an. Ich setze voraus, dass Sie über das Geschehen bis zur Stunde informiert sind. Wer wie ein Fragezeichen herumsitzt, soll wenigstens so tun, als wüsste er Bescheid. Unser Zielobjekt heißt weiterhin Robert Jamanka. Die Presse hat ihn zu Freiwild erklärt, das macht die Ermittlungen nicht einfacher. Ob er nun der eiskalte Killer ist oder nicht. Eingangs zu ihm, zum Stand der Ermittlungen, zu neuen Figuren im Spiel. Im Anschluss folgen Erkenntnisse zu den gestrigen Ereignissen auf dem Parkplatz am Busbahnhof an der 104th Avenue.«

Mit einem Mal fühlt sich Toshi unfähig zu sprechen. Mit blassem Gesicht kramt sie umständlich in frisch ausgedruckten Berichten herum. Um die Konzentration hochzuhalten, gibt der Puls Gas. Brooks neben ihr bemerkt das Unwohlsein der Partnerin, reicht ihr eine Flasche Wasser. Toshi verleibt sich rasch ein paar Schlucke ein, dann geht es wieder.

»Wir haben heute Nacht Jamankas Bruder Clifford verhört. Zunächst war es so, als würde man einem Papagei das

Sprechen beibringen wollen. Er krächzte zum Auftakt, dann wurde er redselig und ließ sich aus der Reserve locken. Clifford Jamanka stellt nun nicht mehr in Abrede, Kontakt zu Robert gehabt zu haben. Tatsächlich war der am gestrigen Morgen auf dem Weg zu ihm. Mit Prepaid-Handys hätten sie miteinander in Kontakt gestanden. Dass wir ihn suchen, ist ihm scheißegal. Gegenüber seinem Bruder erwähnte er eine wichtige Mission. Er sprach von Schneevögeln und dass er einen Killer aufhalten müsse. Wo sich Robert im Augenblick befindet, konnte oder wollte Clifford nicht beantworten. Aber er erzählte einiges über seine Familie. Die Mutter starb früh, der Vater scherte sich einen Dreck um die Jungs. Robert startete eine Heim-Odyssee, Adoptionsversuche scheiterten, weil er ständig ausriss. Sein Freiheitsdrang war zum Teil recht schmerzhaft. Einmal ist er aus dem dritten Stock einer betreuten Wohneinrichtung in Calgary geklettert und abgestürzt. Er soll mit einem gebrochenen Knöchel noch einen halben Kilometer unterwegs gewesen sein, wollte seinen Bruder befreien, der in einer Pflegefamilie in Fort McMurray lebte. Doch Clifford wollte nicht befreit werden, schaffte den Schulabschluss und schloss eine Mechanikerausbildung in jenem Betrieb ab, den er dann vom Vorbesitzer übernommen hat. Im Winter bessert er sein Einkommen mit einem geleasten Picker auf. Wenn Fahrzeuge in Not sind, rückt er aus. Das ist wohl ein lohnendes Geschäft. Hier kommt sein Bruder ins Spiel, den wollte er als zweiten Mann an Bord holen. Eine Wahl hatte Robert nicht. Er saß zuletzt im Gefängnis und brauchte zwecks Haftverkürzung eine positive Sozial- und Psychoprognose. Heißt: feste Meldeadresse beim Bruder mit Therapieauflage nebst Drogenabstinenz. Doch statt sich auf die Therapiecouch zu legen und Wracks aus dem Straßengraben zu ziehen, türmte er.«

In der Runde rumort es, einzelne Officers quatschen unverhohlen miteinander. Toshi hält einen Moment inne, greift nach der Wasserflasche und knallt sie krachend auf den Tisch: »Sind Sie alle bei mir? Das ist hier kein lockeres Meeting im Bällebad. Ich will nicht zur bösen Lehrerin werden, die mit Kreide wirft. Dafür müsste ich an die strenge Miss French abgeben.« Um Toshis Worten Nachdruck zu verleihen, peitscht Carry wie eine Domina den Riemen ihrer Crokotasche auf die Tischplatte. Toshi genießt wieder die volle Aufmerksamkeit. »Danke, Carry. Roberts einzige Konstante im Leben war seine gut fünfjährige Zeit bei der Armee. Mit 21 Jahren wurde er auf einem Truppenübungsplatz Zeuge, als eine Handgranate einen Kameraden in Fetzen riss. Von da an fing er an zu trinken. Was folgte, war die unehrenhafte Entlassung. Möglicherweise fällt in diese Zeit die Geburt eines von seinem Bruder Clifford erwähnten Sohnes. Wir sind da bei den Meldeämtern dran. Von 1995 an arbeitete Jamanka auf einer 2.400 Hektar großen Rinder-Ranch in der Nähe des Kentwood Parks in Red Deer für einen gewissen Terry Wheeler. Der Mann muss ein gutes Herz haben, denn trotzdem sein offiziell nicht bei den Behörden registrierter Angestellter mit Uppern und Downern experimentierte, zwischen Knästen und Entgiftungen hin und her irrte, ließ er ihn nicht fallen. Auch die Kautionen stammten von Wheeler. Anders ausgedrückt: Jamanka erledigte in blinder Gefolgschaft die Drecksarbeit für ihn und wurde an der kurzen Leine gehalten. Im April 2016 gab es einen Cut. Jamanka ließ sich als Roadtrip-Guide in Banff nieder und mauserte sich in der Trekking-Touristen-Szene zum Geheimtipp. An der Angel hatte er vornehmlich hedonistische Studenten. Die Trips waren als spirituelle Reisen angelegt. Es wurde gekifft, gesoffen, an Fröschen geleckt und was noch alles. Man konnte die Touren über eine Firma namens Matrix Canada mit Sitz auf den Caymans buchen. Nach Jamankas letzter Verhaftung verschwand sie in der Versenkung. Wollen wir glauben, dass dieser Trinker und Fixer unser Mörder ist? Wir dürfen es zumindest in Zweifel ziehen. Bis auf den ersten Mord an Eric Zacher waren die Taten detailreich geplant. Laut medizinischer Befunde verfügt Jamanka gar nicht über das notwendige Durchhaltevermögen, um sie dergestalt durchzuziehen.« Toshi fährt sich durchs Haar. »Haben Sie bis hierher Fragen?« Gleich mehrere Hände schnellen in die Luft. »Okay, das gefällt mir. Einer nach dem anderen.«

»Was haben wir über Terry Wheeler?«

»Unser Rinderfarmer liegt nach mehreren Operationen im künstlichen Koma. Er steht auf der Kippe. Was Wheelers Vergangenheit betrifft, waren die Web-Forensiker fleißig. Darüber hinaus haben wir so tief gewühlt, wie es die Polizeiaktenlage hergab. 1984 ist seine Frau Lorna mit einem feschen Bullrider durchgebrannt, drei Söhne gingen aus der Ehe hervor, zu keinem besteht Kontakt. Die Sitte hatte ihn mehrfach im Visier. Das horizontale Gewerbe ist das zweite Standbein des alten Mannes. Als Wheeler am Samstag, den 13. Januar, in Downtown verunfallte, erwartete man ihn bereits sehnsüchtig in der 118th Avenue. Dort besitzt er das Sunrise Motel, ein Plüschschuppen für Rednecks und Trucker. Überdies gehören Entertainment-Schuppen wie Bars, Stripclubs und Massagesalons mit Happy End zum Portfolio. Im Herbst letzten Jahres wollte ihn die Bundespolizei wegen eines Prostituiertenmordes drankriegen. Unsere Profilerin, Mrs. Miller, war in den Fall involviert. Sie kam zu dem Schluss, dass Wheeler als Täter in Frage gekommen wäre, doch die Indizien reichten für keine Verurteilung aus. Wheeler hat Geld wie andere Leute Würfelzucker. Das Startkapital kam vom Vater, ein erfolgreicher Whiskeyschmuggler während der Prohibition.«

»Solche dicken Fische treten gerne als Gutmenschen auf.«

»Stimmt, Officer. So auch Wheeler. Ins Rampenlicht tritt er als Veranstalter von Jugendcamps der Calgary Flames, als Hauptsponsor hat er das Collegeteam in Red Deer unter seinen Fittichen. Die RDC Vipers lieben ihn für seine Spesen, der Coach springt über jedes Stöckchen, das Wheeler ihm hinhält. Zum Campus haben wir einen kurzen Draht. Hitchkowskis Söhne Henrik und Daniel treiben sich dort herum. Quint und Hitch sind zur Stunde in Red Deer, um jedem auf die Nerven zu gehen, der uns nützlich sein kann. Obendrein ließ unser Hockeymäzen auf seiner Ranch am Kentwood Park vor 21 Jahren eine Eishalle in einem maroden Getreidespeicher errichten. Eine moderne Mini-Version, mit allem, was dazugehört: Kabinen, Besprechungsraum, Lounge-Bereich. Und hier kommt ein weiterer Name, den Sie sich merken sollten.« Toshi nippt am Wasser. »Achtung: Elias Stanten, Jahrgang 1979. Stanten ist in Calgary geboren, wuchs ohne Eltern in einer Kommune auf, und brachte es zu einem schicken Farmhaus mit allem Schnickschnack. Bevor Sohn Cody in der NHL die erste Million klarmachte. Wir haben das deshalb recherchiert, da es eine Verbindung zwischen unserem zweiten Mordopfer Travis Martin und Cody Stanten gibt, wie Sie wissen.«

»Die beiden kannten sich aus Calgary-Zeiten. Cody muss noch ein Hosenscheißer gewesen sein.«

»Richtig. Cody Stanten, dieses erst 19-jährige Genie von einem Goalie, hing früher wie eine Klette an Travis Martin. Es gibt noch einen weiteren Spross namens Walker, ein knappes Jahr älter als Cody. Der arbeitet sich in der Flames-Organisation als Talentsichter hoch, grast Hockeycamps, Akademien, High-Schools und Colleges in Alberta und British Columbia ab.«

»Gibt es eine Verbindung zwischen Jamanka und Elias Stanten?« Toshi lässt sich Zeit mit der Antwort. »Die gibt es, Officer. Elias Stanten baute auf Wheelers Grund und Boden seinen Palazzo. Jamanka lebte und arbeitete bereits vorher dort.«

»Wenn Hitch und Quint eh gerade in Red Deer rumturnen, könnten sie Mister Stanten einen Besuch abstatten und ihn befragen.«

»Das hatten sie vor, stand nach dem Collegebesuch auf der Liste. Es ist nur so, dass Elias Stanten nicht mit ihnen reden wird. Brooks hat heute versucht, ihn anzurufen, aber nur mit einem Hausangestellten gesprochen, der uns die Nummer von Stantens Anwalt durchgab. Dieser faxte ein ärztliches Gutachten in dem steht, Stanten sei bis auf Weiteres nicht vernehmungsfähig, weil gesundheitlich schwer angeschlagen.«

»Ist Cody zu einem Interview abseits der *Hockey Night* bereit?«

»Der Super-Rookie mit dem Zahnpastalächeln verschanzt sich hinter Kampfhunden aus Pens-Offiziellen. Den Mund habe ich mir fusselig geredet, keine Chance, Officer. Apropos Cody. Entsprechende Posts finden Sie im Boulevard: Er stand bereits als Bambini auf Wheelers Piste. Über Stanten Senior taucht im Computer nur Zusammenhängendes mit dem absolut perfekten Vorzeigesohn auf. Fotos vom Draft, aus VIP-Räumen, beim NHL-Father's Day. Ganz der superstolze Daddy. Noch haben wir kaum mehr als ein soziales Vakuum. Wenn wir nach der Sitzung die Aufgaben für die einzelnen Teams unter Ihnen verteilen, wird es auch um dieses Thema gehen.

»Spielte Walker Stanten Eishockey?«

Toshi blättert sich durch die Aufzeichnungen, dann geht das Frage-Antwort-Spiel mit den Cops im Bowling Bunker weiter.

»Laut Datenbanken hat er es auf der High-School versucht. Ganze drei Einsätze als Außenstürmer, keine Scorerpunkte. Möglicherweise warf ihn eine Verletzung aus der Bahn.«

»Oder er war ein Armleuchter, ein Bender. Fürs College reichte es auch nicht?«

»Keine Ausbildung. Keine höhere Schule. Wohl zwei linke Hände, zehn Daumen, alle gebrochen. Oder ein Bein zu kurz, eine Hand zu wenig, bei der Geburt vertauscht. Tja, das Spekulationsreich findet nicht nur an der Börse seine Gläubigen. Vater Elias hatte offenbar mehr Talent, spielte als Goalie bei den RDC Rebels, einem Vorgängerteam der Vipers. 1995 schmiss er das College und stieß als Prospect zu den Calgary Hitmen in die Western Hockey League. Vor der Saison 1995/96 galt er mit einer Fangquote von 97,6 % als einer der besten Nachwuchs-Torhüter Kanadas. Er schaffte es in die Auswahl fürs Junioren-Nationalteam und war für die NHL-Scouts gesetzt. Vor Weihnachten 1996 absolvierte Elias Stanten sein letztes erfasstes Punktspiel, danach verschwindet sein Name in der Versenkung. Das gibt zu denken.«

Penner lenkt ein. »Was dem Vater verwehrt blieb, gelang Goldkind Cody. Was ist mit der Mutter? Gibt es eine Mrs. Stanten?«

»Elias Stanten war nie verheiratet, nur liiert, und zwar mit der acht Jahre älteren Shelley Singer, Codys und Walkers Mutter. Die arme Frau starb im März 2001 an einem Aneurysma.«

Wieder Penner: »Und über alldem geistert Robert Jamanka. Was hat es bloß auf sich mit diesem verstümmelnden Feldzug gegen Eishockeyspieler? Wissen wir die Antwort, Tosh?«

»Wir können nur mutmaßen, haben aber hinreichende Verdachtsmomente. Bis auf den Highway-Tatort mit Eric Zacher als Opfer taucht an allen anderen Hotspots die DNA Jamankas auf. Auch im Bus, auf dem Weg nach Fort McMurray. Das ist ein guter Übergang.«

Toshi blickt sorgenvoll vor sich hin. »Kommen wir zu den Geschehnissen des gestrigen Tages.« Die Tür öffnet sich, Doc Maccoll stürzt herein und setzt sich neben Brooks. Außer Atem fragt er: »Seid ihr schon bei Leiche Nummer vier? Jared Mills? Meine Kollegen haben den Mann zerlegt, der vorläufige Obduktionsbericht ist endlich da.« Er wedelt mit einem dünnen Umschlag und reicht ihn Penner. »Verdammte Red Deer-Schnarchnasen. Ich hab's gewusst, dass sich das rauszögert. Wenn man nicht alles selbst macht!« Als würde er Fliegen verscheuchen, wedelt Doc Maccoll mit der Hand und intoniert darunter die Sirene des Edmonton Fire Rescue Services. Ein Großbrand scheint ausgebrochen zu sein. »Pete!« Brooks blickt ihn streng an.

»Was denn?« Die Sirenen schweigen, Toshi kann fortfahren: »Zäumen wir das Pferd von hinten auf. Wir haben eine neue CD, die wurde wieder NEWS XL zugespielt. Der Sender war diesmal so nett, auf Einschaltquoten zu verzichten, und hat den Silberling brav abgeliefert. Und wie sollte es anders sein, sind Jamankas Fingerabdrücke drauf. Sie bekommen die Audiospur im Anschluss. Analysiert ist noch nichts, die Stimme ist, wie schon bei der ersten CD, verfremdet, der Text lautet ...« Toshi kramt aus einer Kladde einen Zettel hervor, räuspert sich und liest vor: »Ich bin der Schneevogelkiller. Martin fehlt der Kopf, Zacher der rechte Unterschenkel. Bayet wurde der rechte Arm und Mills der linke Unterschenkel genommen. Sie fragen sich, warum das alles? Nun, die Wahrheit liegt im Auge des Betrachters. Zu meinem Glück und Ihrem Bedauern fehlen mir noch zwei weitere Körperteile, dann ist mein Werk vollbracht.«

Ein Raunen erhebt sich, Toshi übergibt den Staffelstab an Carry und lässt sich erschöpft auf ihrem Stuhl niedersinken. Carry knipst das Neonlicht zugunsten einer Leselampe aus und füttert zeitgleich den an der Decke installierten Beamer mit Tatortfotos aus dem Laptop.

Einer der Cops fragt: »Soll der Horrorgeifer über den Sender gehen?«

»Nein«, antwortet Carry ruhig.

»Das wird den Mörder aber wütend machen.«

»Wütende Menschen machen Fehler. Sie haben es gehört, unser Killer will noch zweimal zuschlagen. Die Opfer wird er bereits ausgesucht haben. Stoppen wir ihn.« Carrys Stimme geht in den Anwaltsmodus vor Gericht über und fasst lauter als nötig das gestrige Geschehen zusammen: »Ladies and Gentlemen, wir hatten einen Zeugenhinweis, dass Jamanka in der Greyhound-Linie nach Fort McMurray sitzen könnte, Liam Pratt hat sich auf den Weg gemacht und den Bus am Jurassic Forest stoppen lassen. Dort stiegen die Passagiere aus. Ferner berichtete er, Jamanka habe sich der Festnahme entzogen und ihn mit einem Handkantenschlag ausgeknockt. Darauf knallte unser Constable gegen eine Sitzkante und blieb im Gang liegen. An mehr kann er sich nicht erinnern. Bei Abee, am Highway-Abzweig Township Road 610, hatten wir Jamanka an Liams Handy – erst das führte uns zum Tatort. Der Bus wurde gestürmt, Jamanka war nicht an Bord. Stattdessen fanden wir Liam und den mit einer Axt traktierten und ermordeten Fahrer, unsere Leiche Nummer vier.« Carry projiziert eine Bildfolge an die Wand hinter ihr. »Das ist der 36-jährige Jared Mills aus Cold Lake, geboren an der James Bay.«

»Wieder ein Indianer?«

»So ist es, Officer. Halbblut, Cree. Der Vater wuchs im Ahtahkakoop-Reservat 104 in der Provinz Saskatchewan auf. Im selben, aus dem auch Frederick ›Chief Running Deer‹ Sasakamoose stammt, der erste NHL-Indianer. Die Mutter war eine durchgeknallte Crackhure aus Kelowna. Jared Mills verfügt über ein Jugendstrafregister, dick wie eine Bibel. Verhaftung wegen alkoholisierter Ruhestörung war noch das Harmloseste. Wie vom CD-Wahrsager beschrieben, fehlt ihm der linke Unterschenkel. Und bevor mich das alle fragen: ja, er war Hockeyspieler. Linksverteidiger, keine Karriere, kein Profi, spielte *just for fun* im Greyhound-Team. Gleich nach dem Hokuspokus im Bus rückte die Bundespolizei in seine Wohnung ein, informierte die Ehefrau, keine schöne Geschichte, viel Geschrei. Trotz Beruhigungsspritze hat sie gar nicht aufgehört zu schlottern. Ich habe das arme Ding deshalb nur kurz befragen können und war zwei Stunden in Mills Wohnung. Er besaß allerhand Ausrüstung, einer aus dem guten Dutzend Hockeystöcker fehlt. Mills hatte ihn in eine schmucke Schrankvitrine gestellt, vor nicht allzu langer Zeit wurde er daraus wohl gestohlen. Muss ein besonders wertvoller gewesen sein. Im Schrank selbst, diesmal nicht am Tatort, befand sich eine neue Poesie.« Carry setzt zu einem großen Schluck Wasser an, als müsse sie eine Monstertablette herunterspülen. Dann trägt sie vor.

Rückennummer 12

Die Blaue Linie war durchbrochen.
Ein Pass zur Mitte, ein Schuss, ein Laser.
Er hatte, er musste ihn kommen sehen.
Verteidiger werfen sich ohne umzudrehen
in Scharfschüsse hinein
und fressen Pucks.
Bevor der Helm in Zeitlupe auf dem Eis kreiselte,
tauchten Bilder auf.
Von Erdbeeren, Konfetti und Engeln.
Geschuldet dem Adrenalin,
das jeden Schmerz anfangs zu betäuben vermag.
Die Arena verstummte, kurz verlor er das Bewusstsein.
Ein monotones Hämmern holte ihn zurück.
Er sah die Teammates auf der Bank.
Sie klopften mit Stöcken an die Bande.
Er nickte ihnen zu.
Jetzt wussten sie, dass es ihm gutgeht.
Gebückt fuhr er zu ihnen, nahm Platz.
Die Atmung stabilisierte sich.
Der Schmerz loderte.
Er blockte ihn weg.
Weil er ein Verteidiger ist.

Im Bowling Bunker brodelt es. Auf der Bildwand liegt der Busfahrer Jared Mills mit weit geöffneten Augen quer auf dem Lenker und starrt wie ein geschlachtetes Lamm in den Saal. Als man die Kamera betätigte, hatte die Leichenstarre noch nicht eingesetzt. Das kantige, hohlwangige Gesicht mit der dicklichen Nase ist blutgesprenkelt. Makaber hängt aus einem blutdurchtränkten Hosenfetzen schlaff der linke

Beinstumpf herab. Ein weiteres Horrorbild in einem bestialischen Mordreigen. Carry wischt sich den Pony aus dem Gesicht und betätigt den Lichtschalter. Neun Neonröhren springen mit einem Knall an. Penner verteilt Aufgaben. Es geht um Zeugenbefragungen der Buspassagiere und weitere Spurenauswertungen. Er gibt letzte Instruktionen: »Alles weist darauf hin, dass Jamanka im Bus war. Jared Mills wurde mit einer Spritze, die ihm der Täter wohl aus nächster Nähe in den Hals rammte, außer Gefecht gesetzt. Die Spritze lag am Tatort. Dem vorläufigen Obduktionsbericht ist zu entnehmen, dass, wie schon beim Opfer Travis Martin, Spuren von Ketamin im Blut nachgewiesen wurden. Der Mann spürte die Nadel und muss sich gewehrt haben, es gibt Abwehrverletzungen an Händen und Fingernägeln. Das alles deutet abermals darauf hin, dass jemand bei lebendigem Leib mit einer Axt bearbeitet wurde und darunter verblutete. Bisher hatte der Mörder ausnahmslos Hockeyspieler im Visier. Alle Ligen und Mannschaften Albertas werden ab heute in die Polizeiarbeit miteinbezogen. Von den Profis runter bis in die Beer League-Teams. Wir fangen am Kopf an. Ich treffe mich sodann mit den Managern der Flames und der Oilers. Seit dem Bayet-Mord stehen die Cracks samt Familien *in toto* unter Polizeischutz. Der Rogers Place ist eine Festung. Ebenso der Saddledome in Calgary. Wenn Farmteam-Spieler Call-ups erhalten, werden sie unter unsere Fittiche genommen. Im nächsten Schritt informieren wir die Junioren.« Penner holt einen Spickzettel aus seiner Sakkotasche. »Alle sind vermerkt, um die es sich dreht. Unsere Clubs tummeln sich in der Western Hockey League, verortet in der Central Division. Das sind die Edmonton Oil Kings, die Calgary Hitmen, die Medicine Hat Tigers, die Lethbridge Hurricanes und die Red Deer Rebels. Auch hier gilt: Bewachung rund um die Uhr. Wir können nicht vor allen Türen mit einem Hockeyaner dahinter Posten beziehen, deswegen werden die Spieler der Teams in Hotels und Clubunterkünften zusammengeführt. Wie lange wir das so durchziehen können, wird sich zeigen. Die Colleges und High-Schools verfügen über eigene Sicherheitsleute, wir sind initiierend und beratend dabei.«

Ein Stöhnen geht durch die Reihen. Penner weiß genau, was den Kollegen durch den Kopf geht: Mehrarbeit, Trouble mit der Frau zuhause, traurige Kids, all das. Er kann sie verstehen, dennoch missfällt ihm das Murren, ungerührt fügt er hinzu: »Wie Sie wissen, steht Sergeant Preston von der Bundespolizei wegen des deutschen Opfers Zacher mit einem Fuß in unserem Laden. Gemeinsam mit den Mounties sind wir in der Breite gut aufgestellt. Jedes Department stellt Rotröcke ab. Überall fallen die gemütlichen Dartscheibenabende aus. In jedem Fall verlange ich absolute Diskretion. Ein Hoch auf die Nachrichtensperre, dennoch erhalten wir aus aller Welt Presseanfragen. Dazu werden wir mit obskuren Drohungen von Witzbolden und Trittbrettfahrern überschwemmt.« Penner hat sich wie ein Feldherr vor der allesentscheidenden Schlacht in Rage geredet, Brooks sieht sich gezwungen, ihn zu stoppen. Mit großspuriger Geste schlägt er die Hände zusammen und ruft: »Jetzt habt ihr euer Update!« Er blickt aufs Handydisplay, reibt sich die Augen, die Icons flattern. Er hasst diese Treffen wirklich. Nach einem Blick in die aufbrechende Runde nimmt er Toshi zur Seite: »Bei voller Mannschaftsstärke befinden sich pro Team sechs Spieler auf dem Eis. Bisher haben wir vier leichengefüllte Bodybacks. Zacher, Center, #39, rechter Unterschenkel ex, rechte Kufe fehlt. Martin, Right Wing, #22, Kopf ex, Helm fehlt. Bayet, Goalie, #72, rechter Arm ex, linke Kufe fehlt. Mills, links schießender Defender, #12, linker Unterschenkel ex, Stock fehlt. Du kannst dir ausrechnen, welche Spielertypen als nächste im Leichensack liegen sollen.«

»Ein rechts schießender Defender, ein linker Außenstürmer. Bei indigener Herkunft steigt die Chance.« Brooks nickt und murmelt: »Das schränkt den Kreis gesamtgesehen auf wie viele ein?« Toshi verzieht das Gesicht, als würde sie tatsächlich darüber nachdenken. Brooks lässt nicht locker. »Das Alter ist dem Mörder egal. Oder es korreliert mit Dingen, die wir nicht kapieren. Welches Werk soll vollbracht werden? Welche Bedeutung spielen die abgehackten Körperteile? Und vor allem: Wie passt das Weißbrot Zacher darein? Da hängt so viel in der Luft, und irgendwo liegt ein Sinn, ein Motiv verborgen. Dieser Fall ist unberechenbar.«

»Natürlich, James. Das ist ein Eishockeyfall.«

13

Im Anschluss an die Sitzung verschwindet Brooks ins Büro, schaltet den Mac ein und geht Toshis Verhör mit Dave Marvel noch einmal durch. Neue Erkenntnisse gewinnt er dabei nicht. Der Gutachter bleibt verschwunden, auch die angerufenen Eltern in Medicine Hat konnten keinen Anhaltspunkt für einen möglichen Aufenthaltsort liefern. Ab und zu beißt Brooks in ein kaltes Chicken Pot Pie, die Lesebrille glänzt im Schein der Schreibtischlampe fettig verschmiert. Das Telefon blinkt rot wie das Warnsignal eines unbeschrankten Zugübergangs, der Nummernspeicher quillt über. Aber er wartet auf einen ganz bestimmten Anruf. Er hatte Carl bereits mehrfach auf die Mailbox gesprochen und um dringenden Rückruf gebeten. Plötzlich schrillt das Telefon erneut. Erstaunt betrachtet er die angezeigte Nummer: Es ist Carl. In Köln ist es 1:30 Uhr in der Nacht. Aber was heißt das bei Teenagern schon? Nervös greift er zum Hörer: »Aha, der Herr Sohnemann. Danke, dass du zurückrufst, ich will auch nicht lange nerven. Ich habe einen Fall auf dem Tisch. Es geht unter anderem um einen Nachwuchsspieler aus Köln. Neulich hast du mir geskypt, dass du mit einigen Jungs von der Sporthochschule unterwegs warst. Die kannten diesen Eric Zacher. Hast du in diesem Kontext den Namen Travis Martin aufgeschnappt?« Toshi erscheint im Büro, Brooks stellt das Telefon auf laut. »Mein Sohn«, formen seine Lippen.

»Hi Daddy. Freut mich auch, dich zu hören. Ja, habe ich. Du meinst die Schnee-Eule, nein, den Schneevogel.«

In Brooks' Gedanken schlägt ein Blitz ein, wie ein von der Blauen Linie abgefeuerter Puck.

»Den wie bitte, was?!«

»Schneevogel, du hast richtig gehört.«

»Travis Martin war ein Schneevogel?«

»Ja und? Klingt doch toll.«

»Du hast mitbekommen, dass Travis Martin ermordet wurde?«

»Hallo? Alles, was in Kanada geschieht, verfolge ich. Was ist bloß mit den Oilers los, sag mal? Die stehen fast so schlecht da wie die Chicago Blackhawks.«

Brooks bringt ein jämmerliches Stöhnen hervor.

»Du sagst es, ein Albtraum, der aber nichts zur Sache tut. Ein anderes Mal. Erzähl mir von Martin.«

»Eric Zacher hat sich von ihm anfixen lassen, mit Skates und Schläger in die Neue Welt zu ziehen. Young Gun Spiderman muss erste Sahne gewesen sein, hat gespielt wie ein Kanadier. Rasantes Forechecking, fuhr und sprang mit vollstem Risiko übers Eis. Angebote aus der schwedischen Ausbildungsliga hatte er auch, doch er wollte partout der nächste Leon Draisaitl werden. Hat nicht geklappt, wurde gekillt.«

»Was ist das für eine Schneevogel-Story?«

»Martin soll bei einem Players-Meeting an der Sporthochschule eine Anekdote erzählt haben. Mit 16 Jahren zockte er in einem Team mit lauter Indianer-Kids, der Coach war Sozialarbeiter. Sie nannten sich Schneevögel. Das muss ähnlich abgelaufen sein wie im Film ›Mystery – New York: Ein Spiel um die Ehre‹.«

»Haben diese Vögel auch gegen ein NHL-Team gespielt und gewonnen?«

»Nicht ganz. Die Gegner waren hochgehandelte Collegespieler, Youngsters aus der Western Hockey League. Die

Schneevögel hatten sie am Rande einer Niederlage. Extra für dieses Super-Match ließ sich der Coach ein neues System einfallen. Er nannte es Sturmflut.«

»Sturmflut?«

»Trainiert wurde vorher nichts anderes als Schnelligkeit und Aggressivität sowohl in der defensiven als auch in der offensiven Zone. Wohl in dem Wissen, dass man der technisch haushoch überlegenden Truppe nur so zu Leibe rücken konnte.«

»Den puckführenden Spieler angehen, die Freistehenden abdecken, Passwege schließen. Ist die Scheibe erobert, stürmen und fluten drei Cracks mit Hurra auf den gegnerischen Goalie zu?«

»Genau, egal ob Verteidiger oder Stürmer, zumeist in Form eines Dreiecks. Jeder von denen musste Speed im Hintern haben. Kurz vor Schluss wurde das Spiel abgebrochen.«

»Fühlten sich die Prospects auf den Schlips getreten?«

»Wird wohl so gewesen sein.«

»Wo fand das Ganze statt?«

»Daddy, du bist der Detective.«

»Wie hieß der Coach? Matt Jones?«

»Ich weiß wirklich nicht mehr.«

»Danke, Carl. Funk SOS, wenn du die Kreditkarten gesprengt hast.«

»Logisch.«

»Wann kommst du nach Hause? Deine Mutter hat von einem Schweizer Internat gesprochen.«

»Träum weiter, die Schweiz soll hübsch sein, ganz eingekesselt von Bergen und so. Mit den Rockies wird sie es nie aufnehmen können. Ich fange zum nächsten Semester ganz normal mit dem Sportcollege in Vancouver an. Vielleicht wird es auch Edmonton. Außerdem habe ich gehört, dass Kiffen in Kanada ab Herbst legal wird.«

»Für eine Rückkehr ist das ein vortreffliches Argument. Gute Nacht.«

Brooks legt den Hörer auf und ruft im Mac den Zacher-Ordner auf. Toshi flüstert in verschwörerischem Tonfall: »Matt Jones war der Oberschneevogel. Dann hat sein Verschwinden vor Jahren mit unseren Morden zu tun.« Brooks' graue Zellen arbeiten sich an einem völlig anderen Gedanken ab. Er klickt sich durch das Bildmaterial und legt Leonard Zachers Foto von der ersten Befragung neben das seines Sohnes. In einem Wikipedia-Eintrag findet er ein Künstlerbild Nadine Zachers. »Tosh«, fragt er nach einer Weile, »kann es sein, dass Leonard Zacher gar nicht der Erzeuger von Eric ist?«

»Wie kommst du darauf?«

»Reines Bauchgefühl.«

»Dann iss weniger von diesem ungesunden Biskuit-Kram. Gönn dir mal einen Elchbraten in Ahornglasur.«

Die Partnerin steckt sich ein Kaugummi in den Mund, Brooks tut so, als habe er die flapsige Bemerkung überhört und fährt fort: »Normalerweise überprüft das Labor sämtliche Querverweise in einem Mordfall, DNS-Auffälligkeiten müssten regelrecht aufblinken. Ich rufe Doc Maccoll an.« Sekunden später ist der Gerichtsmediziner am Apparat.

»Pete! Nicht gurren, nicht pfeifen, stell dir vor, es ist Mondfinsternis, und alle Grillen halten Winterschlaf. Ich brauche sofort einen DNS-Abgleich von Leonard und Eric Zacher. Wenn du mir sagst, dass sie übereinstimmen, lass ich dich für unbestimmte Zeit in Frieden.«

Brooks pocht ungeduldig mit einem Kugelschreiber gegen das Telefon. Toshi hockt auf der Schreibtischkante und zieht Kaugummifäden. Augenblicke später ist Doc Maccoll wieder in der Leitung. Brummelnd legt er los: »Das ist mir durchgegangen. Zu viele Leichen, zu wenig Personal. Leonard Zacher ist nicht der Erzeuger.«

Jetzt ist es an Brooks, seltsame Laute von sich zu geben; sie klingen wie ein stotternder Motor. »Verdammte Tat. Ich muss dich leider doch weiter drangsalieren, Pete. Wir brauchen den biologischen Vater. Dringend. Kannst du ...«

»Bin ich dir schuldig. Ich jage die DNS durch alle verfügbaren Datenbanken. Sobald ich einen Treffer sichte, hörst du von mir. Das dauert maximal eine Stunde.« Brooks legt auf. »Und nun?«, fragt er Toshi. Die muss nicht lange überlegen: »Zachers Frau sagt ihm, dass er nicht der Vater ist. Daraufhin wirft er sie von einer Brücke ...« Brooks interveniert: »Glaub doch nicht diesen Boulevard-Quatsch. Und selbst wenn es so gewesen wäre, das ist nicht unsere Baustelle. Ich rufe ihn an und hole ihn zu mir ins Büro. Vielleicht weiß er, dass er ein Kuckucksvater ist, vielleicht nicht.«

»Was hat das mit unserem Fall zu tun?«

»Kann ich dir nicht erklären. Wie gesagt, ist nur ein Gefühl. Aber sag mal, als du gerade reinkamst, wolltest du mir nicht nur mein Chicken Pot Pie vermiesen, oder?«

»Keineswegs! Mounties in Purple Springs haben den abtrünnigen Gutachter geschnappt. Er kühlt gerade sein Mütchen im Verhörraum. Carry nimmt ihn in die Mangel.«

»Ach! Und was wollte er in der Pampa?«

»Auf dem Highway 3 ist ihm nachts der Sprit ausgegangen. Bisher hat er ausgesagt, dass er auf dem Weg zu seinen Eltern war, nach Medicine Hat.«

»Aha. Eine spontane Familienfeier?«

»Nein, er führte womöglich anderes im Schilde. Im Kofferraum seines Outback-Kombis lag ein ganzes Arsenal Handfeuerwaffen. Die Computerfreaks vom FBI detektierten eine Käuferspur Marvels ins Darknet. Dort nannte er sich blöderweise ›Typ Tierchen‹.«

»Was?!« Brooks kann nicht fassen, was er zu hören bekommt. »Inwiefern blöd?«

»Bei WhatsApp nutzt Marvel dasselbe Pseudonym. Wie töricht kann man sein?«

»Er wollte jedenfalls nicht den Eltern beim Schneeschippen helfen. In diesem Zusammenhang hat der Staatsanwalt einer Hausdurchsuchung bei Marvel zugestimmt. Und, halt dich fest, wir dürfen auch die Bude seines Heilpraktikers Justin Random auseinandernehmen.«

»Weshalb?«

»Dir spuken doch immer noch Marvels Hockeygedichte durch den Kopf. Er erwähnte beiläufig, dass die meisten bei Random liegen würden. Ich fahre in die Globuli-Höhle und komme mit Präsentkörben wieder. Wenn ich die Gedichte finde, liefere ich sie beim Graphologen ab. Als mein Partner könntest du mich eigentlich begleiten.«

»Das schaffst du ohne mich, Tosh. Und Leichen sind ja wohl nicht zu erwarten.«

»Wer weiß?«

»Außerdem schlage ich jetzt zwei Fliegen mit einer Klappe. Ave Andrews und Leonard Zacher. Ich lasse beide mit der Fahrbereitschaft herbringen.«

»Na, das wird ein Spaß. Zacher erklärst du mal eben, dass er nicht Erics biologischer Vater ist. Und Miss Andrews, dass ihr verrückter Hockeynachbar seine Eltern killen wollte. Da wäre ich zu gern dabei.« Toshi ist im Begriff zu gehen und wirft dem bereits mit dem Telefon hantierenden Brooks einen Kussmund hin.

»Hau schon ab. Wir sehen uns morgen im War Room.«

»Gibt es was Neues von Mrs. Miller? Wie laufen Ellas Hypnose-Sessions?«

»Wird sie uns sicherlich morgen berichten.«

»Den neusten Ermittlungsstand kennt sie?«

»Klar, sie hat das Büro gegenüber bezogen, geht ein und aus, ich halte sie auf dem Laufenden.«

»Wo ist sie jetzt?«

»Auf Tatort-Rundreise, verschafft sich Eindrücke ganz ohne uns. Profiler-Kram halt: allein mit der Umgebung und so tun, als wäre man der Mörder.«

Toshi stakst aus der Tür. Sie hinterlässt ein unverkennbares Geruchspotpourri aus Gurkenseife, Kaugummi und süßlich betörendem Mineral-UltraDry-Deo.

Gerade ist Brooks im Begriff, das Büro ordentlich durchzulüften, als Ave Andrews und Leonard Zacher zu ihm geführt werden. Zacher bittet er, zunächst draußen zu warten. Dann beginnt er Ave zu befragen. Angesprochen auf ihr Verhältnis zum Gutachter Dave Marvel, berichtet sie, dass ihr Nachbar in letzter Zeit immer eigenbrötlerischer und seltsamer wurde. »Als mir vor der Simmons-OP das Hockeygedicht vor die Füße fiel, dachte ich für einen Moment, dass Dave es geschrieben haben könnte. Die Schrift kam mir bekannt vor.« Auf Brooks' Frage, warum sie das nicht der Polizei erzählt habe, antwortet sie kleinmütig: »Ich wollte Dave nicht in etwas hineinziehen, was mir selbst als fixe Idee vorkam. Ein Zusammenhang zwischen ihm und dem Unfall auf dem Highway erschloss sich mir einfach nicht. Außerdem hat er mir keines seiner Gedichte gezeigt, geschweige denn vorgelesen.« Ohne dass Brooks sie darauf anspricht, erklärt sie: »Ein Paar sind wir nie gewesen. Nicht, dass Sie das denken. Da war nur Freundschaft ohne Plus. Die permanenten Besuche beim Heilpraktiker Justin Random haben Dave mit der Zeit verändert. Er wurde ein vergnatzter Misanthrop und betrachtete sein eigenes Leben als Trümmerfeld. Verantwortlich dafür machte er seine Eltern.« Dass Aves dubioser Nachbar unlängst auf dem Weg zu eben diesen war, um sie aller Wahrscheinlichkeit nach mit illegal erworbenen Waffen ins Jenseits zu befördern, verschweigt Brooks. Ebenso, dass er die nächste Zeit in Untersuchungshaft verbringen wird. Und ob Dave Marvels ominöse Hockeygedichte nicht doch in irgendeinem Zusammenhang mit den Morden stehen, weiß er noch nicht. Sofern sie überhaupt sichergestellt werden können. Mit warmem Handschlag verabschiedet er sich von Ave. Als sie in den Flur tritt, wird Marvel gerade in Handschellen vorbeigeführt. Aves Mund klappt auf wie ein Scheunentor.

Als nächstes tritt Zacher ins Büro. »Das reinste Bäumchen-wechsel-dich-Spiel«, denkt Brooks und bedeutet ihm, Platz zu nehmen, während er erneut mit Doc Maccoll telefoniert und angestrengt den Bildschirm seines Macs fixiert.

»Die Mail ist angekommen. Danke, Pete. Ich lese sie gerade ... Und du bist dir absolut sicher? Was? Ja, diese Träume nisten sich immer noch ein, doch ich schiebe die Bilder so gut es geht von mir. Wenn wir mit dem Fall durch sind, lege ich mich aus freien Stücken beim Psychologen auf die Couch ... Diese Saison können wir abhaken, die Erwartungen waren ein paar Nummern zu groß ... War das eine Schiedsrichterpfeife? Ich muss Schluss machen.« Brooks' Finger klopfen auf gefaltete Notizblätter und hinterlassen kleine Dellen im

Papier, Zacher sieht ihn belustigt an und holt zu einem kleinen Vortrag aus: »Hockeysorgen sind schlimm. Die Oilers erinnern mich an die Kölner Haie. Sehr viel hochgelobtes Potential, und in den entscheidenden Momenten ist die Luft raus. Seit Jahren ist es dasselbe. Ich wundere mich, dass die Leute dafür noch Geld bezahlen. Und immer werden die Trainer zuerst entlassen, wo doch die Schuld ganz klar bei den Managern liegt ...«

»Ja, sicher«, unterbricht Brooks den Wortschwall Zachers, der ihn fragend anblickt. Ein gequälter Ausdruck liegt in den Augen des Detectives, abwehrend hebt er die Hand, nimmt Zacher in Augenschein und legt unverblümt los: »Ich möchte gar nicht lange um den heißen Brei herumreden. Ich habe mit unserer forensischen Abteilung gesprochen. Wir haben Ihre DNS mit der von Eric verglichen, die beiden Proben stimmen nicht überein. Sie sind nicht der biologische Vater. Wussten Sie das? Falls ja, ich würde es verstehen, wenn Sie uns das bisher verschwiegen haben.«

Zachers Lächeln verlischt unter einem eisigen Blick. Wacklig steht er schreckensbleich auf, setzt sich wieder hin, nestelt nervös an den Fingern herum und reißt sich dabei feine blutende Wunden in die Haut. Er weiß absolut nicht, was er tun soll und wohin mit sich. Das hinzuaddierte Unglück liegt ihm sichtlich schwer im Magen. Er schüttelt trotzig den Kopf, Brooks sieht die Verzweiflung in seinen Augen.

»Das heißt, Sie wussten es nicht?«

»Das heißt es.« Keuchend fragt er: »Wer ist der biologische Vater? Kann ich ihn treffen?«

»Können Sie nicht.« Brooks scrollt sich durch Doc Maccolls E-Mail. »Er ist tot, vor sieben Jahren auf einer Baustelle verunglückt. Ein Wanderarbeiter. Wurde aller Wahrscheinlichkeit nach vom Gerüst gestoßen, aber der Fall wurde geschlossen. Deshalb ist die DNS dieses ...«, Brooks sucht nach der passenden Stelle in der E-Mail, »... Ken Denis noch im Computer gespeichert. Soll ich Ihnen einen Kaffee kommen lassen?«

»Nein, danke, nicht dieses Automatengesöff. Haben Sie was Stärkeres?« Brooks verneint. »Tut mir leid.« Zacher sieht ihn mit zugekniffenen Augen an. »Mir wird einiges klar. Erics Mutter war vor 18 Jahren zu Besuch in einem der hiesigen Indianerreservate. Auf Einladung eines Instituts. Es ging um irgendeine Kunstsache, keine Ahnung, um welche. Damals hatten wir uns auseinandergelebt. Ich war mit meiner Arbeit beschäftigt. Das neue Büro in New York ...«

»Und da hat es Sie nicht gewundert, dass Ihre Frau unvermutet schwanger war?«, fragt Brooks und erntet ein beleidigtes Schweigen. Zachers Miene wird hart wie Beton. Er scheint die Frage verstanden zu haben, blickt sein Gegenüber jedoch an, als müsse ein ins Ohr gesetzter Babelfisch die Worte erst übersetzen. Gereiztheit schwingt in seiner Stimme mit.

»Als Nadine nach Köln zurückkehrte, war sie wie ausgewechselt, sie war glücklich. Ja, wir hatten nach langer Zeit wieder Geschlechtsverkehr, wenn es das ist, was sie so subtil hinterfragen. Ich hatte den Eindruck, dass wir uns wiedergefunden haben. Ob sie mich betrogen hat, ob es einen Nebenbuhler gab, mit wem sie auf Reisen ging, wollte ich partout nicht wissen. In jeder Ehe gibt es dunkle Geheimnisse. Und bevor Sie mich fragen, ob ich meine Frau ermordet habe ... das geht Ihnen wahrscheinlich durch den Kopf, oder?« Brooks zuckt die Achseln und entgegnet: »Falls sich das bewahrheiten sollte, ist die deutsche Polizei zuständig. Wenn Sie etwas auf der Seele haben, dann ...« Mit bebender Stimme fährt Zacher dazwischen: »Habe ich wahrheitsgemäß nicht. Menschen verschwinden. Nadine ist einfach nicht mehr da. Als wäre sie ausgelöscht worden. Was glauben Sie, was mich diese Geschichte für Nerven gekostet hat? Sogar ein Privatdetektiv wurde engagiert, um der Sache nachzugehen. Die Eltern meiner Frau, die halbe Verwandtschaft will mich bis heute hinter Gittern sehen. Aber für was?« Brooks blickt ihn an, scheint in seinen Augen lesen zu wollen. Zacher weicht seinem Blick aus und starrt an die Decke. Sanft sagt Brooks: »Beruhigen Sie sich, ich mache mir einfach Sorgen um Sie.« Eine zweifelnde Stimme meldet sich in seinem Inneren. Doch er will sie nicht hören. Zachers Blick irrt durch den Raum und landet wieder bei seinem Gegenüber. Nicht mehr feindselig, hält er Brooks' bohrendem Blick stand.

»Mister Zacher ...«

»Ken Denis. Dürfen Sie mehr über den verraten?«

»Nein, geht nicht. Erstens habe ich den Namen eben erst bekommen, und zweitens ...«

»Laufende Ermittlungen, verstehe. Wenn Sie nichts dagegen haben, stehe ich jetzt auf, hake mich bei Ave unter und überzeuge sie, dass es eine gute Idee ist, sich volllaufen zu lassen.«

»Hüten Sie sich vor der Pressemeute, die schnappt nach Ihrem Hintern.«

»Das ist jetzt unerheblich. Bei so viel Blutvergießen innerhalb so kurzer Zeit bin ich bestimmt nicht mehr der Gefragteste.« Zacher blickt versonnen aus dem Fenster. Dunkelheit, bald so dicht wie ein endloser Tunnel, kriecht den schneegrauen Horizont hoch. Bedrohlich und kalt.

14

»Müssen Sie immer alles unter Kontrolle haben? Können Sie niemandem vertrauen, Ella?«
»Ich gebe mir alle Mühe der Welt.«
»Lassen Sie die Mühe außen vor. Sie sind eine geübte Fallschirmspringerin, springen Sie aus dem Flugzeug und versinken Sie in einem federleichten Meer.«

Die dritte Hypnosesitzung. Nach einer Sensibilisierungsphase ist es der Psychologin bisher lediglich gelungen, Ella in dämmerähnliche Zustände zu versetzen. Die Séancen kommen der auf einem bequemen Klappsofa liegenden Ella eher wie der Versuch eines autogenen Trainings nebst Muskelrelaxation vor. Sie befiehlt sich Entspannung, das Bewusstsein soll ruhen, doch fortwährend kommen ihr Grübelschleifen wie auf einer Gedankenachterbahn in die Quere. Die Wirklichkeit jenseits aller Relativität, der Weg ins Innerste scheint verschlossen zu sein wie eine Auster. Gebannt lauscht Ella nach Meldungen aus dem Unterbewusstsein. Doch jedes Signal bleibt aus, keine Leuchtmunition wird in die Dunkelheit gefeuert. Das Grummeln an der Oberfläche übertönt alles. Das Hirn wehrt sich und rührt einen diffusen Synapsenbrei zusammen. So verstreichen an diesem Dienstagvormittag zähe Minuten in Millers Praxis.

»Vielleicht sollten wir Cool-down-Klänge einlegen?«, denkt sie. »Oder, nein. Beim Plätschern von Tropfsteinhöhlen muss ich aufs Klo. Waldvögel gehen gar nicht. Und sobald der Uhu loslegt, fange ich an zu lachen. Soll ich die Augen wieder öffnen?«

»Erinnerungen sind launisch. Mal trügen sie, führen in die Irre, mal sagen sie uns die Wahrheit, gepaart mit gemischten Gefühlen, die wir im Laufe der Zeit erlernten.«

Millers wohlige Stimme macht es nicht besser. Sie taxiert Ella aus nächster Nähe mit übereinandergeschlagenen Beinen und bemüht sich, dem roten Stuhl kein störendes Geräusch zu entlocken.

»Ach Gott, das Limbische System, der Bewertungsspeicher aller Erinnerungen. Ein Hirnareal, in dem Ängste und Reflexe aus der Steinzeit gespeichert sind. Im dritten Semester hatte ich diesen Kurs. Wie hieß der gleich? Bedrohungsreize, richtig. Die Amygdala als paariges Kerngebiet im Temporallappen. Stopp. Ziehen da Kopfschmerzen auf? Kann mir jemand die Stirn reiben? Mein Gehirn ist ein Computer, und der Cursor rennt wie verrückt über den Bildschirm. Klemmt die Löschtaste? Nur gut, dass ich nicht mehr auf dem roten Stuhl sitzen muss.«

»Wir haben weniger Angst vor dem, was wir tun, als vor dem, was wir denken. Jede Anschauung kann schmerzhaft sein. Jeder Blick in die Zukunft ebenso.« Ellas Herz hämmert gegen die Rippen, wie ein Wasserfall rauscht Blut durch ihre Ohren. Sie zwingt sich, tief und langsam zu atmen. Miller fährt fort: »Erlebt man sehr früh, als Baby oder Kleinkind, ein Trauma, wird der verletzte Seelenanteil abgespalten. Der Rest des Menschen entwickelt sich weiter und trägt diesen verkümmerten Anteil mit sich. Sie haben Ihren Vater verloren und machen sich vielleicht dafür verantwortlich. Reisen Sie, nehmen Sie mit, was Sie brauchen. Sie sind sechs Jahre alt. Sie kommen von einem Sonntagsausflug, waren beim Eisangeln. Wie viele Fische hat Ihr Vater gefangen?«

»Was soll dieses Zeug aus dem Lehrbuch? Ich bin selbst ... Psychologin. Ich weiß das alles. Wie viele Fische?«

»Malträtieren Sie sich. Betrachten Sie jeden Gedanken, auch die bösen. Wagen Sie Schritte nach außen, in den dunklen Wald hinein. Wenn Sie schon nicht davon loskommen, Dialoge mit sich zu führen, ermüden Sie Ihren Gesprächspartner. Chilaili spricht mit Ella. Ella mit Chilaili. Chilaili mit Ella ...«

Ella versucht es: »Ella hat Travis verloren, die Mutter ist bei der Schwester in Australien, nach Calgary kann sie vorläufig nicht zurück. Ella hat keinen Vater mehr, Chilaili.«

Auf ihrer Stirn bildet sich ein dünner Schweißfilm. Ein Cocktail aus Angst, Schuldgefühlen und Verzweiflung verändert mit einem Mal die Chemie in ihrem Blut. Draußen hupt ein Lastkraftwagen. Ella lässt sich nicht davon irritieren. Miller spricht sanft von Horizonten und Wegen, von Licht und Schatten, von schwebenden Gefühlen, blockierten Erinnerungen. Die Erschöpfung der letzten Tage fordert ihren Tribut. Ganze Muskeleinheiten versagen den Dienst.

»Akzeptieren Sie die Schwerelosigkeit, die Phantasiegebilde. Akzeptanz wirkt zunächst wie ein Bad in Drachenblut. Bis jede Bedrohlichkeit weicht ...« Millers Worte wirken wie Morphin, das langsam von Ellas Körper Besitz ergreift. Ella taucht in ein jüngeres Selbst ein, fühlt ein Pulsieren, spürt eine Sehnsucht, blickt durch ein farbenfrohes Kaleidoskop. Sie gleitet in eine Art Delirium. Das Hupsignal ist weg, die Kopfschmerzen verschwinden. Von irgendwoher hört sie ein zunehmend lauter werdendes Flüstern.

»Sind Sie noch da, Mrs. Miller?«

Ella sieht sich, ihre Schwester, die Eltern, das vertraute kleine Farmhaus, weißgestrichen, die Fensterläden hellblau, eine umlaufende Veranda. Es ist warmer Juli, Brettspiele und Kaltgetränke auf dem großen Gartentisch. Hunde tollen um eine Wasserpumpe herum, zwei Katzen schrecken Vögel auf, eine Szene vollendeter Harmonie. Das schönste Fleckchen Erde auf der ganzen Welt. Von weitem kann sie Travis sehen, der lachend einen knallbunten Frisbee in die Luft wirft. Die Hunde blicken der Scheibe erwartungsfroh hinterher. Dann erstirbt alles Lachen, bricht der Winter ein. Ellas Augen blicken starr in die Ferne. Die Tiere verschwinden, die Farben verblassen zu einem hässlichen, kränklichen Graugrün. Die Sonne zieht sich zu einem dunklen Klumpen zusammen. Sie starrt weiter. Unmöglich erscheint es, die Lider zu schließen. Chilaili spricht zu Ella. In ihren Worten schwingt keinerlei Angst mit, eher der Wille, ein ungewisses Schicksal zu akzeptieren. Ella spricht zu Chilaili. Glänzende Straßen schlängeln sich durch einen Hügel. Grautöne werden lichtdurchflutet. Dann wird der Himmel aufgeschlitzt, Kaskaden roten Lichts tropfen blutig herab. Ella öffnet die Augen, wagt zu sprechen.

»Sind Sie noch da, Mrs. Miller?« Die Worte prallen an ihr ab wie von einem Felsen. »Ich verlasse das Auto, spüre glatten Boden unter den Füßen. Da sind Spuren im Schnee, ich folge ihnen.«

»Ganz ruhig, Ella. Ich passe auf Sie auf. Was geht in Ihnen vor?«

»Der Gedanke, dass etwas Schlimmes geschieht, das sich durch nichts stoppen lässt. Schneematsch dringt in meine Schuhe ein. Das Laufen fühlt sich so an, als stünde ich auf einer schwankenden Fähre. Da ist mein Vater, da sind zwei Männer. Einer trägt eine Augenklappe. Mein Vater liegt regungslos am Boden. Voller Wut und Hass prügeln sie auf ihn ein. Das Blut spritzt in den Schnee. Ein großer Kerl mit blauen Eisaugen steht daneben, die Hände auf den Kopf gelegt. Er ruft etwas, will die Schläger aufhalten. Der leblose Körper meines Vaters wird auf die Ladefläche eines Autos geworfen, sie fahren davon. Ich gehe zurück, erklimme einen Felsen. Ein Indianer erwartet mich. Er springt hinab. Ich tue es ihm gleich. Der Indianer kann fliegen. Mich nimmt ein großer Vogel auf. Seine Federn sind warm und weich. Unter mir fährt der Wagen, mein Vater bewegt sich. Blaue Eisaugen schauen zum Himmel. Der Vogel landet. Ich habe sicheren Boden unter den Füßen. Da liegt ein Notizbuch, ich hebe es auf. Spielzüge, ein Move namens Sturmflut, Gedichte meines Vaters sind auf Papier vermerkt. Meine Haut ist aufgeplatzt, trocken. Wortfetzen, Sätze verlassen meine Lippen.« Ella erschreckt, hört ein Donnern, sieht einen Blitz. Er hinterlässt ein Bild ihres Vaters, das in der Luft zu schweben scheint. Matt Jones trägt ein geflicktes Trikot mit der Rückennummer 9, mit einer weißen Eule, einem Schneevogel als Teamlogo. Sie versinkt in einem leichten Meer. Federn schweben kreisend durch die Luft. Jemand liest Zeilen eines Gedichts, und Ella weiß, von wem die Stimme stammt. »Der Stock will zur Scheibe, dieser schwarze Magnet. Sie warten am Slot, mit gebogener Klinge, und nehmen es in Kauf: Blut, das auf dem Eis gefriert.« Bilder verblassen, Töne verebben. Übrig bleibt ihr Schluchzen. Miller legt ihr eine Hand auf die Schulter. »Wenn Sie wieder bei mir sind, setzen Sie sich aufrecht hin.«

Ella nickt, richtet sich langsam auf. Als sie hochblickt, scheint der ganze Raum sich aufzubäumen. Dann dauert es eine ganze Weile, bis sich ihre Augen an die spärliche Beleuchtung gewöhnt haben.

»Wie fühlen Sie sich?«

Ella antwortet nicht und fegt sich abspenstige Haare aus dem Gesicht. Ihre Kiefermuskeln mahlen vor Anstrengung.

»Was für einen Wochentag haben wir heute?«

»Dienstag«, antwortet sie etwas unsicher.

»Und? Wie fühlen Sie sich?«

»Ziemlich mies.« Behutsam betastet sie ihre Stirn, um zu überprüfen, ob sie Fieber hat. Die Stirn ist schweißnass, aber kühl. Eis jagt durch ihre Adern, die Finger kribbeln. Sie kann sich an alles erinnern.

Das Rideau Park-Motel befindet sich an der 23th Avenue in Mill Woods. Im Erdgeschosszimmer Nummer 12 ist der Wasserboiler im Bad defekt und nicht regulierbar. Notgedrungen hat sich der Mann, der hier unter fremdem Namen gestern eincheckte, mit einer eiskalten Dusche begnügt, die er zähneklappernd und am ganzen Körper schlotternd über sich ergehen ließ. Danach lässt er sich Sushi kommen, nimmt eine Extradosis Ibuprofen und macht es sich in einem Ledersessel gemütlich. Die beidseitige Hüftkopfnekrose, die ihn von Kindesbeinen an verfolgt und bereits frühzeitig zum Einsatz künstlicher Endoprothesen führte, setzt ihm seit einigen Tagen wieder schwerer zu.

Die handgeschriebenen, krakeligen Notizen und Zeichnungen auf seinem Schoß veranschaulichen, was als Nächstes zu tun ist. Sie zeigen eine Hockeyfeldkarte, darauf eine mit Bleistift gemalte Spielszene. »Pulling the Goalie« steht darübergeschrieben. Der Torwart fährt für einen sechsten Feldspieler vom Eis. Ein Schachbrett des Todes, die #16 ist mit dem Datum von heute, dem 30. Januar, rot umrandet. Er streift sich Lederhandschuhe über, aus einer Schachtel entnimmt er behutsam ein Blatt Papier, ein Hockeygedicht mit der Überschrift »Rückennummer 16«. Wenig später rüstet er sich mit Tuchjacke und Stiefeln aus, greift zu einem Hockeybag und verlässt das Zimmer. Draußen nimmt er umsichtig die wenigen schneegeräumten Stufen, stapft zu einer Behelfsgarage, öffnet den Kofferraum seines BMW und legt die Tasche behutsam hinein. Das Basecap tief ins Gesicht gezogen, den Kragen hochgeschlagen setzt er sich hinters Steuer, startet den Wagen, fährt los. »Nur in keine Routinekontrolle geraten«, schießt es ihm durch den Kopf. »Alles lief bisher wie geschmiert. Und wie schwer, wie heftig es mir vor ein paar Wochen noch vorkam. Bei #16 wird nachher alles so laufen wie beim letzten Mal, als die #72 dran glauben musste.« Sein Blick fällt auf Passanten, die mit vollen Einkaufstüten vorbeiziehen. In einem für ihn ungewohnten Gefühlsausbruch schreit er sie entrückt an, wohl wissend, dass ihn im geschlossenen Auto niemand hören kann. Dann nimmt er den roten Faden seiner Gedanken wieder auf. Ein Lächeln brennt auf seinen Lippen, mit einem abgrundtiefen Seufzer entlässt er es. »Die Busgeschichte mit der #12, ja, die hätte schiefgehen können. Aber! Ließ sich alles wieder ins Lot bringen. Jamanka, hast mir einen Bärendienst erwiesen. Die CD lief nicht über den Sender, ER hat bestimmt vergeblich drauf gewartet. Doch MEINE Trophäe ... wird ER bekommen. Den Kopf von der #22 hätte ER mir nie zugetraut, oh nein. Von wegen, DU hast die Hosen voll, alles eine Nummer zu groß für DICH. Was heißt eine Nummer? Gleich zwei oder drei Nummern zu groß! Der Junge ... scheiße, war das gut. Lag vor mir im Schnee, aus dem Pickup geschleudert. So ein Glück. So ein Riesenglück, dass dieses verdammte TALENT hergezogen ist. Wie eine Klette hing ich an dem. Das Gedicht #39 immer dabei, immer in der Tasche. Gott, diese ... Gedichte. Wäre das mit dem Unfall nicht gewesen, hätte ich ihn getötet? Wie? Ich hätte ihn getötet, früher oder später. ER hat gesagt, dass die Nummern betäubt oder bewusstlos sein müssen, bevor die Axt reinrauscht. Nur wenn das Herz schlägt, läuft es auf eine prächtige Blutorgie hinaus. Damit hat ER mich gekriegt. Und? Jetzt kann ER stolz auf mich sein. Und Jamanka ... ja, sollen sie Jamanka jagen, macht die Sache einfacher.«

Als er den Whitemud Drive ansteuert wirft er den Kopf herum, so, als wolle er die Erinnerung abschütteln. »Viel Blut. Aber ich bin kein Zierpflanzengärtner!« Er spürt, wie sich die Nackenhaare aufstellen. »Ein schönes Gefühl, so voll auf Adrenalin. Konzentriere dich. Du schaffst das, hast keine Schmerzen, hast Medikamente genommen. Rote Ampel bedeutet: halten. Zurückfahren kannst du nicht. Die Ampel schaltet auf Grün. Fahr weiter. Ist nicht mehr weit. Ich mag Netflix, Marshmallows und eine Lady namens Kim. Ich möchte das Richtige tun, um jeden Preis. Ich möchte ein guter Mensch sein. Doch um das zu werden, muss ich es IHM beweisen. Denn ER ist eine Hälfte von mir ... ach, Schwachsinn! Ich muss das hier nicht für IHN tun, ich muss es nicht. Ich kann zu Kim gehen, Marshmallows rösten, Netflix-Filme schauen ... nur scheiß Hockey spielen, scheiß Hockey spielen, das kann ich nicht!« Sein Lächeln verblasst kurzzeitig und erholt sich dann wieder. Plötzlich drehen die Reifen auf dem nassen Asphalt durch, das Auto gerät ins Schlingern. Neben ihm ertönt wütendes Hupen. Dann ein Schatten am linken Seitenfenster. Um Haaresbreite hätte es einen Unfall gegeben. Erst als die Gefahr vorbei ist, schlägt die Angst zu wie ein Hammer. Er fängt an zu zittern, atmet tief und regelmäßig durch die Nase, um das Herzklopfen zu beruhigen. Aus dem Himmel fällt Schnee, eine Maschine der Air Canada befindet sich im Sinkflug über ihm.

Im Anschluss an die Hypnosesitzung trifft Jayden Miller im Police Department ein und arbeitet in dem ihr zur Verfügung gestelltem Büro weiter an der Fallanalyse. Gegen 14:00 Uhr findet sie sich vor versammelter Mannschaft im War Room wieder. Penner ist froh, sie zu sehen: »Hallo, Mrs. Miller. Schön, dass Sie da sind. Hereinspaziert, starten wir mit dem Ermittlungsstand. Hat Brooks Sie informiert?«

»Ja, wir haben einen kurzen Draht zueinander. Die Vaterschaftssache Zacher, die Köln-Connection seines Sohnes. Die Verhaftung des Gutachters Dave Marvel ... Ich bin im Bilde.«

»Sehr schön. Bitte.« Er deutet auf den Stuhl neben sich, zieht ihn hervor. Miller legt den Mantel ab und setzt sich neben Penner. Toshi beginnt: »Marvel ist ein gutes Stichwort. Beginnen wir mit dem Gutachter. Im Verhör gab Marvel zu, dass er mit dem Darknet-Arsenal die eigenen Eltern zu Brei schießen wollte. Er schiebt, und das ist wirklich putzig, seinem Heilpraktiker Justin Random die Schuld daran in die Schuhe. Random hätte ihm eingeredet, sich von den Eltern befreien zu müssen. Ich glaube, es handelt sich um eine deutliche Fehlinterpretation des Wortes *befreien*. Als ich Random mit Marvels Aussage konfrontierte, konnte er es kaum fassen. Er wusste nicht, was er dazu sagen sollte.«

Penner fährt ungeduldig fort: »Was diesen Random betrifft, habe ich bisher auf meinem Zettel: 49 Jahre alt, kam vor sechs Jahren aus Richmond, schwul, volle Praxis, entsprechend hohes Einkommen. Etliche Zertifikate, Abschluss in Geschichte und Romanistik.« Brooks schaltet sich ein: »Damit wird man Heilpraktiker, tauft mit Bachblüten und heftet Blutegel an?« Toshi erwidert schmunzelnd: »Random hat eine Ausbildung im Heiler-Metier durchlaufen. Sein Spezialgebiet ist das Innere Kind, eine modellhafte Betrachtungsweise innerer Erlebniswelten des Erwachsenen.«

»Verstehe. Das schreiende Etwas, das sich auf den Boden wirft, wenn es keinen Lolli bekommt, war gestern. Später im Leben geht es um andere Dinge.«

Miller schaltet sich ein: »Erwachsene hadern ständig mit der Macht des Inneren Kindes. Das Prinzip des Lollis bleibt, der Lolli ist immer das Ziel. Übersetzen Sie den Lolli mit Rechthabenwollen, mit Anerkennung. Erwachsene werfen sich dafür nicht mehr auf den Boden. Oh nein. Die einen jammern und weinen. Die anderen bocken, schimpfen und schreien. Eben weil sie es als Kinder nicht anders gelernt haben.«

Alle Augen spähen in Richtung Penner, Toshi reißt das Wort an sich: »Niemand muss sich jetzt persönlich angesprochen fühlen. Jedenfalls, über sein Spezialthema hat Random zwei Bücher verfasst. Nebenher versteht er sich auf indianische Lehren und Gebräuche. Sogar wahrsagerische Qualitäten werden ihm nachgesagt.« Erneut Brooks: »Dann kann er vor der Saison in die Sterne blicken und weiß, wer den Stanley Cup gewinnt? Wie praktisch.«

»Wer geht bitte zum Heilpraktiker?«, fragt Carry.

»Leute, die auf Naturmedizin schwören, die Psychiater wie Chirurgen meiden oder eine letzte Heilungsoption ziehen. Glaube kann Berge versetzen«, hält Miller entgegen.

Carry lässt nicht locker: »Krebsgeschwüre streicheln statt rausschneiden?«

Penner will von der Thematik nichts mehr wissen und gibt sich auch keine Mühe, es zu verbergen: »Ich werde jetzt weder brüllen noch schreien, um meinem Inneren Kind gerecht zu werden. Nur so viel noch: Vielleicht hasst der Krebs es, gestreichelt zu werden, und verschwindet. Wieso nicht, kann doch sein? Und Teufel noch mal, was hat das mit unserem Fall zu tun?«

Ein Augenzwinkern Carrys trifft Penner, er nickt irritiert zurück, dann mahnt er zur Eile: »Und jetzt weiter, weiter. Bitte, meine Damen und Herren.« Penners Blick wandert umher. »James, Tosh, ihr wart an den Hockeygedichten dran ...«

»Stimmt«, antwortet Toshi, während Brooks an die Decke starrt, als liefe da oben ein Film. »Schalten wir um zu den Ergebnissen der Hausdurchsuchungen. Zwei Gedichte fanden wir bei Marvel, 22 weitere bei Random. Sie wurden mit den Tatort-Hinterlassenschaften verglichen, die Experten fanden keinerlei Übereinstimmungen. Marvels Poesie stammt aus der jüngsten Vergangenheit, die Tinte war kaum trocken, während die anderen Ergüsse deutlich später verfasst wurden. Auch inhaltlich passt nichts zusammen.«

»Inwiefern?«, fragt Miller.

»Ich will Sie nicht mit Details über daktylische Hexameter langweilen«, Toshi reicht ihr zwei Blätter aus der Hausdurchsuchungsakte, »aber Marvels gereimte Sätze ... Lesen Sie selbst.« Brooks starrt weiter an die Decke und fällt ihr halb abwesend ins Wort: »Als Ave Andrews das Gedicht vom Zacher-Tatort vor die Füße fiel, beschlich sie der Verdacht, dass Marvel es geschrieben haben könnte. Die Schrift kam ihr bekannt vor, doch sie irrte sich.«

Miller schaut Brooks skeptisch an, ist für eine Weile ins Papier vertieft, dann deklamiert sie laut: »Bei uns ist der Puck ein Feuerball, ein Komet aus dem Weltall. Wir jagen das Ding mit Gewalt in die Maschen und haben uns mit Dynamit gewaschen ...«

Brooks schreckt hoch. Durchs Hirn wippt ihm Joel Quenneville auf einer Hollywoodschaukel. Er schließt die Augen, zählt bis drei, vier ... hilft nicht. Es wird schlimmer. Leon Draisaitl schaukelt mit und unterschreibt einen Vertrag bei den Chicago Blackhawks. Draisaitls Züge verändern sich, bald sieht er aus wie Wayne Gretzky. Coach Q lacht und strahlt, der Schnäuzer glänzt. Q rammt Brooks einen Ellenbogen in die Rippen. Noch einmal. Augen auf. Brooks schüttelt seinen Tagtraum ab. Festzuhaltender Gedanke: »Das mit dem Ellenbogen war nicht Q, das war ...« Toshi blickt ihren Partner fassungslos an. Dann rutscht sie stuhlabwärts, holt eine Tüte Old Dutch Arriba Nachos hervor, reißt die Packung auf. Als Brooks die Tüte sieht, hetzt sein Blick hin und her, wie der einer gejagten Gazelle. Er landet bei Miller, die ihn konsterniert betrachtet. Verlegen zuckt er mit den Achseln und murmelt: »Entschuldigung, Tagträume. Seit wir an dem Fall dran sind. Und diese Old Dutch Arriba Nachos verfolgen mich ... Schlimm. Wo waren wir gerade, Tosh?«

Für Sekunden ist nur das Summen der elektronischen Wanduhr zu hören.

»Bei Marvels Hockeygedichten. Die Spur zum Gutachter ist ab sofort kalt.« Brooks reibt sich mit den Handballen die Augen, Millers Blick kommt nicht von ihm los. Sie fragt: »Was haben die Hausdurchsuchungen noch ergeben?« Brooks gähnt, Toshi antwortet wie aus der Pistole geschossen: »Vor einer Stunde kam der Auswertungsbericht des Praxiscomputers rein. Wir haben einen interessanten Querverweis zu Elias Stanten gefunden, dem Vater von NHL-Star Cody Stanten.«

Miller blickt Toshi verwundert an und fragt: »Auf Randoms Computer? Elias Stanten war Randoms Patient? Hat sich der Heilpraktiker dazu geäußert?«

»Ja und nein. Nein, er äußert sich nicht und beruft sich auf die Schweigepflicht. Ja, Terry Wheelers Ranch-Bewohner Elias Stanten befindet sich seit gut einem Jahr unter den Fittichen des Heilpraktikers. Er hat Bauchspeicheldrüsenkrebs. Genau vor einer Woche tippte und speicherte Random das hier ab.« Toshi liest aus dem Bericht vor: »Elias' Herz ist erkaltet, die Phase der Wut hält an, schwarze Energie fließt. Er funktioniert nur noch nach dem verhärmten Leben-gleich-Hölle-Prinzip. Dabei sollte er begreifen, dass er für sein begrenztes Sein selbst verantwortlich ist. Damit sein Staub eines fernen Tages zu einem neuen Alpha erwachen darf.«

Miller grübelt, verschränkt die Arme vor der Brust. Penner schlussfolgert: »Elias Stanten hat Krebs im Endstadium. Deswegen schickte uns sein Anwalt das Fax mit der Vernehmungsunfähigkeit.«

»Sie wollten ihn wegen möglicher Kontakte zu Robert Jamanka befragen«, wirft Miller ein, Penner nickt und fährt fort: »Das können wir vergessen. Und Terry Wheeler liegt im Koma.«

In Millers Kopf verknüpft sich die morgendliche Hypnosesitzung mit den Figuren Jamanka, Stanten und Wheeler. Die Hintergrundgeräusche im War Room werden davon überblendet.

»Mrs. Miller?« Penner schaut die Psychologin eine Weile an. »Nicht einmal in Gedanken schafft man es, das Durcheinander der Ereignisse zu sortieren, stimmt's?« Miller ist wieder ganz Ohr, lächelt milde und antwortet: »Das gehört zu meinem Job, machen Sie sich keine Sorgen. Weiter im Text, was haben Sie noch ermittelt?«

»Jungs, jetzt seid ihr dran.« Penner wirft Hitchkowski und Quintal einen raschen Blick zu. Hitchkowski legt gleich los: »Quint und ich hatten ereignislose Minuten vor dem Anwesen Terry Wheelers. Das Areal sieht aus wie auf dem Satellitenbild. Groß und mächtig, irgendwie geheimnisvoll. Nur ließ uns der Sicherheitsdienst im Regen stehen. Gab weder Kaffee bei Wheelers Nutten noch Kuchen im Hause Stanten. Weitaus ertragreicher war es im RDC, dem College in Red Deer. Wir haben mit dem Hockey-Coach der Vipers gesprochen.« Quintal nimmt den Puck auf: »Dieser Patrick Flury tischt uns eine Nähkästchengeschichte seines Vorgängers Mackenzie auf. Haltet euch fest: Vor Weihnachten 1996 rief Terry Wheeler im RDC an. Er bestand darauf, dass zehn Top-Spieler samt Equipment zu ihm runterkommen sollten. Grund war die Austragung eines Matches gegen ein Noname-Team, lauter Buschgestalten, so Flury. Anschließend lockte eine Chick-to-dick-Party mit Nutten aus der Alberta Capital Region. Der damals 18-jährige Elias Stanten schnürte bereits für Medicine Hat in der WHL die Schlittschuhe und machte sich mit Teammates im Schlepptau ebenfalls auf die Reise. Offiziell hätte die Begegnung allein aus Versicherungsgründen nicht stattfinden dürfen, doch es war spielfrei, und Wheelers Ranch Party wollte sich keiner entgehen lassen. Kann ich verstehen. Die Krux an der Sache war, dass sich Stanten bei einem Check am Kopf verletzte. Das Ende vom Lied: Er verlor auf dem rechten Auge siebzig Prozent Sehkraft. Eine hoffnungsvolle Karriere wird mit einem Mal ruiniert, und von der Unfallkasse gibt es keinen Cent, da das Spiel der Versicherung nicht gemeldet wurde.«

»Das Match gegen die Schneevögel ...« Brooks kann kaum an sich halten. »... von dem mein Sohn Carl erzählte ... in der Eishalle auf der Wheeler-Ranch ... Jamanka half mit, eine Eishalle zu bauen, das hat sein Bruder zu Protokoll gegeben.«

Hitchkowski nickt. »Und Matt Jones war der Oberschneevogel, der Anführer.«

»Deswegen wurde das Spiel abgebrochen!« Brooks haut mit der flachen Hand auf den Tisch.

»Nur ... wer hat Elias Stanten über den Haufen gefahren?« Hitchkowski blickt Brooks an wie ein Bär im Scheinwerferkegel. Ihm schwant Böses. »Stanten ist der Schneevogelkiller und bringt einen nach dem anderen um, der an genau dieser Spielszene beteiligt war. Und er killt deren Nachkommen. Söhne wie Eric Zacher und Jay Bayet.«

Penner wiegelt ab: »Da wird nur ein Schuh draus, wenn Stanten gesundheitlich zu so was in der Lage wäre. Ist er aber scheinbar nicht.«

»Eben: scheinbar. Davon will ich mich selbst überzeugen.«

»James ... wie soll das gehen? Ohne hinreichenden Tatverdacht gibt es keinen Durchsuchungsbeschluss. Außerdem dürfen wir Robert Jamanka nicht vergessen, der könnte die Taten ausführen. Stanten befiehlt, Jamanka mordet.«

Nun schlägt Carry mit der Faust auf den Tisch, dass die Tassen hüpfen. Mit funkelnden Augen zürnt sie: »Ja klar, wie vom Erdboden verschluckt ist er, der feine Herr Jamanka. Wir haben einen neuen Ansatz, da müssen wir dranbleiben. Hitch, Quint, habt ihr Spielernamen von diesem Red Deer-Coach bekommen? Wer stand vor Weihnachten 1996 auf dem Wheeler-Eis?«

»Wissen wir nicht, keine Namen. Nur, dass Elias Stanten da war. Das Spiel hat es offiziell nie gegeben.«

»Warten Sie.« Miller spricht mit nachdenklichem Klang in der Stimme. »Billy-Ray Hall.«

Penner platzt beinahe vor Neugier.

»Wer?«

»Meine Patientin Ella Jones ...« Penner fällt aus allen Wolken und ihr ins Wort. »Ihre Patientin? Jones ist Ihre Patientin?« Miller schaut hilfesuchend zu Brooks, der Penner sachlich und ruhig aufklärt. »Richtig gehört. Wir wissen alle um diesen Balanceakt. Den habe ich eingefädelt, und der wäre mit keinem Vorgesetzten verhandelbar gewesen.«

»Darauf kannst du Gift nehmen! Meine Güte, James!«, redet Penner sich in Rage. »Wenn das an die große Glocke gehängt wird. Und das wird es, spätestens wenn der Fall abgeschlossen ist. Aufmacher: ›Profilerin geht mit Zeugin ins Bett‹, das riecht nach einer wunderbaren NEWS XL-Story.« Nur langsam beruhigt sich Penner. Kopfschüttelnd kehrt er zur Konversation mit Miller zurück.

»Mrs. Miller, Sie wissen schon, dass ...«

»Staff Sergeant, wie wir aus dieser Nummer am Ende heil rauskommen, weiß ich selbst nicht. Ich weiß nur, dass meine Patientin Ella Jones der Schlüssel zu den Mordfällen sein kann. Deshalb ist meine Arbeit sowohl mit ihr als auch mit Ihnen wichtig. Mehr möchte ich darüber an dieser Stelle nicht sagen.«

Gedämpft fährt Penner fort: »Billy-Ray Hall. Wer ist das?«

»Laut Ella war er Teil des väterlichen Hockey-Streetworks.«

»Somit einer der Schneevögel. Kann er beim Spiel in Wheelers Halle dabei gewesen sein?«

»Möglich.«

»Möglich? Kann Miss Jones sich überhaupt an das Schneevogel-Team erinnern?«

»Wir arbeiten daran.«

»Sie arbeiten daran? Als das Spiel stattfand, war Ella sechs Jahre alt. Wie soll das gehen?«

»Hypnosetherapie.«

Man hört Penner ächzen, er lässt das Kinn auf die Brust sinken, verkneift sich aber jeden weiteren Kommentar.

»Inwieweit besteht Kontakt zwischen Ella und Mister Hall?«

»Ab und zu schreibt er Postkarten, zuletzt eine aus North Edmonton, das war Ende Mai vorigen Jahres.« Penner hat genug gehört. »Wir setzen Hall auf die Fahndungsliste. Ich rufe im Bowling Bunker an.« Er tippt Zahlen ins Handy und umklammert das Gerät so fest, dass die Sehnen hervorquellen.

Als einer der Cops in der Leitung ist, poltert er los. »Wir haben hier einen verdammten Wettlauf gegen die Zeit. Höchste Priorität. Fahndung nach Billy-Ray Hall, letzter Aufenthalt in North Edmonton, dürfte etwa so alt sein wie Travis Martin. Mehr kann ich nicht liefern. Finden Sie heraus, ob irgendwo eine Hockeyvita über ihn existiert. Sie geben das subito an alle weiter und recherchieren um Ihr Leben. Ich will ein Foto, einen Wohnort und einen Zugriff. Verstanden?« Penner knallt das Handy auf den Tisch.

»Bestenfalls finden wir Hall oder einen weiteren Schneevogel oder jemanden aus dem Youngsterteam«, schaltet sich Hitchkowski ein. »Bloß wie? Sollen wir einen Aufruf starten? ›Suchen Hockeycracks, die sich vor 21 Jahren bei einem Puffbaron in Red Deer vergnügten und vorher gegen eine Indianerhorde spielten‹? Da werden sich natürlich alle erinnern und ›Hier!‹ schreien. Gehen wir davon aus, dass Robert Jamanka die Rink Rat in Wheelers Eishütte war. Fotos von ihm kursieren in sämtlichen Medien. Hat sich aus all den Hinweisen, die wir aus der Bevölkerung bekommen haben, etwas ergeben? Nein.«

»Dann überprüfen wir die Anrufer und Schreiberlinge von neuem«, überlegt Quintal laut.

»Das dauert viel zu lange«, rudert Hitchkowski zurück.

Penner, dem vor lauter Stress weiße Bläschen im Mundwinkel stehen, beendet den Schlagabtausch. »Quint hat recht. Wir machen das. Hier rumsitzen, um auf neue Spurenauswertungen zu warten, ist Gift. Wir werden eh irgendwann wieder mit einem weiteren Reifenabdruck eines BMW beglückt, werden Faser-Röhrchen aus lauter Verzweiflung ans amerikanische FBI schicken und trotzdem nicht vorankommen.«

Brooks schaut irritiert. »Und wie wollen wir das anstellen?«

»Pratt anrufen. Am besten jetzt sofort. Unkraut vergeht nicht. Deshalb ist die ganze Welt voll davon. Will sagen: Der Junge ist ab sofort wieder dienstfähig, soll herkommen, sich in den Bowling Bunker setzen und mit einem Team allen Hinweisgebern aus der Bevölkerung auf den Pelz rücken.«

Brooks greift zum Smartphone und wählt Pratts Nummer. Der Constable ist gleich dran.

»Was für ein Prachtkerlchen«, sagt Brooks schmunzelnd nach dem Telefonat. »Pratt war langweilig zumute. Er arbeitete von zuhause aus und hat sich bereits abermalig durch Telefonmitschnitte und E-Mails gewühlt. Nicht schlecht, in Summe sind das 967 Hinweise.«

Penner sitzt kerzengerade da. »Und weiter?« Brooks nippt am Kaffeebecher. »Zur Stunde filtert er im Bowling Bunker akribisch Aussagen heraus, die auf die Zielpersonen Wheeler und Stanten deuten und Hinweise auf das Schneevögel-Intermezzo geben könnten.«

Anerkennendes Schweigen, jeder ist auf irgendeine Weise in den Fall vertieft.

Miller kriecht eine Frage ins Bewusstsein, sie holt die Detectives aus ihrer grüblerischen Versenkung: »Was ist mit den Stanten-Söhnen Cody und Walker?«

Betreten dreinschauend antwortet Hitchkowski: »Cody absolviert jede Woche NHL-Spiele, den können wir vergessen. Walker geht rechtschaffen seiner Tätigkeit als Scout

nach. Die Flames schicken ihn und seinen Partner Duncan Keane von Arena zu Arena, heute reisen beide nach Cranbrook. Das habe ich überprüft, habe mit dem Boss des Scouting-Staff telefoniert. Wirklich unkomisch an der Sache ist, dass es dieser Walker Stanten war, der meine Jungs ans Red Deer College gelockt hat. Henrik und Daniel haben mir das gesteckt. Konzentrieren wir uns lieber wieder auf Jamanka.«
Die Sorgen sind Hitchkowski ins Gesicht geritzt. Alle blicken ihn mitleidig an.

»Moment ... Hast du Duncan Keane gesagt?«, fragt Brooks, in Protokollen blätternd. Wenn Keane mit Walker Stanten am 7. Januar in Hinton war, haben wir eine Verbindung zu Eric Zacher.«

»Ach«, meint Hitchkowski schwach.

»Ich zitiere aus meiner Vernehmung mit dem Unfallfahrer Jerry Simmons: Zwei Talentspäher aus dem Umfeld der Calgary Flames waren beim Spiel von Zachers Team in Hinton zugegen. Einen von ihnen, Duncan Keane, kenne ich flüchtig. Sie hatten beide nur Augen für Eric.«

Hitchkowskis Brauen hüpfen vor Anspannung, seine Stimme leiert fast, wie auf einem alten VHS-Band. »Scheiße. Du glaubst doch nicht, dass die Talentspäher der Flames ihren Job mit dem vom Sensenmann verwechseln, obendrein Hockeygedichte verfassen und am Tatort liegenlassen, oder?«

»Das müssen wir herausfinden und Keane und Walker Stanten befragen.«

»Ich weiß nicht, was ich dazu sagen soll ...« Hitchkowski bläht die Backen auf, atmet geräuschvoll aus und wendet sich an Miller: »Passt das alles in Ihr Täterprofil, Frau Psychologin?«

»Kann ich Ihnen angesichts der neuen Ereignisse noch nicht sagen. Detective Brooks soll mich informieren, sobald es etwas Neues gibt. Heute Abend sitzen wir wieder hier, und dann sollen Sie meine Einschätzung der Lage bekommen.«

15

Im War Room des Police Departments fischt Penner frustriert das Festnetztelefon von der Ladestation und ruft zum wiederholten Mal die Cops im Bowling Bunker an. »Habt ihr Hall ausfindig gemacht? Nicht die geringste Ahnung? Keine Hockeyvita? Heutzutage wird doch jeder im Netz gepusht, der sich bei Walmart Skates, Stöcke und einen Puck besorgt. Je eher wir ihn finden, desto besser für ihn.« Nachdenklich hält er das Gerät in Händen. Als am anderen Ende aufgelegt wird, klingt das folgende Piepen wie das Flatline-Signal auf dem Monitor, wenn der Tod eintritt.

Gerade liegt das Telefon wieder an seinem angestammten Platz, als eine Nummer angezeigt wird. Brooks nimmt das Gespräch entgegen. Pratt ist in der Leitung. Brooks bemüht sich, seinen tanzenden Adamsapfel zu beruhigen.

»Warte, ich stell dich auf laut.«

»Ich habe einen spannenden Mitschnitt gefunden. Gleich zu Anfang, als wir die Bevölkerung um Mithilfe baten, rief ein Mann namens Tod King an. Das könnte ein verflogener Schneevogel sein. Wir haben ihn überprüft. King ist 36 Jahre alt, stammt aus dem Siksika-Reservat, jobbt als Kellner bei einer Eisenbahnlinie im Rocky Mountaineer auf Touristenstrecken, spielt Amateurhockey auf der Goalie-Position. Er kam im Community Health Centre in Chestermere zur Welt. Vater unbekannt, trug einstweilen den Namen seiner Mutter Lise Montross, die den kleinen Tod im Alter von drei Jahren ihrer Halbschwester Tena überließ und von der Bildfläche verschwand. Der Mann erinnerte sich, Jamanka bei Wheeler gesehen zu haben. Da er sagte, dass diese Geschichte mehr als zwanzig Jahre her sei und er damals noch ein Jugendlicher war, verfolgten wir sie nicht weiter. Jetzt, wo wir mehr wissen ...« Penner fährt dazwischen: »Sehr gut. Haben wir eine Polizeiakte?«

»Vier Einträge aus der Jugendzeit. Drogen, Drogen und nochmals Drogen, ein Kleindealer, der sein Taschengeld aufbesserte. Als junger Volljähriger schnupperte er wegen Verkehrsdelikten, Wohnungseinbrüchen und einer Schlägerei insgesamt zwei Jahre gesiebte Luft. Danach ließ er sich nichts mehr zu Schulden kommen und wurde zum Inbegriff eines hart arbeitenden Menschen auf den Ölfeldern. Vor fünf Jahren schulte er nach einem Bandscheibenvorfall zum Kellner um.«

»Wenn ich jetzt höre, wo wir Mister King für eine Plauderei abpassen können, wird das Gehalt verdoppelt.«

»Dafür reicht Ihr Rang eines Staff Sergeants leider nicht aus. Ich habe mit Kings Arbeitgeber gesprochen, er selbst war nicht zu erreichen. Heute Abend geht er in Kamloops, British Columbia, von Bord.«

»Die örtliche Polizei soll ihn ohne viel Federlesen festsetzen. Ich kümmere mich persönlich darum«, bellt Penner. »Und, Pratt? Bitte ein Foto von King auf alle Handys schicken. James übernimmt im Bowling Bunker. Sie und Carry vernehmen King, sobald er in Quarantäne ist. Passt das zu Ihren Plänen, Miss French?«

»Ich wollte heute sowieso nicht nach Hause, und eine Reise mit Liam ist immer drin. Diesmal vergesse ich ihn auch nicht. Versprochen.«

»Bestens. Mit dem Auto kommt ihr bei dieser Witterung nicht durch. Ruft den Airport an, die sollen sämtliche

Kleinmaschinen in diese Richtung stoppen. Eine wird euch mitnehmen.« Carry nickt, betätigt den Türöffner und eilt in den Flur. Brooks will es ihr gleichtun, wendet sich aber noch mal um. Seine Stimme klingt ernst: »Mrs. Miller, mich interessiert Ihre Meinung. Billy-Ray Hall oder Tod King? Um welchen Schneevogel müssen wir uns mehr sorgen?«
Die Psychologin denkt kurz nach und entgegnet nüchtern: »Sie passen beide ins Beuteschema.«

Kaum hat sie diesen Satz vollendet, vibrieren diverse Handys gleichzeitig und geben die unterschiedlichsten Laute von sich. Die Geräte werden angeschaltet. Hitchkowski wird dunkelrot, seine Stirnadern schwellen an.

»Sie haben Jamanka verhaftet.«

»Am Kinsmen Park, 88th Avenue, vor einem Diner«, schickt Quintal atemlos hinterher.

»Und?«, fragt Penner gedehnt. Quintal zuckt mit den Schultern, schummelt sich ein Lächeln ins Gesicht und erwidert: »Hat auf den Boden gespuckt und sieht, Zitat: scheiße verwirrt aus. Sie bringen ihn zu uns. Ich lüfte den Verhörraum.«

Billy-Ray Hall verdingt sich seit zwei Wochen als bei den Behörden nicht registrierter Angestellter eines Schnaps- und Weinladens in Northwest. Der Besitzer vom Liquor-Heaven an der 128th Avenue ist Hindi April, ein indischstämmiger Slumlord und Casinobetreiber. Werktags hängt manchmal das Schild »Geöffnet« im Türrahmen. Manchmal auch nicht. Glückssache für die Kunden.

Zuvor hatte Billy-Ray in Montrose einen besser dotierten Job, den er prompt verlor, als er einmal mehr seinen Testosteronhaushalt nicht im Zaum halten konnte. Schief wie ein Alki tauchte ein lippenstiftbemaltes Wesen von einem anderen Stern auf und schnorrte ihn um einen Weinschlauch an. Er schlug der Lady einen Deal vor: Blowjob gegen Wein. Leider handelte es sich um die Tochter des Besitzers, und als sie unterm Verkaufstresen mit ruinierter Hochsteckfrisur loslegte, hatte Billy-Ray vor Geilheit sämtliche Ladenkameras vergessen. Der Film landete in Echtzeit auf dem Laptop des Chefs. Minuten später wurde er telefonisch fristlos entlassen. Wieder einmal hatte das Leben nicht seinen Gewinnerwartungen entsprochen. Von jeher war er der Typ Pechvogel, dem auf dem Weg zur Abholung eines 5-Dollar-Rubbellosgewinns ein doppelt so teurer Strafzettel aufgebrummt wurde.

Seinen Dienst im Liquor-Heaven hat Billy-Ray um 16:00 Uhr angetreten, die schwere Eisentür geöffnet und mit Erstaunen festgestellt, dass die Lieferung nicht wie erwartet eingetroffen war. Hindi April hatte ihn deswegen extra instruiert. Misstrauisch schaut er sich um. Auf den ersten Blick lassen sich weder gewaltsames Eindringen noch Diebstahl erkennen. Er zündet sich eine Selbstgedrehte an und knackt den Pull-Ring-Verschluss einer Bierdose auf. Durch seinen hämmernden Kopf marschiert ein tröstlicher Gedanke: »Die Lieferung wird sich bestimmt nur verspäten.« Vergebens versucht er April zu erreichen und macht sich im Anschluss daran, die Wellensittiche Grant und Fuhr in ihrem Käfig am vergitterten Fenster mit Futter zu versorgen. »Koks für Grant und Fuhr.« Eine Stunde bleibt ihm, bis die ersten Kunden eintrudeln werden.

Tod King wundert sich. Das Display seines iPhones zeigt fünfundzwanzig Anrufe in Abwesenheit an. Er lockert die Krawatte über dem Kellnerhemd und legt die Weste mit dem Namensschild auf den Zugbegleitersitz ins Abteil. Endlich Pause.

Das Abendessen für die Touristen ist beendet. Er greift zu seiner E-Zigarette, zieht mehrfach tief daran und pustet Dampf in die Luft. Der Zug ist auf dem Weg von Vancouver entlang der Coastal Mountains durch das Fraser Valley und den Fraser Canyon nach Kamloops. An der engsten Stelle des Canyons tost das Wasser mit hoher Geschwindigkeit entlang der Bahnstrecke. Immer spärlicher wird die Landschaft. Es dunkelt bereits. In Kamloops wird der Zug halten, dort werden die Touristen mit einem Shuttle in umliegende Hotels verbracht. Die Ankunft im Tournament Capital of Canada erwartet King mit größter Freude. Morgen findet auf einem der vielen Seen das Hockeyturnier der Eisenbahner statt. Gerade will er sich dem Handy widmen, als der Zug mit einem ohrenbetäubenden Quietschen zum Stehen kommt. Jemand muss den plombierten Griff der Notbremse gezogen haben. King blickt aus dem Fenster, sieht aber nur das Spiegelbild des Abteils in der Scheibe. Der Rocky Mountaineer legt einen unplanmäßigen Halt auf freier Strecke ein. King rauft sich die Haare, zieht die Weste über, geht schleppenden Schritts zurück in den Speisewagen und blickt in sprachlose Gesichter. »Was ist los? Ein Baum? Felsbrocken auf dem Gleis? Ein verdammter Selbstmörder?« Keiner der Kollegen kann sich einen Reim auf die Sache machen. Die Schiebetüren öffnen sich, auch die Reisenden stellen Fragen. Das neben dem Kühlschrank installierte Zugtelefon vibriert. King nimmt ab. Der Chef vom Dienst ist dran. Völlig außer Atem berichtet er mit sich überschlagender Stimme: »Wir wurden beschossen. Einige Kugeln haben den oberen Teil der vordersten Waggonwände durchlöchert. Die Bundespolizei ist unterwegs. Und noch was: Du sollst dich nicht von der Stelle rühren, sie haben Fragen an dich wegen einer Ermittlung in Edmonton.« Hektisch blickt King auf seine Armbanduhr. Es ist kurz nach 17:00 Uhr.

Zur selben Zeit betritt Jayden Miller zum zweiten Mal an diesem Tag den War Room. Fünf Augenpaare blicken sie erwartungsvoll an: Brooks, Toshi, Hitchkowski, Quintal und Penner. Sogleich ergreift Miller das Wort. »Unabhängig von dem, was uns Robert Jamanka gleich hoffentlich berichten wird, bleibt uns keine Zeit. Wie mir Detective Brooks mitteilte, ist der Scout Duncan Keane nicht zu erreichen, im Büro der Flames wurde versichert, dass er sich auf den Weg nach Cranbrook gemacht hat. Ob mit seinem Partner Walker Stanten oder ohne, ist nicht bekannt. Stanten wiederum ist ebenfalls unerreichbar. Keine Spur von Billy-Ray Hall. Haben wir Kontakt zu Tod King?«

»Die Mounties sind informiert, sobald der Zug in Kamloops hält, gehört er uns«, erklärt Penner salopp.« Millers Blick schweift über die Köpfe der Detectives hinweg und verharrt auf korkwandbesetzten Karten, die mit Plastikkopfnadeln gespickt sind. Rote kennzeichnen die Tatorte, gelbe die bekannten Aufenthaltsorte der Opfer. Blaue Nadeln für Jamankas Dunstkreis, grüne für den von Matt Jones. Weiße für Wheelers Radius, graue für Elias Stantens. Eben erst waren Stantens Söhne Walker und Cody sowie Duncan Keane in den Nadelwald eingezogen. Das Werk sieht wie ein Strickmuster für Bisonunterwäsche aus.

Miller räuspert sich, dann legt sie hochkonzentriert los: »Zu meiner Falleinschätzung. Sie fußt einerseits auf dem, was mir Ella Jones im Laufe der Hypnosetherapie offenbarte, andererseits auf dem Ermittlungsstand. Ella kann sich an wichtige Details erinnern, vor allem an das Verschwinden ihres Vaters. Das ist ein Durchbruch. Ich wünschte, sie wäre hier … Meine Schlüsse will ich Ihnen so einfach wie möglich schildern.« Mit wachsender Hochachtung hören alle gespannt zu. Miller spürt so etwas wie Euphorie in sich aufsteigen. »Die Opfer unserer Mordserie wurden nicht aufs Geratewohl ausgesucht. Es handelt sich dabei um die Jungs des von Ellas Vater, Matt Jones, als Spielertrainer betreuten Schneevogel-Teams. Alle, die mit ihm auf dem Eis standen, müssen sterben. Eine kollektive Rache. Wenn der Killer nicht mehr an die Väter kommt, müssen Stellvertreter dran glauben, nämlich deren Kinder. Matt Jones wurde vor 21 Jahren vermutlich verschleppt. Aufs Kürzeste zusammengefasst, beschreibt Ella die Umstände der Entführung so, dass drei Männer daran beteiligt waren. Einer trug eine Augenklappe, das könnte Elias Stanten sein. Der andere Terry Wheeler. Der dritte im Bunde, und da bin ich mir völlig sicher, war Robert Jamanka. Als der wehrlose Matt Jones bei seiner Entführung von den anderen beiden Männern verprügelt wurde, wollte Jamanka ihn beschützen. Kürzlich war er an Ella dran, hat sie vorm Schneevogelkiller gewarnt, wenn nicht gar beschützt. Das wissen wir nicht.« Miller erntet ungläubiges Staunen. »Gehen wir die drei genannten Männer durch: Robert Jamankas verkorkstes Leben ist ein einziger, gigantischer Schuldkomplex, ein Scherbenhaufen aus Drogensucht und Psychose. Irgendwer, der ein Potpourri seiner Fingerabdrücke, Fasern und DNS gesammelt hat, könnte ihn erpresst und ruhiggestellt haben. Womöglich gehört es zur Strategie des Mörders, Jamanka alles in die Schuhe zu schieben. Denken Sie an das Blasrohr im Haus von Travis Martin, an die Fingerabdrücke auf den Gedichten, den CDs.« Miller hält inne und schöpft Atem. »Es kann durchaus sein, dass Matt Jones noch lebt.« Ungeduldig mit den Fingernägeln auf der Tischplatte tickernd, fragt Brooks: »Wo könnte er sein? Was denken Sie?«

»Ganz in der Nähe von Elias Stanten, unserem zweiten Mann. Wenn Matt Jones der Schneevogel war, der Stantens

Eishockeykarriere ruinierte, ist Ellas Vater das fleischgewordene Trauma Stantens. Ein Trauma bringt man nicht einfach um. Man nimmt es gefangen, übt Macht darüber aus, stellt es in den Mittelpunkt, spiegelt sich darin. Von außen betrachtet ist alles in Ordnung: zwei Kinder, Walker und Cody, kommen zur Welt. Stanten ist mit der Kindsmutter liiert, Wheeler ermöglicht ihnen ein schönes Leben. Nur mit dem Profieishockey ist es vorbei.«

Brooks bohrt weiter: »Glaubt man den Aufzeichnungen seines Heilpraktikers, krepiert Stanten an Bauchspeicheldrüsenkrebs. Der Mann ist 40 Jahre alt ...«

»... und wird dem Alkohol nach seinem Karriereaus stark zugesprochen haben. Landläufig wird der Bauchspeicheldrüsenkrebs als Trinkerleiden bezeichnet.«

»Und wenn Stanten ins Gras beißt? Was geschieht dann mit Jones?«, will Penner wissen.

»Er nimmt ihn mit ins Grab. Und auch alle anderen, die mit Jones auf dem Eis standen. Nur braucht Stanten einen Helfer, weil er dazu selbst nicht in der Lage ist. Unserem Mann Nummer drei, Terry Wheeler, würde ich diesen Job durchaus zutrauen, aber der liegt halbtot im Krankenhaus. Wheelers Rolle könnte darin bestehen, dass er Elias Stanten aus Mitleid bei sich aufnahm. Immerhin war er für den Auftritt der Schneevögel gegen das Youngsterteam in seiner Halle verantwortlich. Er fühlte sich schuldig an Stantens Verletzung und wurde von ihm kurzerhand in die Sache reingezogen.«

Miller Sätze sprudeln nur so aus ihr heraus. Sie malt und schreibt an ein freies Whiteboard, mithin wirft sie den Marker in die Luft und fängt ihn wieder auf.

»Die übermäßige Gewaltanwendung bei den Opfern lässt auf eine extreme Wut schließen. Jemand mordet nach einer Anleitung, nach einer Liste des Hasses und der Erniedrigung, und zwar stellvertretend. Nach der Tötung Eric Zachers, die nur die Initialzündung war, weisen die anderen Morde einen ähnlichen *modus operandi* auf.«

Toshi: »Wer soll der Mörder sein? Wo liegt der X-Factor? Was macht wen auch immer zum Killer für einen anderen? Wer ist so krank und tötet für Elias Stanten, hackt Körperteile ab, entwendet Hockeyequipment und schleppt das Zeug ... ja, wohin eigentlich?«

Brooks: »Zu sich nach Hause?«

Miller: »Wäre möglich.«

Brooks: »Auf die Ranch. Dorthin, wo Elias Stanten vor sich hinvegetiert.«

Penner: »Wen haben Sie als Mörder im Fokus, Mrs. Miller? Sicherlich gehen uns allen die Namen von Stantens Söhnen durch den Kopf. Walker, Cody ... aber das sind 19, 20 Jahre alte Jungs, die noch grün hinter den Ohren sind.«

Ohne darauf einzugehen fährt Miller fort: »Der Mörder wusste, woher auch immer, dass Zacher der einzige noch lebende Nachfahre von Ken Denis war.«

»Ich sprach mit dem Geschäftsstellenleiter der Kölner Haie«, fügt Brooks hinzu. »Es soll einen Anruf eines kanadischen Scouts im Sportinternat gegeben haben. So könnte der Mörder herausgefunden haben, dass Eric auf gepackten College-Koffern saß.«

»Oder er verfolgte Zacher in den sozialen Medien. Jedenfalls musste er nicht mehr nach Köln reisen, um ihn zu töten. Zacher stand auf seiner Todesliste. Jetzt hatte er ihn direkt vor der Nase. Ein wahnsinniger Plan kann plötzlich ganz bequem vor der Haustür umgesetzt werden. Der Tötungsort war wahrscheinlich reiner Zufall, der Unfall kam dabei gelegen, das passende Hockeygedicht führte der Mörder mit sich, ebenso das Tötungsinstrument, die Axt. Der Killer mordete danach gezielt weiter, sammelte Körperteile, Ausrüstungsgegenstände und machte sich mit den Trophäen aus dem Staub.«

Angespanntes Schweigen; die Sorte, in der ratlose Gesten einander abwechseln. Miller wiegt bedächtig den Kopf und fährt fort: »Um auf Ihre Intention zurückzukommen, Staff Sergeant: Ja, der Mörder kann einer von Elias Stantens Söhnen sein. Ich vermute, wir haben es mit dem zu kurz gekommenen Bruder des hochgejubelten NHL-Goalies Cody zu tun. Mit Walker Stanten. Mit einem, der Rachegelüste zum Mordbündnis zwischen Vater und Sohn veredelt und dabei sämtliche ethischen Gesetze außer Kraft setzt. Mit einem, der im Attraktivitätsgefälle eines anderen aufwächst, der seinem Erzeuger und sich selbst nie genug war. Plötzlich entdeckt er einen geheimen Spiegel in dem Haus, in dem er immer lebte, und darin neue Seiten an sich. Der Familientölpel, das fünfte Rad am Wagen, ist endlich zu was nutze, indem er den Wuthammer weglegt und zur Axt greift. Er steigt zum Exzentriker auf und erhält den Respekt, der ihm Zeit seines Lebens verwehrt blieb. Dafür exponiert er sich und schüttelt jedwede Konsequenz von sich ab. Alles was er tut, ist für ihn völlig nachvollziehbar und normal, auch wenn es uns noch so roh und wahnsinnig erscheint. Serienkiller klagen stets Eltern oder andere Leitbilder für ihre traumatisierte Kindheit an. Fast alle haben ausgeprägte Persönlichkeitsstörungen, sind emotional labil, egozentrisch und leiden unter Minderwertigkeitskomplexen. Wenn ich mit meiner verkürzten Fallbewertung richtig liege, suchen wir also nach Stantens missratenem Hockeysohn, nach Walker, dem 20-jährigen Juniorscout der Calgary Flames, der er auch nur wurde, weil Terry Wheeler es mit ziemlicher Sicherheit arrangiert hat.«

Im War Room ist es still. Der bis dahin in sich gekehrte Hitchkowski durchbricht die Ruhe vor dem Sturm. »Wir fragten uns, wen Travis Martin am Tag seiner Hinrichtung ins Haus ließ. Es gab keine Einbruchsspuren. Natürlich! Er kannte nicht nur Cody, mit dem er gelegentlich die Sau rausließ, sondern auch dessen Bruder Walker. Am liebsten würde ich diese Red Deer-Ranch stürmen lassen. Verdammt noch mal! Wir haben gegen die Stantens nichts in der Hand. Keine stichhaltigen Argumente. Nur eine gut ausklamüserte Theorie.« Er blickt Miller scheu von der Seite an. »Verzeihen Sie meinen Ausbruch. Alles, was Sie sagten, klingt schlüssig und abscheulich zugleich. Bis wir ausreichend Beweise für Festnahmen und Anklagen haben, steigt womöglich die Anzahl der Geisterbahncracks von Wheelers Eispiste. Wir müssen zaubern, alles daransetzen, dass Jamanka stichhaltige Aussagen macht, die der Richter in Hausdurchsuchungen und Haftbefehle ummünzt.«

»Und inständig hoffen, dass unser Zeuge bei klarem Verstand ist«, pflichtet ihm Quintal bei. Brooks rappelt sich auf: »Wenn Jamanka reingeführt wird, fangt ohne mich an. Wir haben kaum etwas über diesen Zugkellner, über Tod King. Ich begebe mich wieder freiwillig in die Hölle des Bowling Bunkers, recherchiere und ziehe Akten aus dem Archiv. Vielleicht bringt uns das irgendwie weiter.«

16

Wenig später kauert Robert Jamanka mit zerfurchtem Gesicht, die Daumen im Bund seiner Hosentasche, wie ein missratener Flaschengeist im Verhörraum. Nase und Wangen sind von geplatzten Blutgefäßen gerötet. Ein Schreckgespenst, die blauen Augen wirken starr, die Pupillen erinnern an ein Schlangenmaul. Das Weiße ist blutunterlaufen, so, als hätte er tagelang nicht geschlafen. Ab und an schaut er hoch, um dann wieder versunken vor sich hin zu starren. Genau hier wollte er jetzt sein. Auf einem Stuhl mit Lehne und Plastiksitzfläche, an einem Tisch mit Metallbeinen und schwarzer Kunststoffplatte. Nach dem überstürzten Aufbruch vom Mills-Tatort hatte er Unterschlupf in einem Niemand-kennt-niemanden-Hotel im Milieustadtteil Alberta Avenue gefunden, im DLS. Inoffiziell steht das Akronym für »Dirty Little Secret« und ist ein florierender Sextrade-Ableger seines früheren Arbeitgebers Terry Wheeler. Von dort aus verfolgte er die Medien und sah sich wegen des Fahndungsdrucks nicht mehr in der Lage, den Schneevogelkiller aufzuhalten. Jared Mills wäre zu retten gewesen, wenn sich dieser Cop nicht eingemischt und die Passagiere aus dem Bus geholt hätte. So viel steht fest. Jetzt, da die Mordserie auf ihr Ende zuläuft, brennt ihm eine Frage unter den Nägeln: Lebt Matt Jones noch?

Hitchkowski und Quintal werden das Verhör führen. Penner, Miller und Toshi beobachten Jamanka vom War Room aus durch die Scheibe. Gesagt hat er noch keinen

Ton. Die Nerven aller sind wie Klaviersaiten angespannt. Penner legt Miller versehentlich eine Hand aufs Bein, zieht sie sofort wieder zurück und entschuldigt sich. Frostig blickt ihn die Psychologin an. »Allem Anschein nach steckt Jamanka in einem Psychoseschub, zu dem man von außen wenig Zugang hat. Ist nur eine Blickdiagnose.«

»Was um alles in der Welt ist eine *Blickdiagnose*?«, will Penner wissen.

»Eine vorschnelle, zugegebenermaßen despektierliche Vermutung.«

»Und was vermuten Sie? Hat er wieder eine Schraube locker?«

»Um in Ihrem Jargon zu bleiben: mindestens einen ganzen Kasten davon. Vielleicht hat er Drogen konsumiert. Wollen Sie keinen Arzt hinzuziehen oder zumindest eine Blutprobe veranlassen?«

»Wir haben hier eine vom Police Service bezahlte Psychologin. Sie, Mrs. Miller. Also werden Sie zu Protokoll geben, dass Jamanka Ihrer professionellen Einschätzung nach vernehmungsfähig ist.«

»Und die Blutprobe? Soll ich das auch machen?«, ätzt Miller.

»Das erledigt der Polizeiarzt ... später ... oh Gott. Ich hoffe, dass er clean ist! Wenn nicht ... ich will gar nicht dran denken.« Penner zuckt verzweifelt die Achseln. »Was soll's? Wir verstoßen in diesem Fall ohnehin gegen sämtliches heiliges Regelwerk.«

Das Aufnahmegerät ist installiert. Hitchkowski und Quintal sitzen Jamanka im Verhörraum gegenüber. »Der riecht wie ein ganzer Affenstall, die Klamotten wird er die letzten Wochen kaum gewechselt haben. Ein Bart, als wäre er zum Islam konvertiert«, flüstert Hitchkowski seinem

Partner ins Ohr. Quintal stimmt zu: »Beim Hockey könnte er als Brent Burns-Double eine gute Figur abgeben. Der Schrumpfkopf ist völlig hinüber. Unsere Fragen werden an ihm abprallen wie Bälle an einer Squashwand.« Eine rote Diode zeigt an, dass die Aufnahme läuft. Hitchkowski beginnt mit dem formellen Teil. Er nennt Tag und Uhrzeit, wer anwesend ist und welche Funktionen die Detectives bekleiden. »Sie haben das Recht auf die Anwesenheit eines Anwalts. Wenn Sie sich keinen Anwalt ...« Er sucht Jamankas Blick. Der reagiert auf das Zögern und sagt mit tiefer Stimme: »Ich verzichte auf einen Anwalt. Holen Sie Ella Jones.«

»So geht das nicht«, versucht Quintal auf ihn einzuwirken. »Unmöglich, Jones ist eine Zeugin. Außerdem ist Ihre Verhandlungsposition begrenzt.« Er beobachtet Jamanka katzengleich wie eine in die Enge getriebene Maus.

»Was die Morde betrifft, bin ich unschuldig. Sofern Sie einwandfrei ermittelt haben, wissen Sie das. Wollen Sie den Schneevogelkiller aufhalten oder nicht? Ich kenne ihn, ich weiß eine Menge. Ohne mich kommen sie an den nicht ran. Wollen Sie nicht wissen, ob Matt Jones noch lebt?« Jamankas Stimme wird klarer, die Haltung aufrechter, keine Spur eines Psychoseschubs. Hitchkowski spricht mit einschmeichelnder Stimme, in der Rolle des Good Cops: »Das ist doch keine Frage. Zuvor interessieren wir uns aber brennend dafür, wie Sie in die Sache verwickelt sind. Wann hatten Sie zuletzt Kontakt zu Terry Wheeler?« Quintal poltert dazwischen: »Die ganze Welt hält Sie für den verrücktesten Mörder, der je über Kanadas heiligen Boden wanderte, für einen durchgedrehten Metzger! Reden Sie schon!«

Jamanka tut etwas völlig Unerwartetes. Er lächelt.

»Entscheidend ist doch nicht, was die Welt sagt. Entscheidend ist, was Sie sagen. Detective Hitchkowski, Sie haben zwei Söhne, die spielen für Wheelers Team in Red Deer.«

Hitchkowski verspürt einen dicken Kloß im Hals. Nervös räuspert er sich.

»Was ist mit denen? Raus damit!«

»Sie wissen bereits, dass der nächste Schneevogel fällig ist?«

»Was haben meine Söhne damit zu tun?« Hitchkowski streift die Good-Cop-Rolle ab und ähnelt einem geifernden Kampfhund. Mit Augen wie glühende Kohlen starrt er sein Gegenüber sprungbereit an.

»Sagen Sie mir sofort …« Jamanka fährt ihm lautstark in die Parade. »Was wäre denn, wenn sich Ihre Söhne heute oder morgen auf Wheelers Ranch vergnügten? In der Höhle des Löwen?«

»Die werden um diese Zeit friedlich Spiele schauen und hinterher vom All-Star-Game träumen.«

»So? Bekennen Sie endlich Farbe! Man lockt Collegejungs nicht zum ersten Mal für Nuttenpartys auf Wheelers Ranch. Was glauben Sie denn, wie es diesem Nichtsnutz von Anfängerscout gelingt, Hockeycracks ins Red Deer-College zu lotsen? Walker Stanten ist Ihnen ein Begriff, ja? Seinen Bruder Cody sollten Sie auch kennen. Der spielte gestern mit den Pens in Calgary. Meistens besucht er bei solchen Gelegenheiten danach seinen Vater. Ein toller Anreiz. Erst die Nutten, dann dem NHL-Star die Hand schütteln.«

Hitchkowski hat es glattweg die Sprache verschlagen. Jamanka ramentert weiter auf ihn ein. »Sie besorgen mir Ella Jones, sonst gibt es kein Sterbenswörtchen mehr von mir. Haben Sie mich eigentlich gefragt, ob ich clean bin? Als alter

Vernehmungsfuchs kenne ich das Prozedere. Wo bleibt die Blutprobe? Die können Sie sich sparen. Ich bin sauber. Stecken Sie mich nichtsdestotrotz ruhig in eine Zwangsjacke. Und rufen Sie Ihre scheiß Söhne an.«

Bevor sich Hitchkowskis Zorn in Handgreiflichkeiten entzündet, läuft er raus in den War Room. Sowohl Daniel als auch Henrik sind weder auf ihren Handys noch über das Festnetz im Collegewohnheim zu erreichen. Penner steht neben ihm und tätschelt ihm die Schulter. »Hitch, du bist raus. Quint macht allein weiter. Schnapp dir ein paar Cops, fahr zum College und such deine Jungs. Jamanka blufft, er will uns irritieren. Ich habe wirklich keine Lust mehr auf Märchenstunden, ohne den bösen Wolf abzuknallen.«

»Wenn meine Jungs nicht im College sind, rücke ich mit einer Armee auf Wheelers Ranch ein. Darauf kannst du Gift nehmen.« Schnurstracks verlässt er den War Room.

Penner blickt die Psychologin fragend an.

»Was halten Sie davon, Mrs. Miller?«

»Jamanka hat erreicht, was er wollte. Wenn er recht hat, sind Hitchkowskis Söhne auf der Wheeler-Ranch, und Hitchkowski wird alles daransetzen, sie da rauszuholen. Die beiden sind minderjährig, als Vater muss man ihn reinlassen. Als Officer wird er draußen bleiben.«

»Was ergibt das für einen Sinn?«

»Jamanka will, dass wir einen Fuß auf die Ranch kriegen.«

»Und was machen wir in Sachen Ella?«

»Ganz einfach, wir lassen sie herbringen, Staff Sergeant.«

»Okay. Sie steht noch unter Personenschutz, ich rufe Constable Ozechowski an, der soll sie abholen.«

Kaum hat Penner den Hörer aufgelegt, öffnet sich zischend die Tür. Brooks taucht mit einer Papiertüte zwischen den Zähnen auf. In einer Hand hält er eine Akte. Als Penner das Kentucky Fried Chicken-Logo auf der Tüte entdeckt, braust er los: »Nichts Frittiertes! Wie oft denn noch?«

»Ausnahmesituation. Nuggets mit Currysauce. Für jeden eine Box.« Grollend langt Penner als erster zu. »Und was ist das für eine Akte, die du vermutlich gleich mit Fettfingern kontaminieren wirst?«

»Vermisstenmeldungen von der Historical Homicide Unit. Unaufgeklärte Fälle rund um den Highway 16. Lauter körnige Fotos von Frauen und Mädchen, nach denen keiner mehr sucht.«

»Der Highway der Tränen.«

»Wenn junge Menschen in Kanada spurlos verschwinden, dann überwiegend dort. Ich habe in diesem Kaffeesatz gelesen und mehr über Lise Montross erfahren.«

»Die leibliche Mutter von Tod King.«

»Sie ist Teil dieser Akte. Lise war am 7. März 1985 auf dem Weg zum Flughafen Smithers. Dort kam sie nie an. Ein Auto besaß sie nicht. Es wird vermutet, dass sie trampte. Ein Officer war mit einer Streife bei Kings Ziehmutter Tena in Beverly. Sie hat ihm einen Karton Briefe ihrer Halbschwester überlassen. Briefe von Robert Jamanka an Lise Montross.«

Penner wird ungehalten, seine Stimme bebt.

»Das hat überhaupt keine Priorität. Du machst mich noch ganz kirre, wir haben ganz andere Sorgen. Tod King wird hoffentlich gleich wohlbehalten von den Kollegen eingesackt, Hitchkowski ist ...«

Ungerührt zieht Brooks einen vergilbten Brief aus der Akte und fährt fort: »Hört zu ... Wenn du dies liest, bin ich, wenn mich nicht alles täuscht, verschwunden. Ob ich es schaffen werde, mich von dir zu verabschieden, weiß ich nicht. Vor ein paar Tagen habe ich dich zuletzt umarmt. Du hast mit den Drogen aufgehört. Just an dem Tag, als die Ärztin sagte, dass du schwanger bist. Das ist gut, du bist stark, ich bin schwach. Wir sind zwei Pole, die auseinanderdriften. Deshalb gehe ich. Wenn es ein Junge wird, nenn ihn Tod. Ich mag den Namen. Er ist kurz, so kurz wie mein Leben sein wird, und er kommt im deutschen Lexikon vor. Schlag dort nach, denk dabei an mich. Mit großem Bedauern, Robert.«

»King ist Jamankas Sohn?«

Penner stiert Brooks argwöhnisch an, Brooks holt sein Smartphone hervor, wischt ein paarmal drauf herum und hält ihm schließlich ein Foto des Eisenbahnkellners vor die Augen. »Verrückt«, raunt Penner. »Der ist seinem Erzeuger wie aus dem Gesicht geschnitten.« Flüchtig nachdenkend fasst er zusammen: »Hitch ist auf dem Weg nach Red Deer, hoffentlich geht das gut ... Jamanka redet nicht mehr mit uns. Er verlangt nach Ella, die ist auf dem Weg und hat hoffentlich Sprechperlen dabei.«

Brooks nickt. »Ich leiste jetzt Quint Gesellschaft. Soll ich Jamanka sagen, dass wir seinen Sohn möglicherweise gleich auf dem Revier in Kamloops haben?«

»Nein, das behalten wir vorläufig für uns.«

Jamanka starrt vor sich hin, zupft ab und zu die Ärmel seines Pullovers gerade und schweigt eisern. Als Brooks sich in den Verhörraum setzt, verlangt er Stift und Papier. Quintal reicht ihm einen Spiralblock samt Kuli. Er beginnt zu zeichnen. Feldlinien, Bullykreise, Torräume. In Blockbuchstaben schreibt er PULLING THE GOALIE darüber. Es folgt ein kryptisches Szenario, bestehend aus Pfeilen, Kreuzen und Nummern. Ein Spielzug, wie er während des Time-Outs, kurz vor Schluss, vom Coach auf die Tafel geschmiert wird. Dann fügt er die Zeitnahme, den Tor- und Drittelstand hinzu. Ohne mit der Wimper zu zucken reicht er den Zettel an die Detectives weiter. Beide inspizieren das Kunstwerk, verlassen dann den Verhörraum und beziehen Toshi, Miller und Penner mit ein. Miller macht ihren Gedanken sofort Luft: »Das ist die Szene, in der Elias Stanten verletzt wurde. Hier, sehen Sie, eine Pulling the Goalie-Situation ...« Alle im Raum scharren sich um die Psychologin. »Drittel drei, Minute 58, noch zwei Minuten Nettospielzeit. Es steht 6:5 für Wheelers Heimteam. Auf dem Feld haben wir sechs angreifende Schneevögel, vier Stürmer, zwei Verteidiger. Ein Goalie ist nicht auszumachen. Volles Risiko, Jamanka hat die #1 mit einem Pfeil nach draußen gekreuzt.«

»Tod King spielt auf dieser Position, zumindest heute, wie wir wissen«, bemerkt Brooks. Miller nickt. »Gehen wir davon aus, dass die #1 Tod King ist. Fünf Gegner bilden den Abwehrriegel vor Elias Stanten.« Penner unterbricht sie: »Stanten trägt die #87.« Miller wischt die Bemerkung mit einer Handbewegung weg. »Irrelevant. Konzentrieren wir uns nur auf die Schneevögel. Sie drücken, aber Wheelers Team kann klären. Der Puck gerät vom linken Bullypunkt, von der #39, in den Hohen Slot. Das ist Ken Denis, Zachers Vater. Darin steht die #22, Travis Martin. Der passt rechts zur Blauen Linie auf die #12, Jared Mills. Der legt quer rüber auf die #72, Jackson Bayet, Jays Vater. Dann haben wir die #16. Die passt mit dem Schläger von halbrechts auf die #9 am Torraum, Matt Jones.«

»Jones ist die #9?« Penner runzelt die Stirn, blickt fragend zu Miller. Die Psychologin lenkt die Aufmerksamkeit auf die Stellwand, die mit »Matt Jones« betitelt ist. Toshi liest sonor vom Hockeygedicht »Rückennummer 9« ab: »Ein Tor Rückstand, knapp vorm Buzzer. Der letzte Wechsel, Empty Net, rauf auf die Achterbahn ... Jamankas Geschenk an Ella Jones.«

»Er hat es ihr in Calgary vermacht. Und daran, dass ihr Vater beim Hockey die #9 trug, an den Schneevogel als Teamlogo, daran kann sich Ella ganz klar erinnern. Fahren wir fort ... auf der Skizze liegen Goalie Stanten und Jones übereinander ... die Verletzung, Jamanka hat einen Blitz darüber gezeichnet.«

»Was ist mit der #16?«, fragt Brooks.

»Das muss Billy-Ray Hall sein.«

Millers Stimme verrät, dass die Dinge nicht zum Besten stehen.

Walker Stanten will keineswegs die 18-Uhr-Maschine nach Cranbrook erreichen. Er schreibt seinem Scout-Partner Duncan Keane eine Nachricht und meldet sich als gesundheitlich angeschlagen ab. Der Schnee hatte vor wenigen Minuten aufgehört, dafür geht jetzt ein eiskalter Wind.

Die Tür zum Liquor-Heaven ist noch verschlossen. Walker klopft ans Fenster, die Wellensittiche machen einen Heidenlärm, der Billy-Ray aufschreckt. »Bestimmt der Schnapslieferant«, zischelt er grimmig und entriegelt die Tür. Das Gesicht vom Basecap verschattet, betritt Walker ohne sich weiter vorzustellen den Laden. Billy-Ray ist verblüfft. Vor ihm steht ein blutjunger Collegesohn reicher Eltern und kein verschwitzter Lieferant mit Firmenlogo auf der Jacke. Er will dem Besucher gerade erklären, dass erst in einer halben Stunde Verkaufszeit sei, doch Walker lässt sich nicht abschütteln, reicht ihm sogar die Hand. Eben dachte Billy-Ray noch, dass sich der behandschuhte Druck wie weichgekochtes Gemüse anfühlt, schon geschieht etwas, womit er nicht rechnet. Er sieht im Augenwinkel die andere Hand des Mannes auf sich zukommen, etwas blitzt darin auf. Die Nadel in seinem Hals spürt er noch, dann ergreift ihn lähmendes Entsetzen. Vor seinen Augen verschwimmt die Welt, die Beine geben nach. Der vertraute Verkehrslärm weicht in weite Ferne. Billy-Ray hatte in seinem Leben schon viele Sprossen auf der Leiter ins Unglück erklommen. Zwei Scheidungen und etliche Finanzkrisen gehörten genauso dazu wie ein paar dumme Verhaftungen. Jetzt ist er, der größte Pechvogel des Universums, scheinbar ganz oben angekommen. Bloß wieso? Wer ist der Kerl überhaupt? Eine Antwort erhält er prompt. »Ich bin der Schneevogelkiller.« Der Mann sagt es fast beiläufig, so, als würde man Ketchup zu Pommes bestellen. Am Rande der Ohnmacht sieht er eine Farm im Qu'Appelle Valley in Saskatchewan, einen Outdoor-Hockeyteich, auf dem er einen Schuss direkt von der Blauen Linie ins Tornetz zimmert. Die Leute drumherum applaudieren. Krampfhaft versucht er, sich an weiteren Details festzuhalten. Die Wellensittiche schreien, ihnen muss arschkalt sein – die Ladentür steht sperrangelweit offen. Dann versinkt das Hockeyfeld direkt auf den finsteren Grund des Sees. Seine Augen sind voller Tränen. Er versucht sie aus dem Gesicht zu wischen. Sicherheitskameras und Monitore werden zerstört. Ein Beil saust durch die Luft und trifft. Es hört sich so an, als ob jemand Koteletts zerhackt.

Wenige Augenblicke später betritt Raymond Shenn den Laden. Ein verkannter Musiker mit gelben Zähnen und Fingern, mit dünnen Haaren bis zum Arsch und dürr wie Iggy Pop. In der abgewetzten Lederjacke stecken ein paar Dollarscheine. Für eine Flasche billigen Whiskey sollten sie reichen. An der zerkratzten Holzladentheke stehend, wundert er sich zunächst, warum ihn niemand bedienen kommt. Sein Blick fällt auf das Fenster. Zwei Vögel hocken zusammengekrümmt auf dem Käfigboden. Kein Wunder, die offenstehende Tür lässt eisigen Wind in den Laden. Er schließt sie. Als er zurückkehrt, wird ihm gewahr, dass eine Blutpfütze seine weißen Sneakers ruiniert. Und sie wird größer. Die Quelle scheint hinter der Ladentheke zu liegen. Er späht über den elektronischen Kassenapparat und will nicht glauben, was er sieht. Dort liegt ein Mann mit abgetrenntem linkem Arm: der Verkäufer, den er an seiner bulligen Statur mit den Indianertattoos am Hals wiedererkennt, in letzter Konsequenz aber an den abgewetzten Schlangenlederstiefeln, auf denen das Signet der Edmonton Oilers eingebrannt wurde. Immer weiter kämpft sich das Blut durch einen dunklen Fleck am abgefetzten Pullover hervor. Billy-Ray krümmt sich wimmernd auf dem Boden. Sein Stöhnen holt Shenn in die Wirklichkeit zurück. Er stürzt hinter die Theke, reißt sich den Gürtel von der Hose, bindet ihn um den Armstumpf und zurrt so fest er kann. Das Blut sprudelt nicht mehr, es tröpfelt.

Sich dreimal bekreuzigend wählt er den Notruf. Billy-Ray scheint in eine Schockstarre gefallen zu sein, er atmet nur noch flach. Auf dem grauen Steinboden liegt ein gefalteter Zettel. Bis die Ambulanz und der erste Streifenwagen eintreffen, hat Shenn das Gedicht viermal gelesen.

Rückennummer 16

Wir spielten Streethockey mit einem Tennisball.
Du brauchst keinen Helm, sagten sie.
Tragen Tennisspieler Helme?
Nein, sagte ich.
Sie stellten mich in die Defense.
Ich war ein stolzer Hockey-Gott.
Woran ich dachte,
als der Kerl vor mir zum Slapshot ansetzte?

Der jagt nur Luft.
Woran ich dachte,
als der Ball zwischen den Ohren einschlug?
Zähle die Sterne, es sind Stanley Cups.
Ich stolperte über meine Schnürsenkel,
lag da und heulte wie eine Pussy.
Geschlagen schlich ich nach Hause, rannte ins Bad,
sah in den Spiegel wie in eine bodenlose Pfütze.
Dunkel und violett schimmerte darin
mein erstes Hockeyveilchen.

Ein Officer findet Shenn mit einem Vogelkäfig auf dem Schoß in einer Ecke hockend. Er blickt in ein völlig entrücktes Gesicht und hilft ihm auf die Beine. Billy-Ray hat es nicht geschafft. Shenn presst sich ein Lächeln ab. Verstört blinzelt er auf den graugetretenen, mit Blut besudelten Linoleumboden. Draußen vor dem Laden stehen etwa zwanzig Cops in Uniform oder in Zivil, drängen Reporter am Absperrband ab oder stehen rauchend an Autos gelehnt. Kriminaltechniker klappen Alukoffer auf, der übliche Tatort-Hokuspokus beginnt. Ein schwarzer Leichensack wird mit Stoffriemen an einer Bahre festgeschnallt, der Reißverschluss mit einem Surren geöffnet. Als Shenn dem Officer nach langem Zögern das Gedicht überreicht, flötet er ein paar zittrig vorgetragene Schieftöne.
»Daraus könnte man einen tollen Song machen. Ist echt gut.«

Als gegen 20:00 Uhr die Nachricht von der Ermordung Billy-Ray Halls den War Room erreicht, ist die Erschütterung groß. Die Wahl fällt auf Toshi, sich den Tatort anzuschauen. Ein Team aus dem Bowling Bunker hat den Ladenbesitzer

Hindi April ausfindig gemacht, der die Cops in Halls Wohnklo führt. Die Einsatzleitung ruft Penner von dort aus an.

»Staff Sergeant, die Tür war aufgebrochen.«

»Was fehlt?«

»Kann man nicht mit Bestimmtheit sagen. Die Bude ist ein Dreckloch. Moment.«

»Was?«

»Wir haben ein offenes, stinkendes Hockeybag gefunden.«

»Fehlt was?«

»Schutzausrüstung und Handschuhe.«

»Sagen Sie Tosh, dass sie sich beeilen soll. Sagen Sie ihr, dass Ella Jones im Department ist.«

Ella wird gerade von ihrem Leibgardisten Ozechowski in den War Room geführt. Ihr Herz pocht. Als sie Miller erblickt, weicht die Angespanntheit etwas. Miller blickt Ella vertrauensvoll an.

»Sie wissen bestimmt, warum Sie hier sind?«

»Detective Brooks hat mich unterrichtet. Ich soll mit Robert Jamanka sprechen.«

»Ja, es ist unbedingt notwendig. Wir wissen nicht, was er Ihnen zu sagen hat. Tun Sie es einfach. Bitte.« Das emotionale Chaos lähmt Ellas Zunge, sie nickt lediglich. Kaum haben Brooks und Ella den Verhörraum betreten, kommt der lang ersehnte Anruf aus Kamloops. Carry ist dran. Penner drückt die Freisprechtaste. Wie vom Donner gerührt, legt sie los. »Tod King hat uns eine atemberaubende Story aufgetischt. Sie waren neun Spieler und ein Spielertrainer, Matt Jones. Er hat Wheeler Bettelbriefe geschrieben, wollte sich mit seinen Jungs gegen die Stars von morgen messen, als die Eishalle auf der Ranch fertig war. King war der Goalie, der kurz vor Schluss vom Feld ging, als Jones zur Attacke blies und sich selbst einwechselte. Die Schneevögel lagen ein Tor hinten, Matt war wie besessen vor Ehrgeiz. Er wollte die Verlängerung erzwingen und das Match umbiegen. Wheeler war Referee, Jamanka der einzige Linesman. Getötet wird, wer in dieser Pulling The Goalie-Situation auf dem Eis stand. Wenn King nicht das nächste Opfer ist, dann Billy-Ray Hall. Ihr müsst ihn finden. Und bringt Jamanka zum Reden!«

»Miss French«, sagt Miller behutsam, »Hall ist tot. Der Killer hat ihm den linken Arm abgehackt.«

»Scheiße, und wir sitzen in der Pampa fest.«

»Sie können Tod King eine Freude bereiten.«

»Erst wird sein Zug von verirrten Jagdkugeln beschossen, dann tauchen wir auf und versetzen ihn mit der Schneevogel-Story in Angst und Schrecken. Welche Freude meinen Sie?«

»Tod King ist Jamankas Sohn. Vielleicht ist er froh, endlich einen Vater zu haben.« Man hört Carry ins Telefon pusten.

»Das wird ihn umhauen ...«

Der Satz scheint ihr im Hals steckenzubleiben wie eine Fischgräte.

17

Ella trinkt einen Becher Wasser und kämpft gegen alle möglichen Widerstände ihres Körpers an. Zumindest ist ihr die Umgebung des Verhörraums vertraut. Beim letzten Mal saß sie auf der anderen Seite und wurde stundenlang zum Mord an Travis Martin befragt. Jetzt sitzt Robert Jamanka dort. Brooks hat sie vorher gebrieft. Er selbst würde sich zurückhalten und ihr nur im Notfall zur Seite springen.

»Chilaili! Wie schön, Sie zu sehen.«

Jamankas Stimme klingt, als wäre sie weit, weit entfernt. Ella flüstert: »Warum bin ich hier?«

»Ich möchte Ihnen eine Geschichte erzählen. Hören Sie zu, und vergeben Sie mir, wenn Sie können.«

Die Stimme wird rauer, tiefer. Über Ellas Haut laufen Phantomameisen, es juckt und brennt.

»Niemand verdient es, das zu erleben, was Sie erleben mussten. Niemand das, was Ihr Vater ...« Jamanka hält inne. Für einen Moment kann Ella etwas Weiches, fast Unschuldiges in seinem Gesicht erkennen. Plötzlich starrt er angespannt auf Brooks, zuckt am ganzen Körper und gemahnt an ein Fluchttier, das Gefahr wittert. Als er fortsetzt, schwingt in der Stimme ein Hauch Zärtlichkeit mit. »Sie waren sechs Jahre alt und werden das meiste vergessen haben. Man sagte Ihnen damals sicherlich, dass Ihr Vater ...«

Ella unterbricht Jamanka heiser: »Sie sprechen vom 16. Februar 1997? Von dem Tag, an dem mein Vater verschwand?«

»Ja. Ich arbeitete für einen Mann namens Terry Wheeler. Eine Zeit, an die ich mich nur schemenhaft erinnere. Diese verdammten Drogen. Dieses verdammte Hockeyspiel. Dieser verdammte Racheengel Elias Stanten. Um Weihnachten 1996 herum fand ein Hockeyspiel der Schneevögel auf Wheelers Gelände statt, dabei verletzte sich Stanten nach einem Zusammenprall mit Ihrem Vater. Stanten wurde in eine Klinik gefahren und kam am nächsten Tag mit einer Augenklappe wieder. Erst hat er sich drüber lustig gemacht, doch als sich später herausstellte, dass er auf einem Auge fast blind war, wurde er jähzornig, ja, blind vor Wut. Jemand musste dafür bezahlen. Stanten ging zu Wheeler, und Wheeler zog mich in die Sache rein. Ihr Vater sollte entführt werden, ich verweigerte mich nicht, hatte es schließlich gut auf der Ranch. Wheeler, Stanten und ich folgten an jenem Februartag dem Pickup Ihres Vaters, und als er den Wagen wegen einer Panne verließ, kassierten wir ihn ein. Zurück blieben Sie, ein unschuldiges Mädchen. Ich sorgte dafür, dass Sie gefunden wurden. All die Jahre habe ich Ihren Vater von Versteck zu Versteck gekarrt, freundete mich mit ihm an. Wir spielten Tischhockey, Karten. Matt Jones schrieb Poesie, ganze Notizbücher schrieb er voll, und widmete sie seinem Team, den Schneevögeln. Eines davon, das Gedicht ›Rückennummer 9‹, schenkte er mir. Sie fanden es später in Ihrem Büro. Während des Gutachtens hatte ich es dort hinterlegt. Ich wollte unbedingt von Ihnen begutachtet werden ... in meinem ramponierten Zustand. Der Anstaltsarzt machte es auch möglich. Wir kannten uns aus alten Drogenzeiten, die Welt ist klein. Ich wollte Sie warnen, wollte Ihnen alles erzählen, doch ich konnte nicht. Was in der Hotelbar über mich kam, als ich mit der Waffe wedelte, kann ich mir nicht erklären. Ich muss Ihnen einen gehörigen Schrecken eingejagt haben. Mittlerweile war Elias Stanten, der nach dem Karriereende an der Flasche hing, krank geworden, todkrank, noch wahnsinniger. Er gab ein Testament der Rache an seinen nichtsnutzigen Sohn Walker weiter. Der Inhalt war einfach: Zuerst sollten fünf Schneevögel sterben. Jene, die auf dem Eis standen, als Stanten verletzt wurde und seine Karriere beerdigen musste. Sofern sie bereits tot waren, musste ein direkter Nachkomme dran glauben. Und verschiedene Körperteile mussten abgetrennt werden. Insgesamt zwei Arme, ein Kopf, zwei Beine. Das Herz der Schneevögel sollte Ihr Vater beisteuern. Als letztes.«

Jamanka muss schlucken, Ella starrt ihm fest in die Augen. Er kann ihrem flackernden Blick nicht standhalten. Als er fortfährt, bleibt sein Blick auf halbem Weg zur Decke hängen.

»An den Leichenfundorten wurden Gedichte Ihres Vaters hinterlegt. Die Teufelei sollte schon vor einem Jahr über die Bühne gehen, doch stand Elias Stanten wegen Codys NHL-Aufstieg zu sehr im Rampenlicht. Außerdem wusste man nicht, wie man an das erste Opfer, an diesen Jungen aus Deutschland, rankommen sollte. Man wartete, bis sich der Cody-Hype einigermaßen gelegt hatte, und dann stellte sich heraus, dass der Junge aus Deutschland in Kanada war. Terry Wheeler und Walker Stanten bedrängten mich, bei der Sache mitzumachen. Doch ich verließ Red Deer, wurde aber in Banff von Walker wieder ausfindig gemacht. Als ich mich weigerte, bei diesem Wahnsinn mitzumachen, sagte er mir, dass man mich für die Taten verantwortlich machen würde. Dann verschwand Walker so schnell, wie er gekommen war. Als ich hörte, dass Terry Wheeler bei einem Unfall schwer verletzt wurde, dachte ich, alles wäre ausgestanden. Doch nein, Walker handelte fortan auf eigene Faust. Ich hoffe so sehr, dass Ihr Vater noch lebt. Wenn Sie Glück haben, dann wird er nach wie vor versteckt gehalten, ganz in der Nähe, auf der Wheeler-Ranch.«

In Ellas angespanntem Gesicht keimen zugleich Schmerz und Hoffnung.

»Warum haben Sie mir das alles nicht an der Hotelbar gesagt?«, fragt sie nach einigem Überlegen.

»Es ging nicht. Ich habe gute und schlechte Tage, manche spiegeln einen ganz anderen Teil von mir. Außerdem war ich auf der Flucht«, erwidert Jamanka, ohne Details zu liefern. Er vermeidet es weiterhin, sie anzusehen. Per Lautsprecher schaltet sich Penner in den Verhörraum.

»Wir haben genug gehört. Danke, Mister Jamanka. Sie werden für den Rest der Nacht in einer gemütlichen Zelle unterkommen. Und noch etwas: Ihr Sohn, Tod King ... Er lässt schön grüßen und will Sie sehen.«

Jamanka ist sichtlich irritiert. Unter dem Schein der Lampe verwandelt sich seine gesamte Mimik in ungläubiges Erstaunen. Er blinzelt gedankenverloren, die Augen glänzen vor Tränen.

Eine schwere Schneewolke schiebt sich vor die Silbersichel des Mondes. Die Nacht ist stockfinster, nur der Highway glänzt und schimmert im Schein der Autolichter. Brooks steuert den Wagen mit hohem Tempo Richtung Red Deer. Penner hockt neben ihm. Wenige Meter dahinter fahren Quintal und Toshi. Im Fond sitzt Jayden Miller neben Ella. Es half nichts. Beide bestanden darauf, mit zur Wheeler-Ranch zu kommen.

Eislandschaften fliegen vorbei, die Kilometer fliegen mit. Als sie Rosedale Valley hinter sich gelassen haben, vibriert Brooks' Handy. Er nimmt das Gespräch an, dreht die Freisprechanlage lauter, ein aufgelöster Hitchkowski ist dran.

»Meine Jungs sind auf der Ranch. Party mit Wrestling im Vorprogramm. Bis mir das jemand im College sagen konnte ... Himmel, hilf! Ich bin stinksauer!«

»Willst du sie rausholen?«

»Klar, bin auf dem Weg!«

»Warte damit.«

»Negativ.«

»Hitch, wir haben Haftbefehle für Elias und Walker Stanten. Dank Jamankas Aussage. Die Bundespolizei ist mit einer Armada von Streifenwagen zur Ranch unterwegs. Sobald wir dort eintreffen, verschaffen wir uns Zutritt. Unser Mann vor Ort heißt Gilchuk, ein Mountie-Sergeant. Warte bitte.«

»Okay. Ist die Psychologin dabei?«

»Mrs. Miller kann dich hören. Ella Jones ist ebenfalls ...«

»Kann sie mich auch hören?«

»Kann sie.«

»Das ist verrückt, sage ich, weil mir für alles andere die Worte fehlen. Immerhin ist das noch ein Polizeieinsatz!«

»Hitch, beruhige dich, für Diskussionen war keine Zeit.«

»Tosh hat mich angerufen. Dieser Billy-Ray Hall ist tot ...«

»Penner hat sie zum Tatort geschickt, war ein kurzes Intermezzo. Sie sitzt bei Quint im Wagen und verdaut die Leichenschau.«

»Der arme Quint ... Was glaubst du, James: Wenn Walker Stanten diesen Hall vor ein paar Stunden eiskalt ins Jenseits befördert hat, wird er uns dann gleich lächelnd die Tür aufmachen?«

»Schwer zu sagen. Vielleicht lädt er uns zum Mitternachtssnack ein.«

»Nur gut, dass ich dabei bin. Wir sehen uns.«

Nach einer Weile wird der Verkehr spärlicher, bis eine kurze Abfahrt mit leichtem Gefälle folgt, dann fährt Brooks auf ein Waldstück zu, die anderen Streifenwagen dicht hinter ihm. Die Hauptzufahrtsstraße zur Ranch ist bereits blockiert, der Schnee liegt so hoch, dass die altmodischen Weidezäune darin fast versinken. Beim Klacken der Scheibenwischer sieht Ella das Gesicht ihres Vaters vor sich auftauchen. Tief atmend versucht sie, den Kopf frei zu bekommen und ihre Gedanken in Schach zu halten.

Das Tor zur Ranch steht halboffen. Es besteht aus zwei Baumstämmen mit einem Querstück, an dem der beeindruckende Schädel eines Bisons prangt. Im trüben Licht der Laternen, Scheinwerfer und Stablampen könnte die Anlage ein winterliches Idyll sein. Ein Hüne in Security-Uniform, mit dickem Hals, der jeden Hemdkragen zum Bersten bringen würde, steht davor. An kurzer Leine hält er einen Dobermann. Ein Maulkorb fehlt. Das Tier fletscht die Zähne und knurrt bedrohlich.

Hitchkowski ist bereits da, er winkt die blinkenden SUVs des Police Service zu sich. Die Detectives steigen aus, Miller bleibt mit Ella im Wagen zurück. Penner winkt einen bulligen Beamten mit Bürstenhaarschnitt zu sich und stellt ihn vor.

»Das ist Sergeant Gilchuk von der Bundespolizei. Er ist über alle Details informiert.« Penner reicht dem Mountie die Haftbefehle, einen druckfrischen Durchsuchungsbeschluss samt Beschlagnahmeverfügungen. Gilchuk knipst eine Taschenlampe an, inspiziert die Papiere aus zusammengekniffenen Augen und nickt schließlich.

»Wer ist auf der Ranch?«, will Brooks von ihm wissen.

»Auf jeden Fall Elias Stanten. Der ließ sich eben erst mit einem Ambulanzwagen reinkutschieren. Hineinschauen durften wir nicht. Der Fahrer war so freundlich, uns den Namen seiner Fracht zu verraten. Und jede Menge Partygäste.«

Hitchkowski schaltet sich ein: »Mika Mackenzie, der einstige Coach der RDC-Vipers, schmeißt die Party.«

Gilchuk stimmt zu: »Seitdem Terry Wheeler im Koma liegt und Elias Stanten nichts mehr ausrichten kann, steppt hier der Bär. Mackenzie ist ein übler Bursche, gesegnet mit einem gesunden Selbstbewusstsein. Er hat sich zum Ranchverwalter erklärt und hofft wohl, dass Wheeler und Stanten nicht mehr auf die Beine kommen.«

»Was ist mit Walker Stanten?«

Gilchuk quittiert die Frage mit einem Achselzucken, kramt eine Papierkarte hervor, wedelt mit seiner Taschenlampe darüber.

»Hier ist die Topografie von der Ranch.« Mit Wurstfingern malt er darauf herum und wird deutlicher: »Zunächst sollten wir uns die Party vornehmen und auflösen. Die findet hier statt.« Er deutet auf einen Umriss am Ende eines gewundenen Weges. »Ein weißes viktorianisches Farmhaus mit umlaufender Veranda. Elias Stanten wohnt hier.« Gilchuks Siegelring klopft ein paar Zentimeter weiter rechts auf den Plan. »Dreistöckige Backsteinanlage. Dann haben wir gleich um die Ecke einen ehemaligen Getreidespeicher. Das ist die Eishalle, die kommt als nächstes dran. Zum Schluss die übrigen Verwaltungsgebäude. Wenn Sie wollen, dürfen Sie hinterher einen Blick in die Rinderställe werfen. Hier.« Er beginnt zu kichern, es hört sich an wie platzendes Mikrowellen-Popcorn.

Penner klatscht in die Hände, reibt sie kräftig aneinander. Einen Blick zum Mond werfend erklärt er: »Das wird eine saubere Durchsuchung, Scheiße, die nicht stinkt. Wenn wir Glück haben, finden wir Matt Jones und Walker Stanten als Zugabe. Gehen wir es an, bevor uns der Kampfhund am Eingang nicht mehr bloß mit Blicken zerfleischt.«

»Wer sind die beiden Damen?« Gilchuk deutet auf den Ford, auf dessen Rückbank nach wie vor Jayden Miller und Ella sitzen.

»Unsere Profilerin und eine ...« Penner überspielt sein Zögern mit einem verkniffenen Lächeln. Als Gilchuk ihn fragend anblickt, rückt er mit dem Sachverhalt heraus. »Herrgott, eine Zeugin. Das ist Ella, die Tochter von Matt Jones.«

»Oha. Das können Sie mir demnächst genauer beim Bier erklären. Die Ladys warten im Wagen, zwei Officers bleiben in der Nähe. Die beiden sollen den Wagen auf keinen Fall verlassen. Das hier ist ein offenes Gelände, wir haben nur den Zufahrtsweg blockiert. Ungebetene Besucher sind jederzeit möglich. Wenn eine in den Schnee pinkeln muss, dann nur mit schusssicherer Weste. Ich habe schon Pferde kotzen gesehen. Sagen Sie es ihnen.«

Penner blickt zu Brooks, der den Mantelkragen hochschlägt, zum Auto eilt und die Anweisungen weitergibt. Hitchkowski und Quintal steigen in einen gepanzerten Bus. Toshi und Brooks folgen. Penner und Gilchuk sprechen mit dem Sicherheitsmann, legen Marken und Papiere vor. Der greift zum Telefon und verlässt dann mitsamt Dobermann den Posten. Freie Fahrt. Der blinkende Tross fährt aufs Gelände. Von Fenstern werden einfallende Lichtkegel wie Blitze zurückkatapultiert, vom Frost bedeckte Feldsteine glitzern wie Kiesel auf dem Grund eines Baches. Der Wind trägt den Klang einer Kirchturmglocke heran, gefolgt vom hohen, jämmerlichen Schrei einer Wildkatze. Dann legt sich

Stille über das Areal. Aus den Schornsteinen des Anwesens steigt Rauch auf.

Ella kämpft gegen eine bleierne Müdigkeit an, eine Müdigkeit, wie sie sie noch nie in ihrem Leben verspürt hat. Seufzend atmet sie aus, als trüge sie ein Korsett, das ihr die Luft abschnürt.

»Was ist los?« Miller schaut neugierig lächelnd zu Ella.

»Glauben Sie, dass es so etwas wie Fügung gibt?«

»Sie meinen, ob unsere Schicksale fremdbestimmt sind? Das erinnert mich ein wenig an Kafkas ›Prozess‹, wo der Protagonist über der Frage, warum er angeklagt wird, in den Wahnsinn getrieben wird. Abseits meiner Profession als Psychologin möchte ich insgesamt an der Vorstellung festhalten, dass alles, was wir erleben, einen übergeordneten Sinn hat.«

»Selbst, wenn wir den nicht jedes Mal verstehen?«

»Ja. Die Idee, dass alles Leben dem Zufall untergeordnet ist, mag ich nicht besonders.«

Schweigen. Ein nachdenkliches Schweigen. So viel war passiert. Sie blicken in den weitläufigen, schneebedeckten Ranch-Vorgarten.

Cody Stanten erhält den Anruf von der Security gerade noch rechtzeitig. Eben wollte er den Highway-Abzweig zur Ranch nehmen, schon bestätigen ihm rotblau blinkende Streifenwagen die Vorwarnung: Das Gelände wird durchsucht, die Polizei ist Walker auf der Fährte. »Ich muss das verhindern!«, denkt er und lacht bitter: »Aber wie soll ich etwas verhindern, das gerade vor meinen Augen geschieht?« Er bremst den Wagen scharf ab, schlittert über den gefrorenen Schnee und kommt in einer Parkbucht zum Stehen. Er atmet ein paarmal tief ein und aus und muss dabei an das Spiel seiner Pens gestern in Calgary denken. Die knappe Niederlage schreibt er sich selbst zu. Durch einen harmlosen Schuss ließ er sich in der letzten Minute tunneln. Der Puck rutschte einfach durch, dann war das Spiel, war der gesamte Roadtrip vorbei. Walker hatte die Partie in der *Hockey Night* verfolgt. Im Anschluss hatten sie geskypt. »Warum willst du nicht etwas Zeit mit mir und deinem todkranken Vater verbringen?«, hatte sein Bruder ihn gefragt und ihm dann die ganze Geschichte erzählt. Zunächst war Cody geschockt und konnte nur stupide wiederholen, was Walker gesagt hatte: »Vaters Testament, Zeremonie, beerdigen die Schneevögel, einer lebt noch ...«

Cody fährt sich mit der Zungenspitze über die Lippen, kaut nervös an den Fingernägeln. »Scheiße«, sagt er tonlos, »das ist doch Wahnsinn.« Er drückt den Startknopf, der Motor nimmt mit dumpfem Geräusch Umdrehungen auf, stottert schließlich, nur um ganz zu verstummen. Einige Warnleuchten des Bordcomputers blinken. Der Wagen springt nicht mehr an. Er greift zum Handy, wählt Walkers Nummer und presst es ans Ohr.

»Cody!«, meldet sich der schwer keuchende Bruder. »Wo bist du?«

»Auf dem Weg. Das Auto ist verreckt. Die Security hat mir gesteckt, was los ist.«

»Mach, dass du von hier wegkommst, ich bring es allein zu Ende. Wenn auch anders als vorgesehen.«

»Bist du auf der Ranch?«

»In der Garage am Speicher, wo die Zamboni parkt.«

»Was ist mit diesem Schneevogel ... Mit dem, der noch lebt?«

»Was denkst du denn, Bruderherz?«

»Scheiße!«

Ohne ein weiteres Wort drückt Walker das Gespräch weg.

Hitchkowski kann nicht glauben, was er sieht. Gut vierzig Personen befinden sich im Erdgeschoss des Wheelerschen Farmhauses. Die Leiber der krakeelenden, feiernden Meute schlängeln sich im Stroboskoplicht um einen pink-rot-gelb ausgeleuchteten Boxring. Lauter spärlich bekleidete Bunnys schreien und tanzen zum wummernden Beatsound. Seine Söhne Daniel und Henrik umklammern einander in einem absurd verschlungenen Show-Kampf auf der Matte, nur mit Shorts bekleidet. Der Wodka fließt in Strömen: Schnaps-Wrestling vom Feinsten. Enttäuschtes Stöhnen brandet auf, als mit einem Mal die Musik erstirbt und alle Lampen im Saal eingeschaltet werden. Vereinzelt kommt es zu Fluchtversuchen, doch die Kids knallen gegen die harten Betonbrüste der überall postierten Cops. Gilchuk bedient sich eines Megaphons und erklärt die Party für beendet. Alle Anwesenden mögen sich ausreichend bekleiden, keinen Alkohol mehr anrühren, die Ausweise bereithalten und sich auf Befragungen einstellen. Ranchverwalter Mackenzie wird unter Protest abgeführt und in einen SUV verbracht. Auf Geheiß Hitchkowskis erhalten seine Söhne eine Sonderbehandlung. Im Wagen neben Mackenzie sind ihnen Fußfesseln und Handschellen anzulegen. Der Anblick mutet Hitchkowski schon ein wenig skurril an, aber den Denkzettel haben sie allemal verdient. Die Jungs wagen nicht aufzusehen.

Drei Bodyguards bewachen Elias Stantens Haus und lassen die Beamten nach kurzer Diskussion zu ihrem bettlägerigen Vorgesetzten durchmarschieren. Quintal führt sie an, im Erdgeschoss wird eine Flügeltür aufgestoßen und gibt den Blick frei auf einen geräumigen Wohnbereich. Beherrscht wird er von einem Kleiderschrank, einer ledernen Sitzgruppe und einem verchromten Doppelbett. Von der Decke hängt ein Flachbildfernseher, übertragen wird ein stummes Fishing-Turnier. An der Wand gegenüber vom Schrank hängt ein Regal voller Pucks und Pokale und gerahmter Fotos von Cody – chronologische Zeugnisse einer jungen Goalie-Karriere. Ein Pfleger wechselt die Spritze einer Morphinpumpe. Es riecht nach Aftershave und Wäschestärke. Quintal betet den Haftbefehl wie einen Rosenkranz herunter. Der vom Krebs gezeichnete Stanten grinst milde, brabbelt, lallt und stammelt wirres Zeug in sich hinein; von einer *Zeremonie* ist die Rede, von einer, die die Welt noch nicht gesehen hat. Beim Anblick dieses Siechtums muss die Idee, ihn postwendend ins Haftkrankenhaus zu überstellen, neu überdacht werden.

Mittlerweile wurde draußen ein Stromgenerator angeworfen, der eine ganze Batterie grell aufflammender Scheinwerfer speist. Penner inspiziert das tuckernde Gerät skeptisch. »Baujahr 1983. Hightech sieht anders aus!«, ruft er in die Nacht. »Wir sind hier nicht in Edmonton, das ist Red Deer!«, schreit jemand zurück.

Das Gros der Cops ist mit aufmüpfigen Feierbiestern beschäftigt, andere dringen auf Geheiß Gilchuks in umliegende Gebäude ein. Computer und Akten werden verladen. Bleibt noch die Eishalle. Brooks und Toshi steuern den einstigen Getreidespeicher zielstrebig an. Gilchuk stößt zu den beiden. Die Stahltür ist mit einem komplizierten Sicherheitsschloss versehen. Für Feinheiten ist keine Zeit. »Ich brauche etwas, womit ich die Tür aufstemmen kann«, sagt Brooks. »Haben Sie etwas zum Hebeln, Sergeant?« Wortlos macht Gilchuk kehrt zum Bus und kommt kurz darauf mit einem Brecheisen wieder.

Walker Stanten durchschneidet mit einem Messer die Fesseln und richtet die Klinge auf Matt Jones. Der Knebel, der seine komplette Mundhöhle ausfüllt, lässt nur ein paar unverständliche Laute zu. Seine Augen scheinen vor Schmerzen aus den Höhlen zu treten, als er aus der Umkleide der Eishalle raus in die angrenzende Garage gezerrt und gestoßen wird. Von überallher sind Stimmen zu hören, die im fensterlosen Gemäuer aber nur gedämpft ankommen. Walker legt das Messer auf die abgestellte Zamboni und versucht, seinem Gefangenen eine Spritze in den Hals zu rammen. Doch der wehrt sich wie verrückt. Walker gelingt es gerade so, ihn festzuhalten. Brutal verbiegt er ihm die Arme auf den Rücken, die Spritze fällt zu Boden, das Messer hinterher. Jones strampelt wild mit Armen und Beinen. Der vom Öl, das aus der alten Zamboni austritt, rutschige Boden ist sein Verbündeter. Als er sich etwas aus der Umklammerung lösen kann und einen Arm freibekommt, versetzt er Walker mit dem Ellenbogen einen heftigen Hieb in den Magen, sodass dem für einen Augenblick die Luft wegbleibt. Walker keucht vor Schmerzen. Mit einer solchen Gegenwehr hatte er nicht gerechnet. Die kurze Verblüffung weicht rasendem Zorn. Er versucht, Jones auf den Boden zu drücken, greift ins Innenfutter der Manteltasche, seine Waffe ist noch an ihrem angestammten Platz. Gerade will er das Messer aufheben, als ein heftiger Schlag mit etwas Hartem auf seinem Hinterkopf landet. Jones hat ihn mit einem Kreuzschlüssel voll erwischt. Durch die Wucht des Schlages stolpert Walker benommen zu Boden. Jones' Hände zittern, der Schlüssel gleitet ihm aus der Hand. Er reißt die Tür auf, ist kurz vorm Ersticken, befreit sich vom Knebel. Nach Luft japsend blickt er gehetzt um sich. Was vor sich geht, kann sein Verstand nicht mehr fassen. Er stürzt, steht wieder auf. Nur weg hier. Nach wenigen Metern bleibt er hinter einem Baum stehen, dessen Stamm den Umfang eines Kutschwagenrades hat. Sein Atem geht stoßweise, das Herz schlägt ihm bis in die Kehle. In der Garage rappelt sich Walker auf, fasst sich mit beiden Händen an den Kopf, fährt sich durch die Haare. Die Hände schimmern blutig rot, er betrachtet sie. Der Ausdruck in seinem Gesicht gleicht dem eines tollwütigen Wolfs.

Brooks bearbeitet die Tür zur Eishalle und hantiert mit dem Brecheisen herum. Nach einer Weile springt sie ihm knarzend entgegen. Die entweichende Luft ist feucht und riecht irgendwie nach Baustelle. Hitchkowski leuchtet die Innenwand entlang. Graue, dicke Mauern. Mehrere Schalter. Er drückt ein paar, bis die blendfreien Strahler über dem Feld knackend anspringen. Ein schwarzer Fleck huscht davon, eine Ratte. Brooks reckt den Hals in verschiedene Richtungen und entdeckt einen Zugang. Eine Metalltreppe hinuntersteigend erkennt er Strafbänke und ein Kampfgericht. Die Plexiglasumrundung wurde zurückgebaut. Das abgetaute Spielfeld besteht lediglich noch aus seiner Grundierung: einer betonierten Bahnschale. Jeden Gegenstand nimmt er einzeln in Augenschein. Kies, Wassereimer, Zementsäcke, Kabel. Eine Betonmischmaschine steht in der Mitte. Schlauchteppiche, Rohre, Bandenelemente liegen verteilt auf der hölzernen Tribüne. Ins Auge fallen ihm zudem fünf offenbar frisch zementierte Flächen, jeweils etwa einen Quadratmeter groß, und ein zwei Meter tiefes, in den Boden gestemmtes Loch, genau dort, wo ehedem Markierungen den rechten Torraum abbildeten. Brooks steht in Höhe des linken Bullykreises, als er Jamankas Zeichnung studiert. Sechs Schneevögel auf Angriffsposition. Er schreitet die ersten fünf ab. Ein Schauer nach dem anderen läuft ihm über den Rücken, als er das Torraumloch ansteuert. Verkrampft blickt er hinein, erspäht als erstes ein verdrecktes Trikot mit der Rückennummer 9. Gilchuk nimmt Toshi zur Seite. Sichtlich irritiert fragt er sie: »Was zur Hölle ist das?«

»Das ist ein Friedhof. Ein Eishockeyfriedhof.«

Von draußen ist der Tumult der Partygäste zu hören. Es scheint alles nicht ganz so friedlich abzulaufen, wie Gilchuk es sich vorgestellt und angeordnet hatte. Um zu sehen, was los ist, stapft Hitchkowski wieder ins Freie und wundert sich über die Dunkelheit, die nurmehr durch den Schein einiger Stablampen durchbrochen wird.

»Warum ist das Gelände nicht mehr ausgeleuchtet?« Penner kommt neben ihm zum Stehen und keucht: »Das Schrottding von Stromaggregat muss defekt sein.« In diesem Moment huscht eine Gestalt vorbei, ein Mann, so viel ist sicher, doch Einzelheiten sind nicht zu erkennen.

Penner: »Wer türmt da? Ist das Walker Stanten?«

Hitchkowski: »Ich funk die Officers am Tor an ... Verdächtiger auf der Flucht, sofort aufhalten ... bestätigen. Hört ihr mich?«

Ein Schuss peitscht durch die Nacht, zersplittert die Heckscheibe des SUV, in dem Hitchkowskis Söhne Daniel und Henrik sitzen. Ein Regen von Glassplittern geht auf die Insassen nieder. Die Kugel trifft Daniels Schulter, sein Kopf schmettert gegen den Vordersitz. Hitchkowski reicht das Funkgerät Penner, duckt sich und hält mit der Stablampe auf den SUV drauf. Er erkennt die Umrisse einer heranstürmenden Person, dann eine Uniform. Es muss ein Officer sein, der die Tür aufreißt und jemanden, vielleicht einen seiner Jungs, aus dem Wagen zieht. Er scheint ihn auf dem Boden abzusetzen. Im Abstand von wenigen Sekunden knallen weitere Schüsse, ein Körper fällt stumpf in den Schnee. »In die Autos, Licht an, verdammt noch mal!«, brüllt Penner, bleibt aber selbst in Deckung. Hitchkowski zieht seine Waffe, tastet sich gebückt zum SUV vor. Wie aus dem Nichts prescht plötzlich ein BMW mit quietschenden Reifen um die Ecke, schrammt funkensprühend mit Vollgas an die Reihe der abgestellten Wagen entlang und rast Richtung Ranch-Tor. Die Scheinwerfer springen wieder an, zunächst flackern sie nur, dann wird die Szene in ein kaltes, geisterhaftes Licht getaucht.

Hitchkowski ist am SUV. Daniel jault vor Schmerzen und hält sich die getroffene Schulter. Quintal kümmert sich um die leblose Person im Schnee, um den Officer. Röchelnd hält er sich die Brust, aus zwei Einschusswunden blutet es spektakulär. Motoren werden gestartet. Gilchuk, Toshi und Brooks stolpern aus der Eishalle, springen in einen Transporter und jagen dem Flüchtigen hinterher. Vorm Tor sind die Fernlichter der dort postierten Streifenwagen längst eingeschaltet, die Officers warten mit gezogenen Waffen. Ein Mann rennt ihnen entgegen.

»Freeze! Arme nach oben, sodass wir sie sehen können!«

Der Mann gehorcht. Gleichzeitig wird ein neuer Funkspruch abgesetzt: »Weiterer Verdächtiger. Bewaffnet. Im Wagen. Aufhalten!«

Doch Walker Stanten lässt sich nicht aufhalten. Er rammte den Fuß aufs Gaspedal, fährt den Mann, der ihm mit wedelnden Armen im Weg steht, über den Haufen und rast direkt auf die Officers zu. Sie feuern Schüsse ab, die Kugeln treffen einen Reifen, schlagen in die Karosserie ein. Mit einem Sprung retten sie sich zur Seite, einer wird am Fuß erwischt, woraufhin er ächzend zu Boden geht. Das Auto schleudert nach rechts. Walker will gegensteuern, aber auf dem rutschigen Untergrund gerät sein BMW ins Schlingern.

Dann folgt ein ohrenbetäubender Knall. Walker kracht mit voller Wucht in die hintere Seite des Fords, in dem Jayden Miller und Ella mit schockgefrosteten Gesichtern sitzen. Sie sind nicht angeschnallt und werden hart nach vorne geschleudert. Unter der Kühlerhaube des BWM qualmt es, sämtliche Airbags wurden ausgelöst und hängen wie schlaffe Luftballons aus den zersplitterten Fenstern.

Als Ella aus dem verbeulten Wagen krabbelt und in den Schnee fällt, riecht sie Benzin, hört scharf abbremsende Wagen, näherkommende Stimmen, Befehle zerschneiden die Luft. Nach einer grausamen Weile hebt sie den Kopf und blinzelt angestrengt. Uniformierte tauchen auf. Sie kann Brooks erkennen, der sich über den Mann beugt, der gerade vor ihren Augen überfahren wurde. Brooks spricht auf ihn ein. Und da ist Toshi, die sich ihr mit einem knarzenden Funkgerät nähert. Ella stöhnt vor Schmerzen, Tränen laufen ihr über die Wangen. Sie will nach Miller sehen, ihr helfen, sich ihres Mantels und Pullovers entledigen, aber Toshi hält sie davon ab.

»Bleiben Sie ruhig, Ella, bleiben Sie liegen, Sie stehen unter Schock.«

»Luft, ich brauche Luft«, stammelt Ella, von Todesfurcht umfangen. Ein ferner, gedämpfter Schmerz schießt ihren Rücken entlang, gefolgt von einem warmen Schauer. Jedes einzelne Körperteil tut weh. Im Nebel kehrt ein Traum zurück, ein Trommeln, ein Schneevogel und die Silhouette eines Indianers im Bärenfell. Ella sieht Brooks, wie er in ihre Richtung deutet. Der verletzte Mann schleppt sich mit schweren Stiefelschritten auf der vereisten Schneedecke näher an sie heran. Brooks muss ihn stützen. Als wäre es das Letzte, was es im Leben noch zu tun gibt, humpelt der Mann weiter, weiter auf sie zu. Das Nächste, was Ella wahrnimmt, sind seine zitternden Finger, die nach ihrer Hand greifen, nach ihren Haaren, über ihre Wange streicheln. Ein Schluchzen steigt seine Kehle hoch, er schluckt es runter. »Chilaili«, sagt er mit gebrochener Stimme. Mehr nicht. Ellas Lippen öffnen sich. Statt Worten kommt Blut aus ihrem Mund. Sie starrt ihn nur entgeistert an. Irgendwo heult die näherkommende Sirene eines Ambulanzwagens. Eine weiße Feder schwebt über Ellas Mund und tänzelt in der Luft umher.

Zwei Wochen sind seither vergangen. Im Büro geht Brooks um den Schreibtisch herum und aktiviert mit einem Tastendruck den Bildschirm seines Macs. Das E-Mail-Programm ist geöffnet, er wirft einen Blick auf eine frische Nachricht. »Ich hoffe, Sie benötigen mich nicht mehr, habe Ave Andrews entführt, werde sie in eine Schlucht werfen. Kleiner Scherz. Wir schauen uns die Olympischen Eishockeyspiele in Pyeongchang an. Bin mir sicher, dass Deutschland eine Medaille holt. Ave hält mich für völlig verrückt. Und das halte ich wiederum für ein Kompliment. Womöglich lade ich sie im Oktober nach Köln ein und heirate auf dem Eis, wenn die Oilers auf Europatour sind. Es sei denn, meine verschwundene Frau taucht auf und hat etwas dagegen. Ich hoffe, Sie hatten nichts dagegen, dass wir das Land verlassen haben. Bis die Sache vor Gericht verhandelt wird, sind wir zurück. Versprochen. Herzliche Grüße, Leonard Zacher.«

Brooks liest die Mail mehrfach. Im Grunde kann er es kaum fassen. Zacher klingt so fröhlich, so unbeschwert. Nach allem, was passiert ist. Erst jetzt entdeckt er das Postskriptum am Ende des Textes: »Was geschehen ist, bleibt ein Drama unvorstellbaren Ausmaßes. Auch für mich. Ich habe den Verlust eines geliebten Menschen zu bewältigen und werde meinen Sohn Eric immer in meinem Herzen tragen. Besonders hoffe ich für Ella Jones und ihren Vater, dass beide rasch genesen und die erlittenen Traumata verarbeiten können. Ich schließe beide in mein Herz und werde sie hoffentlich bald treffen.«

Toshi steckt den Kopf durch die Tür, wedelt mit einem Karton Donuts und stellt ihn strahlend auf Brooks' Schreibtisch ab.

»Frühstück, James.«

Wie frisch von einem weit entfernten Planeten eingetroffen, blickt er sie verständnislos an.

»Es ist Mittag«, grummelt er missmutig. »Du beleidigst mich, ich hatte Burger erwartet. Und ich bin müde, will schlafen, mein Gott, ich bin so müde.«

»Schon wieder diese Albträume?«

Brooks zieht eine Grimasse, schaut weg und nickt.

»Ist die Wirklichkeit nicht schlimm genug, James? Was war denn diesmal? Eine Alien-Invasion der Blackhawks?«

»Die Oilers wurden nach Nordkorea verschachert, an Kim Jong-un. Sie spielten gegen eine Armeetruppe und hatten nicht den Hauch einer Chance. Coach Q stand an der Bande.«

»Ein komplett bescheuerter Traum.«

»Es kam noch fieser. Halt dich fest. Die Deutschen trugen Gretzky-Masken und warfen Team Kanada bei den Olympischen Spielen aus dem Turnier. Verrückt. Ich muss wirklich zum Psychiater.«

»Jayden Miller steht dir zur freien Verfügung. Sie ist wieder auf der Höhe, hat sich beim Crash nur ein paar Prellungen und Kratzer zugezogen.«

»Lassen wir dieses Thema«, sagt Brooks schroff. »Unterhalten wir uns lieber über etwas Erfreulicheres. Wie geht es Ella?«

»Der geht's den Umständen entsprechend gut. Das Hämatom am Rückenmark wurde operativ entfernt. Zwei neue Schneidezähne wird sie brauchen, sie sieht aus wie ein Eishockeyprofi. Ihr Vater liegt im Zimmer nebenan. Sein Unterschenkel wurde mit einem Fixateur stabilisiert.«

Brooks greift sich einen glasierten Donut.

»Ich stell mir einfach vor, das wäre ein Burger.« Herzhaft beißt er hinein und fährt kauend fort: »Unglaublich, dass sich Matt Jones mit einem gebrochenen Bein durch die Gegend schleppen konnte ... zu Ella.«

»Sie hat ihren Vater zurück.«

»Der durch die jahrelange Geiselnahme schwer gezeichnet sein wird.«

Toshi bemüht sich, sachlich zu wirken, und entgegnet: »Nur gut, dass seine Tochter Psychologin ist. Die Familie ist wieder vereint, Mutter und Schwester sind zurück in Kanada. Vielleicht hilft ihm sein Faible für die Poesie, mit der Sache fertig zu werden. Trotz aller Umstände finde ich Jones' Hockeygedichte nicht schlecht.«

Die Augen verdrehend hält Brooks entgegen: »Statt eines Kugelschreibers sollte man ihm besser Skates, Schläger und einen Puck in die Hand drücken. Irgendwo an einem zugefrorenen Weiher, am Fuße eines Hügels.«

»So was würde dir gefallen.«

»Ja, das wäre meine Therapie.«

»Dann mach das doch, befreit dich vielleicht aus den Fängen deiner Albträume.«

Grummelnd blickt Brooks auf die Uhr und klappt den Mac zu.

»Sind die Ausgrabungen auf unserem Eishockeyfriedhof abgeschlossen?«

»Ja, so gut wie. Die gefundenen Körperteile ließen sich den Opfern zuordnen, auch die Ausrüstungsgegenstände wurden identifiziert.«

»Dann hat Walker Stanten in jedes Grab, wenn man das so nennen kann, ein Körperteil mit dem dazu passenden Equipment einbetoniert ...«

»Mutmaßlich«, hält Toshi dagegen. »Er schweigt sich im Haftkrankenhaus aus.«

»Die Spurenlage deutet aber auf Stanten als Täter hin!«

Toshi antwortet nicht sofort, sondern holt erst einmal tief Luft.

»Sieht ganz danach aus. Doc Maccolls Team arbeitet rund um die Uhr. Noch etwas: Elias Stanten ist heute früh verstorben. Der wird uns nicht mehr verraten, woher er wusste, dass Ken Denis der Vater von Eric Zacher war. Stanten ist friedlich eingeschlafen, sein Sohn Cody war bei ihm.«

»Habe ich mitbekommen ... Friedlich eingeschlafen also«, wiederholt Brooks nachdenklich. »Und Cody ist von den Pens freigestellt. Zumindest bis die Justiz ihr Urteil gefällt hat.«

»Mit einer elektronischen Fußfessel kann er schlecht Hockey spielen. Er bestreitet jede Mitschuld und Mitverantwortung, hat gegen seinen Bruder ausgesagt. Man wird dennoch versuchen, ihn wegen Beihilfe dranzukriegen.«

»Was wird aus Robert Jamanka?«

»Ein neues Gutachten ist beantragt. Vielleicht sorgt es für mildernde Umstände, dann kommt er bald auf Bewährung raus.«

»Was ist mit den Medien? Bisher hat die Presse nichts

von den Hockeygedichten und von der Pulling the Goalie-Situation verlautbaren lassen.«

»Penner hält die Informationen zurück. Wenn alle dichthalten, bleibt dieser Teil der Geschichte zumindest bis zum Prozess unterm Teppich.«

»Fürchtet Penner etwa Nachahmer?«

»Ich weiß nicht, aber stell dir vor, jeder Eishockeyinvalide würde Rachepläne wie der Wirrkopf Elias Stanten schmieden ...«

»Ehrlich, ich darf wirklich nicht darüber nachdenken. Und will es auch gar nicht.«

»Hast du schon irgendwelche Pläne für heute Abend?«

»Nein.« Brooks schüttelt den Kopf. »Weshalb fragst du?«

»Ich soll dir von Hitch bestellen, dass eine Pokerrunde angesetzt ist. Eine von der ganz üblen Sorte.«

Toshi kichert und verschwindet mit federnden Schritten aus dem Büro. Brooks lehnt sich im Stuhl zurück, blickt ihr hinterher, dann hellt sich seine Miene auf.

Foto: Janne T.

FRANK BRÖKER: geboren 1969 in Meppen, seit 2002 in Leipzig beheimatet. Autor, Redakteur und Herausgeber (u.a. »verschwIndien«, »Die Wahrheit über Eishockey«, »Unsere Welt ist eine Scheibe«, »Bibliothek der Pratajev-Gesellschaft Leipzig e.V.«), schnellster Erlenholzgitarrist der Welt bei »The Russian Doctors«. Bröker ist Fan der Icefighters Leipzig und schreibt für www.facebook.com/dersiebtemann.

Eishockeybücher von Frank Bröker

Bisher erschienen

Eishockey
Das Spiel, seine Regeln und ein Schuss übertriebene Härte
160 S., ISBN 978-3-945715-19-2

Eishockey in Deutschland
Nichts für schwache Nerven
334 S., ISBN 978-3-934896-93-2

Die Wahrheit über Eishockey
Der härteste, schnellste und kälteste Sport der Welt
184 S., ISBN 978-3-945715-19-2

Puckkunst
Legendäre Eishockey-Motive zum Ausmalen
Mit Zeichnungen von Marlene Bart
40 S., ISBN 978-3-945715-70-3

Unsere Welt ist eine Scheibe
Eishockey international. Von Andorra bis Zimbabwe.
232 S., ISBN 978-3-945715-20-8

www.verlag-reiffer.de